영혼들의 운명 2

영혼들의 운명 2

마이클 뉴턴 지음 | 김도희 옮김

나무생각

《영혼들의 운명》을 읽은 독자들의 반응

《영혼들의 운명》제2장에서 사랑하는 이의 영혼들이 어떻게 우리들을 위안하러 오는지를 읽고서 나는 기쁨에 넘쳐 울고 말았다.

-캘리포니아주 새크라멘토에서 수전

뉴턴 박사의 가르침이 또 한 권의 책으로 출간된 것이 기쁘다. 그의 첫 번째 책인 《영혼들의 여행》을 읽고 알게 되었던 것보다 영혼에 대해 더 깊이 이해하게 되었다.

-콜로라도주 덴버에서 로라

《영혼들의 운명》은 《영혼들의 여행》을 읽고서 더 알고 싶어 갈증을 일으켰던 나와 같은 많은 사람들을 흥분시킬 것이다.

-뉴욕주 올버니에서 제리

당신의 책을 읽고 나서야 나는 이제까지 이해하지 못했던 섬광같이 스치는 사후 세계의 기억들을 비로소 이해할 수 있었다.

-조지아주 애틀랜타에서 데이브

영혼에 관해 쓴 당신의 글은 그 질과 이해에 있어서 대단히 심오하다. 그러면서도 복합적인 아이디어를 단순명료하게 설명하고 있다. 당신에게 가슴 밑에서부터 우러나는 진심의 감사를 드린다.

-캘리포니아주 리버사이드에서 도리스

이 나라에서 주류를 이루고 있는 부정적인 사고의 종교관과 맞서는 당신의 용기에 박수를 보낸다.

-캔자스주 토피카에서 마샤

영혼의 세계를 질서와 사랑의 장소로 보는 당신의 해석은 고무적이다.
                                                    -인디애나주 재스퍼에서 트레이시

당신의 책은 큰 위안을 주며 위대한 미지의 세계에 대한 나의 두려움을 감소시
켜준다.   -프랑스 파리에서 르네

당신의 사례 연구에서 얻는 깨달음의 메시지는 그 값을 매길 수가 없다.
                                                    -독일 본에서 홀츠

나는 현재의 삶에 내가 속해 있지 않은 것 같은 느낌과 깊은 외로움을 자주 느
꼈다. 당신은 나의 그런 감정들이 어디에서 오는지, 그리고 진정한 내가 누구
인지를 볼 수 있게 해주었다.   -영국 런던에서 레이첼

이 책을 나의 아버지인 존 H. 뉴턴에게 헌정한다.
어린 나에게 보도문적인 글쓰기에 대한 사랑을 몸에 배게 하였고
나의 아들인 폴에게는 노년의 삶을 살며 유머와 격려를 아끼지 않았다.
이 책의 출간을 위해 수백 가지 사례들을 검토하여
나를 도와준 나의 아내 페기에게 감사를 전한다.
원고를 읽어준 노라 뉴턴 메이퍼와 존 파헤이, 재클린 내시,
게리와 수전 아네스, 그리고 나의 편집인인 레베카 진스에게도
각별히 감사드린다.
또 1994년 《영혼들의 여행》이 출간된 이래 사후 세계에
대해 알게 된 것이 얼마나 자신에게 큰 영향을 미쳤는지를
말해준 많은 사람들에게도 나의 고마움을 표시하고 싶다.
그들이 결국은 시간의 저쪽으로 그들을 다시 한번 데려가게끔
나를 설득한 것이다.

작가에 대하여

카운슬링으로 박사 학위를 취득한 마이클 더프 뉴턴은 미국 캘리포니아주의 공인된 마스터 최면요법 시술사(Master Hypnotherapist)이며, 미주 지역 카운슬링 협회의 회원이다. 그는 여러 고등 교육 기관에서 교사로서, 관리자로서, 카운슬러로서 일했으며, 정신건강 분야의 여러 주립 기관에서 약물 사용자들의 그룹 지도자로 일했다.

뉴턴 박사는 행동 교정에 의한 치료와 사람들이 영적인 자신을 접할 수 있도록 돕는 일에 전념했다. 자신만의 고유한 퇴행최면요법을 개발시켜 나가던 그는 피술자들의 전생 경험을 알아내는 것보다 윤생 사이에 존재하는 영혼을 아는 것이 더욱 의미 있는 일이라는 것을 발견하게 되었다.

커다란 호응을 얻은 첫 책《영혼들의 여행》과 함께 이 책도 영혼 세계에 대한 수년간에 걸친 연구 결과다. 역사가이며, 아마추어 천문학자이며, 온 세상을 여행하는 여행자이며, 열렬한 하이커(도보 여행자)이기도 한 그는 로스앤젤레스에서 살다가 캘리포니아 북쪽에 있는 시에라네바다 산속에서 아내와 여생을 보냈다.

차례

서문

우리는 누구인가? 우리는 왜 여기에 있는가? 우리는 어디로 가고 있는가? 르웰린 출판사에서 1994년에 나온 책《영혼들의 여행》에서 나는 오래된 이런 의문들에 해답을 주려 노력했다. 영혼 세상의 삶이 어떠한지를 그처럼 세부적으로 쓴 책을 읽은 일이 없었기에《영혼들의 여행》을 읽고 나서 진실한 자아가 깨어남을 느꼈다고 많은 사람들이 얘기했다.《영혼들의 여행》은 깊숙이 내재되어 있는 감정들과 다시 지구로 돌아와 사는 현실의 목적을 알게 해주었다고도 말했다.

책이 출간되고 잇달아 여러 나라 언어로 번역이 되자 세계 각국의 독자들로부터 또 다른 책이 나올 것인가 하는 질문을 많이 받았다. 오랫동안 나는 다른 책을 쓰고 싶지가 않았다. 연구에 바쳤던 세월을 다시 끌어들여 오리지널 사례들을 정돈하고 그것을 또 함축해서 영원불멸한 우리의 삶을 글로 정리한다는 일이 힘겹게 여겨졌다. 나로서는 이미 할 만큼 다 했다는 느낌이었다.

《영혼들의 여행》 서문에서 전통적인 공부를 한 최면심리 치료가인 나의 경력과 내가 형이상학적인 기억들을 끌어내려고 최면을 사용하는 데 대해서 얼마나 회의를 느끼고 있었는지를 설명한 바 있다. 15세인 1947년에 첫 최면을 걸었으니 나는 분명 옛 학파에 속하지 뉴에이지 사람은 아니겠다. 그러므로 그럴 의도가 없었음에도 내가 피술자를 영혼 세계의 관문으로 들어가게 했을 때 나는 너무도 놀라고 말았다. 이제껏 최면요법가의 대부분은 삶과 삶 사이를 하나의 전생과 그다음 인생 사이에 흐릿한 다리 역할을 할 뿐이라고 생각해왔다. 그런 까닭에 나는 스스로 영혼 세계에 도달하는 데 필요한 단계들을 알아내어 신비스런 그곳에 있는 영혼 존재의 기억을 열겠다 마음먹었다. 홀로 몇 년간의 연구 끝에 나는 영혼 세계의 구조를 알 수 있었으며, 이 과정에서 얼마나 많이 환자들이 치유되는지도 깨닫게 되었다. 무신론자이건 심오하게 종교적이건 그 외 또 어떠한 철학적인 사유를 믿건, 일단 최면으로 초의식 상태에 들면 사람들이 모두 같은 얘기를 한다는 것 또한 알게 되었다. 이런 연유로 나는 영적인 최면요법가라는 명칭을 얻게 되었다. 사후 삶의 전문가라는 것이다.

나는 《영혼들의 여행》에서 죽는다는 것은 어떤 것인지, 죽은 뒤 저 세상으로 건너가면 영혼의 세계에서 누가 우리를 맞아주며 우리가 어디로 가는지, 그리고 다시 태어나기 위해 새로운 육체를 선택하기까지의 경로들을 압축시켜 차례대로 적어놓았다. 윤회하는 전생의 삶들 사이에 육체를 벗고 영혼으로 있던 때의 경험을 피술자로부터 얻어내어 시간 순서대로 여행지같이 기술했다. 《영혼들의 여행》은 또 다른 전생에 관한 책이라기보다는 최면을 사용하여 일찍이 발견하지 못했던 것을 정리해본 형이상학적인 연구서다.

영혼의 세상이 어떤 형태로 움직이고 있는지를 정리해보던 1980년대에, 나는 다른 형태의 최면요법은 딱 문을 닫아버렸다. 사례 분량이 많아질수록 나는 영혼 세계의 비밀들을 벗겨내는 일에 미친 듯이 집착하게 되었다. 집착해서 파고들수록 이미 발견했던 것들을 확인하고 확신할 수가 있어서 마음이 놓였다. 영혼의 세계만을 집중적으로 연구하는 동안에는 연구에 관계된 피술자와 그들의 친구들만 만나며 홀로 공부했다. 형이상학적인 책들을 취급하는 서점에도 가지 않았다. 어떠한 외부의 영향도 없는 절대적인 자유를 원했다. 내가 혼자 고립되어 공부하고 공공연히 연구에 대해 발설하지 않은 것은 지금 생각해도 잘한 일 같다.

은퇴하고 로스앤젤레스를 떠나 시에라네바다 산속으로 들어가서 《영혼들의 여행》을 쓸 때만 해도, 나는 무명의 인물들 속으로 사라질 것을 기대했지만 그것은 망상이었다. 《영혼들의 여행》 속에 있는 내용들은 한 번도 출판된 일이 없는 것이었고, 나는 출판사를 통해서 많은 편지들을 받기 시작했다. 나는 나의 연구를 출판해준 르웰린 출판사의 안목과 용기에 고마운 빚을 지고 있다. 책이 나온 후 곧 나는 강연과 TV 인터뷰에 불려 다니게 되었다.

영혼의 세계에 대해서 사람들은 더욱 세세히 알고 싶어 했고 또 다른 연구 자료들이 있느냐고 계속 물어왔다. 나는 그렇다고 대답해야 했다. 사실 나는 넓은 범위의 다양한 정보들을 가지고 있었으나 다 발표할 수가 없었다. 사람들이 무명의 저자에게서 나온 이런 정보들을 쉽게 받아들이지 않을 것 같아서였다. 《영혼들의 여행》이 5판 인쇄에 들어갈 때

색인에다가 어떤 이슈는 확대 해석을 붙이기로 하고 책의 표지를 새로 바꾼다는 선에서 절충을 보았다. 그것은 충분하지가 못했다. 한 주 한 주 지나갈수록 사후 삶에 대한 질문을 담은 우편물들은 어마어마한 양으로 증가했다.

이제 사람들은 나를 찾아다니기 시작했고 나는 일정한 한도 내에서 다시 일하기로 결정을 내렸다. 이전보다 더 진보된 영혼들이 더 잦은 빈도로 나를 찾아왔다. 그들은 내가 반쯤 은퇴 상태에 있어 작업의 양이 크게 줄어들 때를 기다린 듯했다. 그 결과 나는 심리적인 위기에 처해 있는 어린 영혼들보다 인내심을 발휘할 수 있는 피술자의 사례들을 더욱 많이 접하게 되었다. 그들은 인생의 특별한 목표가 무엇인지를 알기 위하여 영혼 세계의 기억들을 끌어내고 싶어 했다. 영혼 세계에서의 일들을 더 알고 싶어서 내게 자신을 맡겨준 분들 중에는 치유사와 선생들이 많았다. 그분들이 내 연구에 도움을 주었던 만큼 나도 그분들의 인생길에 도움이 되었기를 바란다.

이렇게 지내는 동안 사람들은 내가 모든 비밀을 다 드러내지 않았다는 인상을 받는 듯했다. 나의 마음은 마침내 어떤 식으로 두 번째 책을 쓸까 하는 방향으로 돌아갔다. 그 결과로 《영혼들의 운명》이 태어났다. 첫 번째 책인 《영혼들의 여행》은 영원무궁하게 흐르는 위대한 강인 영계를 순례해본 순례기라고 나는 생각한다. 여행은 육체가 죽는 바로 그 순간의 강어귀에서 시작되어 우리가 새 몸으로 태어나는 곳에서 끝났다. 《영혼들의 여행》속에서 나는 창조의 원천까지 거슬러 가볼 수가 있었다. 원천은 변함이 없다. 우리들 각자의 마음속에 깃들인 영혼 여행에 대한 기억은 셀 수 없이 많지만, 윤회를 계속하고 있는 우리들 가운데에는 원천 이상으로 나를 끌고 갈 능력을 가진 이는 없는 듯이 보인다.

《영혼들의 운명》은 강물 따라 여행을 떠난 여행자들이 겪게 되는 부수적인 경험들을 세세히 밝혀보려는 의도로 쓰였다. 이 두 번째 여행을 하는 동안에 나는 독자들이 여행 전체를 조감해볼 수 있도록 숨겨진 길의 양상을《영혼들의 여행》때보다 더 벗겨보려 노력했다. 영혼 여행의 시간과 장소를 순서적으로 따르기보다는 화제 중심으로 책의 형태를 잡았다. 그래서 영계의 장소와 장소 사이를 옮겨가는 영혼의 기본 움직임을 시간대와 겹치도록 했다. 영혼이 하는 경험들을 충분히 분석하기 위해서 그렇게 했다. 나는 또한 읽는 이들이 영혼의 삶에 있는 공통 요소들을 여러 사례를 통해 알아보게 하고 싶었다. 인류에게 도움을 주려 존재하고 있는, 믿을 수 없도록 신비스런 삶의 질서와 섭리에 대한 이해를 이 책이 넓혀주면 기쁘겠다.

동시에 경이로운 영혼의 세상을 처음 접하는 여행자들에게도 이 여행이 신선함과 즐거움을 제공했으면 한다. 나의 책을 처음 읽는 독자들을 위해 이 책의 첫 장에는 윤생 사이에 있는 우리들 영혼의 삶에 대해 내가 발견했던 것들을 집약해서 정리해놓았다. 이것이《영혼들의 운명》을 읽어나가는 데 도움이 되기를 바라며, 어쩌면 당신은 나의 첫 책인《영혼들의 여행》도 찾아 읽고 싶어질지 모르겠다는 희망을 품어본다.

이제 두 번째 여행을 떠나는 이 마당에서 마음의 영적 관문을 열기 위해 노력한 이 고된 작업에 지대한 성원을 보내준 모든 분들에게 감사드리고 싶다. 여러분의 성원과 수많은 영혼의 안내자들, 특히 내 안내자의 도움으로 나는 이 작업을 이어갈 수 있는 힘을 얻을 수 있었다. 영혼의 세상을 알리는 의미 깊은 이 작업에 내가 하나의 메신저로서 선택받게 된 것을 나는 깊은 축복으로 여기고 있다.

6
원로들의 의회

심판과 형벌에 대한 인간들의 공포

인생을 끝내고 영계에 있는 그룹으로 돌아온 영혼들은 곧 예지로운 영혼들로 구성된 의회로 불려나간다. 안내자 역할을 하는 영혼들보다 한두 단계쯤 영혼의 격이 높은 이 마스터(master)들은 윤회를 계속하고 있는 피술자들의 영혼이 대면할 수 있는 가장 진보된 현명한 영혼들이다. 피술자들의 영혼은 그들을 연로한 분, 성스러운 마스터, 거룩한 분이라고 부르기도 하고 심사관이나 위원 같은 실용적인 명칭을 쓰기도 한다. 고도로 진화된 이러한 마스터들을 형용하는 가장 흔한 명칭은 원로(Elder)나 장로이므로 나도 그들을 그렇게 부르겠다.

강연할 때, 원로들의 의회는 가장 거룩한 곳이라 긴 법복을 입은 원로들이 영혼들에게 끝내고 온 인생에 대해 심문한다고 이야기하면 수상쩍어하는 사람들도 흔히 있다. 토론토에서 강연을 하게 되었을 때 한 남자는 이성을 자제하지 못하고 모든 청중이 들을 수 있을 만큼 큰 소리로 외치기도 했다.

"아하! 그렇다니까! 법정, 판사, 심판!"

적지 않은 사람들의 마음에 깃들인 사후 세계에 대한 이러한 공포와 냉소는 어디에서 연유하는 것일까? 종교 기관과 시민의 법정, 군법회의는 수많은 사람들을 효과적으로 다스릴 수 있는 도덕과 정의에 대한 강령을 우리들에게 부여하고 있다. 범죄와 형벌, 인간이 저지른 범죄에 대한 가혹한 심판, 그 문화적인 전통은 부족사회 때부터 존재해왔다. 긍정적인 영향으로 모든 종교에 연결되었고 역사의 흐름을 타고 계속 이어지고 있는 이 강령의 힘은 대단하다. 하늘이 내리는 징벌에 대한 두려움은 인간들에게 자유롭지 못한 소심한 삶을 이어가게 한다는 논란도 있었다. 어떻든 간에 나는 사후에 가혹한 최후의 심판과 악령을 접할 일에 대해 걱정해야 되는 교리에는 부정적인 면이 있다고 생각한다.

종교가 조직화된 것은 5,000년에 불과하다. 그 이전, 수천 년을 거치는 동안 원시인들은 이 세상의 모든 생물과 무생물에는 선과 악의 정령이 있다고 믿는 자연주의자였다고 고고학자들은 말하고 있다. 그런 면으로 보자면 고대 부족의 예배 형식은 종교에서 볼 수 있는 우상숭배와 크게 다르지 않다고 말할 수 있을 것 같다. 고대에는 분노에 차서 용서하지 않는 신들이 있었는가 하면 자비롭고 도움을 주는 신들도 있었다. 인간들은 자신들이 조종할 수 없는 힘의 영역을 불안스러워했다. 특히 그들의 사후 삶을 관장할지도 모르는 신령스러운 존재에 대해서는 더욱 그러했다. 생존에 대한 염려는 인생살이에 따르게 마련이었으므로,

사람들은 죽음을 비할 바 없는 두려움으로 생각하기도 했다. 면면히 이어 내려온 참혹스러운 삶의 역사는 심판과 형벌과 고통이 우리들 사후에도 어떤 방법으로든 이어지리라는 것을 시사했다. 모든 영혼들은 선하든 악하든 간에 일단 죽으면 그 즉시 위험스러운 지하의 세상을 지나 심판을 받는다고 믿게끔 되었다.

서구에서는 오랫동안 연옥을 천국과 지옥 사이에 영혼들을 가두어 두는 외로운 간이역으로 형상화해왔다. 근세에 와서 정통 교파가 아닌 교회에서는 영혼들이 천국으로 가기 전에 죄악과 불안전함을 정화시키는 고립된 장소로, 연옥에 대해 좀 더 개방적인 정의를 내리고 있다. 동양 사상, 특히 힌두교나 대승불교 교리에서는 저급하고 좁은 영혼의 감옥이 있다고 믿어 왔는데 그 또한 개방적으로 변하고 있다. 이러한 관념 때문에 나는 사람들이 죽은 뒤 영계로 돌아가는 영혼들의 여행을 설명할 때 영혼 세계의 중심 같은 동심원의 사용을 회피해왔다. 역사상 그런 동심원은 판사와 법정과 악마들이 있는 지하 세계의 컴컴한 연옥 감방을 보여주기 위해 설계된 것이었기 때문이다.

고전적인 동양의 형이상학 전통에서 진리를 찾고자 하는 구도자들은 기독교 신학에서 느꼈던 것 같은 혼란스러운 미신의 혼합을 보게 된다. 동양에서는 윤회 사상을 받아들인 지 오래되었으나 그 또한 억압적인 교리가 되어왔다. 인도를 여행하고 나서 나는 윤회 사상이 사람들의 행위를 조종하기 위해 사용되어온 위협적인 관념이라는 것을 발견했다. 윤회 사상은 광범위하고도 다양한 죄목으로 인해 이다음 생에는 인간보다 저급한 형태의 생명으로 태어날 수 있다는 현실적인 가능성을 위협적으로 보여준다. 내가 연구한 바에 의하면 영혼이 그런 식으로 윤회한다는 증거는 없었다. 지구상에 있는 다른 형태의 생명 에너지는 영혼의 세계에서 인간들의 생명 에너지와 섞이지 않는다고 피술자들의 영혼은 말한다. 나는 그런 위협이나 윤생에 대한 두려움은 업(業, 카르마)에 대한 정당한 해석이 아니라고 생각한다. 나는 인간의 영혼이 전생에 다른 세계에서 살았을 때에 비해 그 지성이 조금 낮거나 모자라는 차이 밖에 없다는 것도 알게 되었다. 내가 만난 피술자 중에서 다른 천체에 갔을 때도 가장 우수한 지성을 가진 존재(인간)가 아니었던 영혼은 만나 본 적이 없었다. 그런 게 창조주의 설계인 것 같다.

　사실을 알고 보면 영혼은 처벌의 단계를 겪기보다 진화의 단계를 거쳐간다. 하지만 인간 사회에 사는 많은 사람들은 아직도 사후의 세계에, 인간 사회가 그렇듯 어떤 형태의 심판과 처벌이 있으리라는 껄끄러운 느낌을 뿌리치지 못하는 것 같다. 어쩌면 그것은 어두운 힘에 의해 영원토록 고문받는 지옥은 아닐지도 모른다. 하지만 그것이 유쾌하지 않은 것만은 사실일 것이다. 내가 이 장에서 말하게 되는 것이, 죽음 뒤에 심판이 있을 것이라고 두려움을 느끼는 사람들에게 안도와 평안을 가져다줄 것을 바랄 뿐이다. 하지만 원로의 의회로 갔을 때 어떤 책임감을 느끼는 영혼들은 별로 편안하지 않을 수도 있을 것이다. 이 세상에 사는 쾌락주의자들―인생에서 금지당하지 않는 쾌락을 좇으며 다른 사람들의 곤경에 대해선 아무런 관심도 갖지 않는―에게도 이 장에 쓰여진 사실은 즐거운 것이 될 수 없을 것이다. 또 인습 파괴주의자들―도덕이나 또 다른 것에서 어떤 형태의 권위에도 반대를 하는―에게도 원로와의 대면은 유쾌한 일은 아닐 것이다.

영혼의 세계는 질서가 정연한 곳이고, 의회의 원로들은 그런 질서의 좋은 본보기이기도 하다. 그들은 성스러운 권위의 원천은 아니지만 지구로 환생하는 영혼들을 마지막으로 돌보는 책임을 지닌다. 그 원로들은 인간의 약점에 대해 커다란 연민을 갖고 있다. 또 인간들의 잘못을 도와주러 무한한 인내를 발휘하기도 한다. 또 앞으로 살아나갈 인생에서 많은 다른 기회를 베풀기도 한다. 그들은 쉬운 인생을 선택하게 하지 않을 것이다. 그렇지 않으면 영혼들이 지구에 가도 아무것도 배우는 것이 없을 것이다. 그러나 인생의 모험과 지구의 질서는 죽은 후에는 어떤 고통도 계속되지 않도록 설계되어 있다.

영혼을 평가하는 곳

영혼들은 인생을 끝낸 뒤 의회에 간다고 한다. 또 적지 않은 피술자들이 환생 직전에도 가게 된다고 말했다. 그 두 회의 중에서 처음에 참석하는 회의가 더 중요한 인상을 영혼들에게 남기는 것 같다. 그 회의에서는 이제 막 끝내고 온 인생에서 행했던 주된 선택이 다루어진다. 업의 길에서 중요한 갈림길에 서게 될 때 우리들의 행동과 책임감이 소상히 검토된다. 첫 번째 회의에서 영혼들은 잘못을 절실히 느끼게 된다. 특히 다른 사람을 해친 경우는 더 그렇다. 환생의 시기가 가까워지면서 갖게 되는 두 번째 회의는 좀 더 즐거운 분위기 속에서 진행되며, 인생의 선택이나 기회 그리고 미래에 대한 기대 같은 것을 토의하게 된다.

영혼의 안내자들은 의회로 가야 될 시기가 오면 알려주고 그 거룩한 원로들이 있는 회의실로 안내한다. 일반적으로 안내자들은 의회에서 별로 하는 일이 없다. 그러나 더 앞서가는 영혼들은 의회에 혼자 갔을 때 그들의 안내자가 원로들과 함께 앉아 있는 것을 본다고도 말한다. 안내자가 그렇게 의회에 나타날 때면 보통 그들은 별로 말을 하지 않는다. 원로들과 안내자가 회의에 오기 전에 이미 그 영혼의 전생에 관한 것을 심의했기 때문이다.

영혼들의 주된 스승이며 옹호자인 안내자들은 사연을 밝히기 위해 잠깐 끼어들거나 회의 도중 영혼이 혼동을 일으킬 때면 쉽게 해석을 해 주기도 한다. 하지만 내 생각에는 안내자들은 피술자들이 알고 있는 것보다 훨씬 많은 일을 하는 것 같다. 모든 피술자들이 묘사하는 의회는 그 형태나 진행에 있어 한결같다. 나는 피술자들에게 그런 의회에 관해 질문을 시작할 때, 보통 원로들 앞으로 가는 느낌이 어떤지 묻는다. 다음은 그럴 때 듣게 되는 전형적인 대답이다.

내가 기다리던 때가 왔습니다. 나는 그 성스러운 분들을 뵈러 가야 합니다. 나의 안내자, 리닐이 와서 나를 데려갑니다. 우리 그룹이 있는 곳을 떠나 긴 복도를 걸어 다른 그룹의 교실을 지나서 갑니다. 우리는 대리석 원주가 늘어서 있는 넓은 홀로 갑니다. 벽은 여러 빛깔의 불투명한 유리로 되어 있습니다. 부드러운 합창과 현악이 들려옵니다. 불빛은 부드럽고 황금빛을 발하고 있습니다. 모든 것은 평안합니다. 너무 그러하여 매혹적이기조차 합니다. 하지만 나는 조금 걱정이 되기도 합니다. 우리는 아름다운 초목과 분수로 장식된 안마당에 이르렀습니다. 그곳은 대기실입니다. 얼마 뒤에 리닐은 나를 둥근 방으로 데리고 갑니다. 천장이 높고 돔 모양을 하고 있습니다. 그곳에서 빛줄기가 흘러내리고 있습니다. 성스러운 분들은 긴 초승달 모양을 한 긴 탁자를 앞에 두고 앉아 있습니다. 나는 방의 중앙에 있는 탁자 앞으로 걸어갑니다. 리닐은 나의 뒤쪽 왼편에 서 있습니다.

처음으로 의회에 관한 이야기를 들었을 때 나는 왜 영혼들이 그런 권위적인 장소로 가서 원로들과 접견을 해야 하는지 의문스러웠다. 만약 원로들이 그렇게 어질고 관대하다면 왜 소박한 시골 풍경 속에서 의회를 갖지 않는가? 어린 영혼들은 그런 장소가 적합하고 옳다는 말만 했지만, 앞서가는 영혼들은 원형의 천장이 필요한 이유를 말했다. 그러한 설계로 인하여 거룩한 원천에서 오는 에너지가 효과적으로 그 빛을 진행되고 있는 모든 일에 집중시킬 수 있다고 했다. 더 높은 존재의 강한 영향에 관해서는 이 장의 뒷부분에서 설명할 것이다.

대부분의 피술자들은 의회가 열리는 장소를 도표 8에 그려진 방과 같이 묘사한다. 돔으로 된 천장을 한 둥근 방의 구조는 지상에 있는 성스러운 곳과 같다고 여겨진다. 어느 피술자가 '천상의 참회실'이라고 말했던 그 의회실은 절과 회교 사원, 유대교 회당, 교회 같은 것을 상징한다. 도표 8에서는 의회실 중앙에 있는 탁자(D)를 볼 수 있다. 그 탁자는 보통 길이가 길고 더 많은 원로들이 앉을 수 있도록 양 끝이 둥글게 구부러져 있다. 어떤 피술자는 그 탁자가 시선보다 조금 위로 보이도록 얕은 단 위에 놓여 있다고 했다.

도표 8 : 의회실

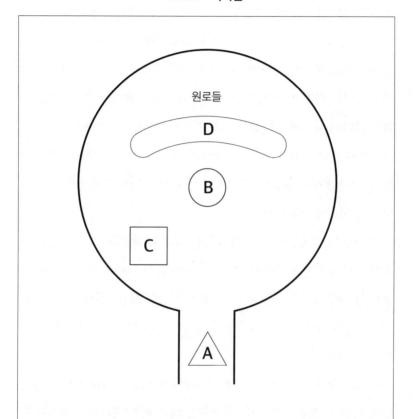

원로들이 영혼들을 접견하는 의회실의 전형적인 설계. 대부분의 피술자들은 이 의회실이 넓고 천장이 돔 형식으로 되어 있다고 말한다. 영혼은 복도(A)가 끝나는 곳이나 작은 방에서 의회실로 들어간다. 영혼은 회의실의 중앙(B)에 서고 안내자는 뒤쪽 왼편(C)에 선다. 장로들은 주로 긴 초승달 모양을 한 탁자(D)를 앞으로 하고 앉아 있다. 탁자는 장방형일 수도 있다.

의회실은 영혼들의 필요에 따라 가장 효과적인 방법으로 설정될 수도 있다고 한다. 만약 어떤 영혼이 그런 회의 장소가 너무 권위적이라고 생각한다면 그곳이 그렇게 보이는 이유가 있다. 영계로 돌아온 지 얼마 되지 않은 한 영혼을 통해 그런 점에 대해 알아볼까 한다. 최면에 의해 영계를 방문한 피술자들은 의회에서 원로들에게 당한 심문을 함부로 말하려 하지 않는다. 그들은 의회에 대하여 최면 시술자가 소상히 알고 있다는 사실에 편안함을 느낄 것이다. 무의식의 상태에서 그러한 시술자에 대한 신뢰가 있어야 자기들의 소중한 기억을 말하게 되는 것 같다. 그러한 이유 때문에 영계에 관한 인간의 기억을 연구하는 데 그렇게 긴 시간이 필요했다.

그 작업은 그림 조각을 끼워 맞추는 것과도 같았다. 영계에 관한 사소한 정보가 전체 맥락에서 생각지도 못했던 큰 의미와 연관되곤 했다. 예를 들자면 의회실에 설치해놓은 단은 사소한 묘사가 좀 더 큰 의미로 이어진다는 사실을 알게 해주었다. 또 다른 예는 의회실에서 안내자가 서 있는 위치였다.

특히 첫 번째 그곳으로 갈 때, 도표 8에서 보듯이 안내자(C)는 영혼들의 뒤편 왼쪽에 서게 된다. 오랫동안 나는 왜 안내자가 영혼들의 뒤편 왼쪽에 서는지 알지 못했다. 때때로 보조적인 역할을 하는 후배 안내자가 있어 오른쪽에 서게 되는 경우가 있지만, 많은 경우 영혼들은 안내자 한 명만 대동하므로 오른쪽에 안내자가 서 있다는 말을 듣는 경우는 드물었다.

왜 그런지에 대한 대답은 확실치 않았다. "그러는 게 제한이 덜하니까요.", "으레 그러게 마련이에요." 또는 "우리는 존경하는 의미에서 일정한 장소에 서게 마련이지요."라고 할 뿐이어서 나는 한동안 그런 질문을 하지 않기도 했다.

그러던 어느 날 작업을 같이하게 된 어느 견식 높은 피술자의 영혼은 그 의회에서 일어나는 일들을 분별하여야 하는 중요성에 대해 알려주었다. 그때 나는 안내자가 서게 되는 위치에 관해 물었고 다음과 같은 대답을 듣게 되었다.

케이스 37

닥터 N 왜 당신의 안내자는 뒤편 왼쪽에 서게 됩니까?

영 (웃는다.) 아시지 않습니까? 많은 경우 인체의 우뇌가 좌뇌보다 우세하지 못하다는 것을요.

닥터 N 하지만 그런 점이 안내자의 위치와 무슨 관계가 있습니까?

영 그 왼쪽과 오른쪽이 다르다는 것이죠.

닥터 N 인간의 좌뇌와 우뇌의 불균형에 대해 말하는 것입니까?

영 네, 그렇습니다. 저처럼 최근에 지구에서 돌아온 영혼들은 에너지를 수용하는 데 있어서 왼쪽이 좀 약한 편이지요. 오래가진 않습니다만.

닥터 N 지금 원로들 앞에 서 있으면서도 아직 떠나온 인체의 영향을 받고 있다는 말입니까?

영 그렇지요. 바로 그거지요. 영혼들은 원로들과 처음으로 만날 때까지 그런 영향을 떨쳐버릴 수 없어요. 죽은 지 몇 시간밖에 되지 않는 것 같아서 인체의 밀도를 떨쳐버리는 데는 시간이 좀 걸리지요…. 그 제한에서 말입니다…. 완전히 해방되기까지 말입니다. 그런 이유 때문에 나는 두 번째로 그곳에 갈 때부터는 제롬(안내자)의 도움이 필요 없게 되지요.

닥터 N 왜요?

영 그때는 우리들이 주고받는 파장으로 더 효율적으로 의사소통이 될 거예요.

닥터 N 제롬이 당신의 뒤편 왼쪽에 서서 도와주는 것이 어떤 것인지 설명해주십시오.

영 대개의 경우 인체는 왼쪽이 오른쪽보다 강직합니다. 원로들에게서 오른쪽으로 들어오는 에너지가 왼쪽으로 흘러나가지 않도록 생각을 막아주는 것이지요.

닥터 N 당신의 에너지가 체와 같이 빠져나간단 말입니까?

영 (웃는다.) 때때로 그렇게 느껴질 때도 있지요…. 특히 왼쪽이 그래요. 새어나갈 에너지를 막는 데 있어서 그가 뒷받침 역할을 하게 되기도 하지요. 제가 좀 더 잘 간직할 수 있도록 생각의 과정을 저에게로 돌려보내 줍니다. 이해하는 데 도움이 되지요.

닥터 N 그런 과정에서 그의 생각을 더하기도 하나요?

영 물론이지요. 그는 모든 것이 내 속으로 스며들어 함께 머물기를 바라지요.

다른 피술자들과의 대화를 통해서도 케이스 37의 피술자가 말한 뒷받침에 대한 것을 확인할 수 있었다. 인간으로 태어난 지 얼마 안 되어 영혼들이 독특하고 복잡한 회로 양상을 배우게 될 때 그들은 인간의 좌뇌와 우뇌의 균형이 맞지 않는 것을 알게 된다. 중요한 판단을 내려야 할 때, 창조적인 일을 할 때, 그리고 언어의 통신에 있어서 인체는 각자의 방법으로 뇌와 작용한다고 한다. 임신 기간 중 현명한 영혼이 좀 더 일찍 태아에 깃들게 되는 것도 그 때문이다.

　퇴행요법을 시술하는 치료사들은 현실에서 피술자들의 육체를 불편하게 하거나 병들게 하고 있는 전생의 원인을 찾고 치료한다. 일반적으로 그런 환자들은 병원이나 또 다른 치료 방법으로 치유가 불가능할 때 퇴행요법을 받으러 온다. 예를 들자면, 지난 인생에서 겪었던 폭력적인 죽음이 현재의 육체에 불편을 초래하기도 한다. 시술사들이 하는 일은 그런 사실을 밝혀서 피술자들의 불편이나 고통을 덜어주는 것이다.

　4장에서는 전생의 육체에 주어진 상처가 영계로 돌아온 영혼들에게 미치는 영향에 대해 언급했다. 케이스 37을 알기 전까지 나는 인체에 주어진 상처가 의회에서의 심문에까지 영향을 미치리라고 상상하지 못했다. 의회에서는 영혼이 심문을 당하고 있을 때 원로들이 신속하게 높고 낮은 파장으로 서로 교신한다. 보통의 영혼들은 그러한 원로들의 교신을 알아차리지 못한다. 뒤섞어 흐려놓은 것은 의도적이기도 하다. 의회에서 이루어지는 대화 중에서 해석이나 통역이 필요한 것이 있으면 그 일은 안내자의 몫이라고 결론지어도 좋을 것 같다.

　나는 영혼들이 쉽사리 밝히려 하지 않는 원로들과의 교신이나 의회에 관한 것을 알아내기 위해 시술자들이 쓸 수 있는 비정통적이지만 효과적인 진행 방법을 알고 있다. 원로들과 대화를 나누고 있는 영혼을 대할 때면 나는 그 원로나 안내자에게 나의 안내자를 알고 있는지 물어보라고 한다. 영혼들은 보통 자신 있게 영계에서 안내자들은 서로를 잘 알고 있다는 식으로 말하기도 한다. 나는 잇달아 질문을 한다. 그렇다면 왜 그들의 안내자나 나의 안내자, 그리고 원로들은 나와 피술자를 그 특정한 날에 나의 진료실에서 만나게 한 것인가? 그럴 때 피술자들은 그 동시성에 놀라워하며, 하지 않으려던 대답을 하게 된다. 또 최면이 그 정도로 진행되어 있을 때면 대부분의 피술자는 말하게 된다. "지금 당신의 안내자가 당신의 왼쪽 어깨에 매달려 도움을 주고 있어요. 당신이 필요 이상으로 영혼의 세계에 대해 알고자 노력하는 것을 보고 그가 웃고 있는 것을 아시나요?"

원로들을 접견하러 가는 영혼들은 오리엔테이션을 받는 동안 안내자에게 간단한 심문을 받게 된다. 그러나 원로들을 만나면 그들은 신중한 느낌으로 과거의 생을 되돌아보고 반성하게 된다. 원로들의 의회는 그들에게로 온 영혼들의 품위를 떨어뜨리거나 잘못을 벌하기 위해 있는 것은 아니다. 원로들의 목적은 다음에 있을 인생에서 영혼들이 뜻한 것을 성취할 수 있도록 도와주려는 것이기 때문이다.

의회로 갈 때마다 같은 일이 되풀이되는 일은 없지만 그곳에서 어떤 방법으로 대화가 진행될 것인지를 모든 영혼들은 잘 알고 있다. 어린 영혼들이 의회에 갈 때면 원로들이나 안내자들이 특별히 관대하게 세심한 배려를 하는 것을 볼 수 있다. 원로들의 의회에 관한 것을 처음 조사했을 무렵부터 나는 그들이 단호하고 의연하지만 어질고 부드럽게 영혼들을 대하는 것을 보았다.

사실 나도 처음 그 의회에 관한 것을 들었을 때 의문스러운 마음이 들었다. 한 영혼이 좀 더 높은 격을 지닌 원로 앞으로 불려나가면 업에 따라 처벌 같은 것을 받게 되리라는 생각도 했다. 그런 느낌은 내가 자라온 문화와 환경의 탓이었다. 얼마의 시간이 경과한 뒤에야 나는 그 의회로 가는 일이 다양한 의미를 지녔다는 것을 알게 되었다.

원로들은 엄격하지만 자애로운 부모 같다. 모든 일을 적절히 해결하는 총감독이고 격려하는 스승이며 행실을 보살피는 상담자 같은 역할을 한다. 영혼이 원로들에게 느끼는 것은 두려움이 아니고 존경이다. 알고 보면 가장 신랄한 비평은 영혼들끼리 하는 것이다. 영혼 그룹에서의 평가는 해학으로 감싸여 있기는 하지만, 어느 원로가 하는 것보다 날카롭고 매섭다.

영혼들은 원로들이 있는 곳으로 가는 동안 다양한 현상을 볼 수 있다. 어떤 피술자들은 성장을 위한 더 높은 가르침을 얻기 위해 원로와의 만남을 기대했다. 어떤 영혼들은 걱정을 하기도 했지만 실제로 일이 진행될 때면 그런 생각은 없어지게 마련이다. 원로들은 영혼들이 의회로 왔을 때 잘 왔다는 느낌을 바로 들게 하는 방법을 알고 있다.

지상에 있는 법정과 원로들이 있는 천상의 의회의 큰 차이점은 의회에 있는 원로들이 모두 텔레파시로 교감한다는 것이다. 그리하여 원로들은 한 영혼이 전생에서 했던 모든 행위나 선택에 대해 소상히 알고 있다. 기만은 있을 수가 없다. 법칙이나 증거도 필요 없고 변호사나 배심원도 요구되지 않는다. 영혼들의 장래를 적절히 설계하기 위하여 원로들은 다만 영혼들이 특히 다른 사람들을 대할 때 스스로 하는 일이나 그 결과가 어떻게 될 것인지를 잘 알기를 바란다.

원로들은 인생에 있어서 주된 일들과 그것을 어떻게 해결했는지 등을 심문한다. 현명하게 다스렸던 온당한 생각이나 행동, 또 그렇지 못했던 점은 공개적으로 토의되지만 비난받는 일은 없다. 한 영혼이 같은 실수를 되풀이하는 일이 있어도 원로들은 나무라지 않고 커다란 인내로 가르치며 지켜본다. 다만 영혼들이 자신들에 관한 인내가 부족할 따름이다. 만약 나와 상담했던 모든 피술자들이 만났던 원로들이 그렇게 관대하지 않았더라면, 많은 영혼들이 지구로 수련하러 가려는 용기를 잃고 포기했을 것이다. 영혼은 지구로 돌아갈 것을 포기할 권리가 있기 때문이다.

원로들은 우리들이 지구에 있을 때 육체가 영혼의 발전에 도움이 되었는지 그렇지 못했는지 살펴보기도 한다. 또 영혼이 다음에 깃들어야 할 육체나 환경에 대해 미리 생각하기도 한다. 원로들은 영혼들이 다음에 겪을 환생에 대해 어떻게 생각하고 있는지 알고자 한다. 대부분의 영혼들은 그들을 지도하는 원로들이 아직도 미래의 환생을 결정하지 않은 것을 감지한다. 그 의회에서는 아무것도 확정되지 않는 것 같다.

원로들의 의회에서 가장 소중히 다루어지는 것은 인생을 대하는 영혼들의 의지다. 원로들은 만나기 전부터 영혼들에 대한 모든 것을 알고 있다. 하지만 심의가 진행되는 동안 인간의 뇌가 영혼의 마음과 어떻게 작용했는지 분석하기도 한다. 원로들은 영혼들이 거쳐온 육체를 통해 해온 모든 과거사를 알고 있다. 그 육체를 잘 조종할 수 있었는지 없었는지, 지상에서 지녔던 육체의 부정적인 감정이나 조야한 천성을 잘 다스릴 수 있었는지도 알고 있다. 그러나 충동이나 오해 그리고 집착은 영혼들이 행위를 변명하는 이유가 되지 못했다. 이는 영혼들이 원로들 앞에서 어려움을 토로하지 않는다는 말은 아니다. 그러나 지나온 삶을 합리화하는 것이 꾸밈없는 진실을 이길 수는 없다.

　원로들이 알고자 하는 것은 영혼들이 인간 속에 깃들어 있을 때 가치와 이상, 행동에 있어서 영원한 본성인 성실함과 정직함을 유지하고 있었는가 하는 것이다. 또 육체 속에 파묻혀 그저 이끌려가기만 했는지 또는 스스로 빛을 발하며 인도하고 있었는지 알고자 한다. 영혼이 육체 속에 있는 두뇌와 잘 합류하여 원만한 인격을 자아낼 수 있었는가, 또 힘을 어떻게 사용하였는지 묻는다. 그 힘은 긍정적인 것을 위해 쓰였는가, 또는 다른 사람들을 지배하기 위해 옳지 않게 쓰였는가? 다른 사람들의 믿음에 이끌려갔는가, 스스로 창조적인 공헌을 할 수 있었는가? 원로들은 영혼들이 인생을 통한 진화의 길에서 얼마나 많은 실수를 했는가에는 유의치 않는다. 하지만 쓰러져도 다시 일어나 끝까지 힘 있게 달려가는 용기가 있었는지를 묻고 가르치려 한다.

심의회의 외관과 구조

　의회에서 보게 되는 격이 높은 영혼들을 원로라고 부르는 것이 타당하다고 피술자들은 말한다. 그 이유는 그들이 연로한 모습으로 보이기 때문이다. 그들은 머리가 벗어졌다든지 흰 머리에 수염을 기르고 있는 것으로 자주 묘사된다. 원로들의 성에 대해서는 피술자들에게 물어본 결과, 심의회에서 보게 되는 원로들 중에서는 남성의 수가 우세하다고 한다. 역사를 되돌아볼 때 오랫동안 권위의 자리에 앉은 남자가 여자보다 많아서일 것이다.

그런 전형적인 이미지를 만들게 되는 데는 두 가지 이유가 있다. 첫째, 원로들에게서 받는 인상은 지구에서 살다 온 영혼의 경험이나 생각에 기인하기 때문이다. 둘째, 최면 상태에서 기억을 회상할 때 겹치는 과정을 겪어야 되기 때문이다. 피술자가 순수한 영혼의 상태에서 원로들과의 만남을 되살리면서 한편으로 현재의 문화에 익숙한 인간으로서 나와 대화를 해야 한다.

영혼들이 영계로 돌아가면 비슷한 현상을 겪게 된다. 같은 그룹에 있는 영혼들에게 지나간 인생의 모습을 투사할 때 비슷한 현상이 일어나기도 한다. 그런 현상은 그 순간의 성격과 기분을 반영하고, 한참 보지 못했던 영혼을 즉시 알아볼 수 있는 현상을 만들기도 한다. 나와 같은 퇴행 치료를 하는 사람들이 앞으로는 더 많은 여성을 원로들 속에서 만나볼 수 있으리라 생각한다. 또 한 가지 알아두어야 할 것은 내가 원로들의 의회를 보게 될 때 그 장면들은 모두 지난 세기를 살았던 인생이었다는 점이다. 피술자의 마음으로 영계의 장면을 떠올릴 때면 적절한 시기를 택하게 된다.

원로회에서 남성의 수가 많았음을 말하게 되었으니 이 점도 추가해야 할 것 같다. 내가 만난 대부분의 앞서가는 영혼들이나 대다수의 중간 영혼들은 원로들이 양성을 지니고 있다고 했다. 어떤 원로는 성을 분간할 수 없거나 또는 두 성이 번쩍이면서 합해진 것처럼 보였다고 한다. 이전의 대부분의 피술자들은 나에게 원로들의 이름을 말할 수 없거나 또 알아도 말하려 하지 않았기 때문에 대개 원로들의 성을 모르면서도 '그녀'라는 표현을 쓰지 않고 '그'라고 호칭했다. 안내자들은 여성과 남성이 골고루 섞여 영혼들을 돌보고 있었다.

도표 8로 돌아가 보면 원로들이 앉아 있는 탁자(D)가 둥근 회의실 뒤쪽에 위치하고 있는 것을 볼 수 있을 것이다. 영혼(B)은 회의실의 중앙에 서게 된다. 흔히 피술자의 영혼들은 존경하는 마음으로 그 자리에 서 있다고 말했다. 물론 그들에게 선택의 여지가 있는지는 모르겠다. 나는 실제로 더 진보된 영혼들이 원로들과 함께 탁자 끝에 앉아 있는 것을 보기도 했다. 하지만 그런 경우는 드물었고 보통 영혼들은 불손한 행동이라 생각했다.

지구에 다섯 번밖에 온 적이 없는 매우 어린 영혼은 다음과 같이 다른 영혼들이 보았던 의회와 아주 다른 장면을 보기도 했다.

우리들 넷은 함께 아주 잘 놀았어요. 마이너리 선생이 함께 있지 않으면 온갖 바보스러운 놀이를 하곤 했지요. 아주 중요한 어른을 뵈러 갈 때면 나와 나의 친구들은 손을 잡고 갔어요. 우리는 밝은 빛깔이 가득한 곳으로 갔어요. 그곳에는 등받이가 높은 의자에 앉은 여자와 남자가 있었는데 그들은 환한 웃음을 짓고 있었어요. 그들은 막 어린아이들과 접견을 끝낸 뒤였는데 그 아이들은 방을 나가면서 우리들에게 손을 흔들었어요. 추정하건대 그 한 쌍의 남녀는 나이가 30대 초 같았어요. 저희 부모님처럼 그들은 친절하고 자애로웠어요. 그들이 나에게 앞으로 다가오라고 했어요. 어떻게 지내고 있는지, 다음 인생에서는 어떻게 살고 싶은지, 아주 간단히 물었어요. 마이너리 선생이 하는 말을 잘 들어야 된다고 했어요. 크리스마스 때의 백화점 같아요, 산타가 둘 있는.

의회에 영혼이 혼자 나타나지 않고 둘 이상 나타난다는 것은 그 영혼이 아직도 어리다는 확실한 증거가 된다. 후일 나는 그 피술자의 영혼이 현재의 인생을 살기 전에 지구로 단 한 번만 환생했다는 것을 알게 되었다. 나의 경험에 의하면 두 번에서 다섯 번 정도 지구에서 살고 오는 동안 의회의 장면이 바뀌게 되곤 했다. 그렇게 변한 의회를 본 한 피술자의 영혼은 이렇게 소리치기도 했다.

아… 많은 것이 변했어요. 이 의회는 지난번에 겪은 것보다 더 형식이 갖추어져 있어요. 조금 걱정이 되기도 해요. 긴 탁자가 있고 세 사람의 나이 든 분들이 나에게 묻고 있어요. 내가 잘 해낼 수 있었던 것을 말해 보라고 합니다. 지금 막 시험을 치르고 그 결과를 기다리고 있는 것 같아요.

보통 영혼들은 세 명에서 일곱 명의 원로들이 의회에 나타나는 것을 본다. 앞서가는 격이 높은 영혼들은 일곱 명에서 열두 명의 원로들을 보게 되는 수도 있다. 하지만 원로의 수가 고정되어 있는 것은 아니다. 다만 영혼이 좀 더 진보하게 되고 성숙해지면 더 많은 전문가들이 필요하게 되는 것이다. 내가 알기엔 어린 영혼일수록 원로들을 잘 알아보지 못했다. 의장이나 한 명 정도 알아보는 것이 고작이었다. 그렇게 알아차릴 수 있는 두 원로들이 질문을 하고 있는 동안 나머지 원로들은 희미하게 배경에 머물러 있는 것 같았다.

의회에서 원로들이 차지하는 자리도 의미가 있는 것 같았다. 좀 더 사소한 역할을 하는 원로들이 탁자의 끝 쪽으로 앉는 것 같았다. 많은 경우 의장직을 맡은 원로가 중앙에 앉아 심문받는 영혼과 정면으로 대면했다. 그 원로가 주로 질문을 하면서 의장직과 진행을 겸하고 있었다. 다른 원로들은 질문을 받는 영혼이 살아온 인생과 또 앞으로 살아갈 인생에 따라 그 수가 변하곤 했다. 의장직을 맡은 영혼과 또 한두 명의 원로만이 수없이 되풀이되는 인생을 겪고 돌아오는 의회에 변함없이 나타나곤 했다. 또 하나 좀 특이하게 여겨지는 것은 같은 그룹에 속하는 영혼들이 제각각 다른 원로들이 있는 의회로 간다는 것이었다. 그런 점은 아마 영혼들이 제각각 다른 개성을 지니고 있고 또 진보의 속도도 다른 것에 기인하는 것 같았다. 그러나 피술자는 그 이유를 명확히 밝히지 못했다.

어떤 영혼은 의회에서 몇 번이나 인생을 거듭하는 동안 보지 못했던 원로가 다시 모습을 보이거나 새로운 원로가 나타났다고 말했다.

지난 번 인생을 끝내고 온 뒤 나는 원로들 중에서 여자 한 분을 보았습니다. 그 원로는 불친절하지는 않았지만 과거의 인생을 사는 동안 여자에 대해 무감각했던 저의 모자람을 부드럽게 비판했습니다. 그 원로는 그런 저의 약점을 고칠 계획을 짜기 위해 그곳에 와 있었습니다. 그런 약점은 저의 진보를 방해하니까요..

그러한 케이스를 통해 보면 전문 분야를 다스리는 원로들은 자기들의 도움이 필요할 때 그 의회에 나타나는 것 같다. 특히 어떤 영혼이 계속 같은 문제를 해결하지 못하고 되풀이하고 있을 때 나타나는 것 같다. 세 명의 원로들을 마주하고 있던 어떤 영혼은 이렇게 말하기도 했다.

한가운데 앉아 있는 원로회의 의장만이 저에게 말을 하고 있습니다. 왼쪽에 앉아 있는 원로는 따뜻하고 인자한 에너지를 뿜고 있습니다. 오른쪽에 있는 원로는 고요한 분위기를 저에게 보내고 있습니다. 지금 제가 살았던 인생에서 겪어야 했던 분노에 대해 이야기하고 있으니까요.

또 다른 어느 피술자의 영혼은 최근에 겪었던 의회의 장면을 이렇게 설명했다.

최근에 살았던 몇 인생을 끝내고 올 때마다 의회에 있는 원로의 수는 바뀌었습니다. 세 분이었던 원로가 네 분이 되었다가 또다시 세 분으로 바뀌었지요. 그리고 다시 네 분이 되었지요. 그 네 번째 원로는 밝은 은빛을 띠고 있었지만 다른 세 분은 보랏빛을 띠고 있었습니다. 나는 그 은빛 나는 원로를 나에게 자신감을 부여하는 원로라고 불렀지요. 그분이 의회에 나타날 때마다 저는 알게 되지요. 자신감이 결여되어 있었던 저의 처신에 대한 훈계를 받게 되리라는 것을…. 그분은 제가 침묵하기 쉬운 억제된 영혼이라고 말합니다. 제가 옳은 경우에도 주장하기를 두려워한다고 합니다. 지구에 살 때 모든 것이 두렵기만 하다는 저의 말에 그분은 인자하게 대답합니다. 두려워하지 않고 모든 것에 다가가면 모두 잘 대해 줄 것이고 또 사랑도 받게 될 것이라고 합니다. 나는 다루는 일도 싫고 역경 속에 사는 것도 싫다고 했습니다. 그때 그 원로는 대답했습니다. "당신이 감당할 수 없는 것을 우리는 주지 않습니다. 계속 노력해 보십시오. 당신은 많은 것에 공헌할 수 있게 될 것입니다."

이 영혼의 소유자였던 피술자는 현재의 인생에서 작은 체구에 평범한 용모를 지닌 여자였다. 그녀는 영계에서 다음에 태어날 인생을 선택할 때 놀랄 만한 미모를 지닌 여자로 태어나는 선택을 할 수 있었지만 굳이 그러지 않았다. 그녀에게 자신감을 불어넣은 원로는 현실의 인생에 기대를 걸어도 좋다고 말했다고 한다. 왜냐하면 그녀는 그런 노력을 증가시키기 위해 아주 심술궂은 부모를 택했고 어릴 때부터 천대받고 불우한 환경 속에서 자라났던 것이다. 지난 몇 세기 동안 생을 거듭하면서 그 원로가 한 어떤 말이 가장 큰 도움이 되었는지를 묻자 그녀는 이렇게 대답했다.

"한평생의 어려움을 이겨내는 것은 영원한 승리가 될 것입니다."

하나의 인생이 끝난 뒤 영혼의 안내자들은 그 생의 목적이 우선적으로 다루어졌는가 하는 것과 생애에서 한 일들을 차곡차곡 분석하는 데 비해, 원로들은 좀 더 광범위한 질문을 한다. 그들은 바로 끝내고 온 인생에 대해 세세한 질문을 하지 않는다. 체계적인 질문들은 영혼이 살아온 모든 인생을 통괄하는 것이며 자아 완성을 향한 원대한 길을 바라보는 것이다.

원로들은 또 영혼들이 잠재력을 발휘해 발전하고 있는지 알고자 한다. 이러한 것을 통해 내가 느끼고 믿게 된 것은 원로의 의회가 균형을 이루고 있다는 것이며, 의회로 가는 영혼들을 위해 성격이나 배경이 비슷한 원로들이 참석하여 도움을 베푼다는 것이다. 이따금 의회로 가는 영혼과 그들을 접견하는 원로들 사이에 유대가 이어져 있는 것을 보기도 한다. 원로들을 접견하러 가는 영혼들은 성격이나 강하고 약한 점, 관심사나 목적 같은 것이 비슷한 원로를 마주하게 되는 것이다.

그런 일반적 현상에도 불구하고 나는 또 피술자들의 영혼이 원로들과 아주 가까운 사이가 아니라는 것도 밝히지 않으면 안 된다. 영혼들은 원로들을 향한 공경심은 갖지만 자기들의 안내자에게 느끼는 것 같은 깊은 사랑은 느끼지 않는 듯하다. 그렇기 때문에 다음은 아주 특별한 케이스다.

케이스 38

닥터 N 지난번에 의회에 갔을 때 보지 못한 원로가 계십니까?

영 (갑자기 숨을 몰아쉬고, 기쁨의 한숨을 내쉬면서) 아… 드디어! 렌더가 돌아왔어요! 그를 다시 볼 수 있는 게 너무 기뻐요.

닥터 N 렌더가 누군데요?

피술자는 몸을 떨며 대답을 하지 않는다.

닥터 N 숨을 깊이 쉬고 긴장을 푸십시오. 함께 어떤 일이 일어나고 있는지 알아봅시다. 렌더는 어디에 앉아 있습니까?

영 탁자의 중앙에서 왼쪽으로 앉아 있어요. (여전히 흥분하여) 참으로 너무나 오랜만에….

닥터 N 지구의 시간으로 볼 때 렌더를 마지막으로 본 것은 언제입니까?

영 (눈물을 글썽이다가 한참 후에) 약 3,000년쯤….

닥터 N 당신이 여러 번의 삶을 살았다는 뜻이군요. 렌더는 왜 그렇게 오랫동안 볼 수 없었습니까?

영 (여전히 눈물을 글썽였지만 정신을 좀 차리면서) 그가 다시 의회에 나타난 것이 얼마나 큰 의미를 띠는지 당신은 모를 것입니다. 렌더는 몹시 연로하고 현명합니다. 아주 평화롭고요. 그는 오래전에 저를 도와주었어요. 그때 그는 말했지요. 저에게 좋은 자질이 있고 빨리 성장하고 있다고. 그리하여 아주 중요한 임무를 띠게 되었지요. 그랬는데 그만…. (피술자는 다시 울먹인다.)

닥터 N (조용히 말한다.) 잘하고 있습니다. 마음을 편하게 하십시오. 그때 어떤 일이 일어났는지 말해보십시오.

영 (오랫동안 말이 없다가) 나는… 실수를 저지르고 말았어요. 흔히 사람들이 그렇듯 함정에 빠지고 말았지요. 내가 지녔던 힘에 너무 자신을 갖고 권좌에 올라 다른 사람들을 다스리는 재미를 느꼈어요. 나는 살게 된 인생마다 오만해지고 욕심만 채우게 되었어요. 어떤 육체로 태어나든 상관없이 욕망만 채우고 이기적인 삶을 사는 인생을 되풀이했지요. 렌더는 나의 발전이 늦어진다고 경고했지만 나는 지키지 못하는 약속만 되풀이했어요. 많은 인생을… 쓸모없이 보내게 되었고… 기회를 놓쳐버렸지요. 그래서 나의 지식과 힘도 못 쓰게 되었어요.

닥터 N 하지만 최근에 와서는 일이 잘 되어가나 봅니다. 그렇지 않고선 렌더가 나타날 리가 없지 않습니까?

영 지난 500년 동안 무척 노력했지요. 다른 사람들 일을 돌보고 그들을 위해 도움이 되는 일을 하려고 했어요. 연민을 느끼며 봉사도 했고… 그래서 이제 그 결과로 렌더가 다시 오게 된 거예요. (피술자는 몸을 심하게 떨며 말을 하지 못한다.)

닥터 N (피술자를 진정시키려 노력하며 한참 있다가) 그렇게 오랜 세월 뒤에 다시 만나게 되었을 때 렌더가 처음 한 말은 어떤 것이었습니까?

영 따뜻한 미소를 띠며 말했지요. "다시 함께 일하게 되어 좋다"고 말입니다.

닥터 N 그 말 한마디뿐이었습니까?

영 그 외에 무엇이 필요하겠습니까? 저는 그의 위대한 정신의 힘을 느끼고 저의 미래에 대한 그의 신뢰를 재확인했습니다.

닥터 N 그럼 당신은 무엇이라고 그에게 대답했습니까?

영 다시 그런 실수를 저지르지 않으리라 맹세했어요.

렌더는 인광을 발하는 보랏빛의 긴 옷을 입고 있는 것으로 알려졌다. 안내자나 원로들이 입고 있는 옷은 항상 법복 같은 긴 옷이었다. 때때로 튜닉 같은 7부 길이의 옷을 입고 있다는 묘사도 있었다. 영혼의 세계에서는 그들이 살 건물이 필요 없듯이 그들이 입어야 할 옷도 필요하지 않다. 영계의 현상들이 거의 대부분 그렇듯이 옷에 관한 것은 은유적인 표현이다. 순수한 에너지로서 원로들은 짙은 보랏빛을 발하지만 그들의 옷은 다른 색상일 수도 있다. 원로들이 그런 법복 같은 긴 옷을 입게 되는 것은 그들을 만나러 오는 영혼들에게 품위와 명예 그리고 역사에 관한 감각을 일깨워주기 위한 것이다.

인간 사회에서 사람들은 법복 같은 긴 옷을 보면 법관이나 학자 또는 신학자 같은 사람을 연상하기 때문에, 의회에 나오는 원로들이 입은 긴 옷의 색상을 알게 되면 시술자에게는 적지 않은 도움이 되기도 한다. 처음 그렇게 다양한 옷의 색상을 알게 되었을 때는 색상이 원로들의 지위를 표현하는 것으로 알았다. 그리하여 그 방면의 연구를 처음 시작했을 때는 권위에 대한 옳지 못한 질문을 피술자들에게 하기도 했다. 그러나 연구를 진행해 감에 따라 그들의 좌석이나 옷, 의회의 참여 여부는 계급과 상관이 없음을 알게 되었다.

영혼들의 보고에 의하면 의회에 나오는 원로들은 보랏빛과 흰빛의 옷을 가장 많이 입은 것 같다. 그 두 색상은 스펙트럼의 양극을 차지하므로 부조화를 이룰 것 같지만 실제로 그렇지 않다. 케이스 31이 설명하듯이, 흰색은 어린 영혼인 경우에는 에너지를 받아들이는 빛깔이고 앞서가는 영혼들의 경우에는 전이나 조정을 위한 색상이다. 어린 영혼들을 상징하는 흰 에너지는 계속되는 자아 정화와 재생을 의미한다. 앞서가는 영혼들에게는 순수함과 명징함을 나타낸다.

원로들이 흰빛의 긴 옷을 입고 있는 것이나, 영계의 관문에서 만나는 안내자가 흰옷을 입고 있는 것을 자주 보는 것은 흰빛이 지식과 예지를 옮겨주는 색상이기 때문이다. 긴 흰옷에 깃들여 있는 에너지나 현자의 후광으로 나타나는 흰빛은 우주의 에너지와 결합하고 생각을 정돈하는 것을 의미한다.

원로들이 입은 긴 옷의 에너지 빛깔은 원로들에게 부여된 완전무결한 특성을 보여주는 것이라고 피술자들의 영혼은 말한다. 검은색의 긴 옷은 본 적이 없다. 하지만 때때로 감수성이 높은 영혼은 처음으로 의회에 갈 때면 원로를 '판사'라고 부르기도 한다. 하지만 일단 그 의회의 분위기를 알게 되면 어떤 영혼도 그 만남의 장소를 법정이라고 생각하지 않는다.

두건이나 네모진 모자, 그리고 머리꼭지에 얹어놓는 작은 모자 같은 고풍스런 모자를 쓴 원로들도 보게 된다. 하지만 보통 두건은 머리에 쓰지 않고 벗겨진 채 뒤로 넘겨져 있다. 그래서 보는 이로 하여금 나쁜 느낌은 갖게 하지 않는다. 그런 모습은 긴 흰옷에 두건을 쓰는 도미니크 수도회의 종교 의식을 연상시키기도 한다.

투박한 옷감으로 만든 긴 옷이나 튜닉 같은 지상적인 영향은 먼 역사의 상고 시절부터 있었던 것 같다. 원로들이 입은 긴 옷이나 또 다른 의류에 관한 영혼들의 말은 신탁자처럼 자기들에게 일어날 일들을 말해주는 원로들을 향한 존경을 강조하는 것이다.

다음 케이스는 레벨 1에 속하는 영혼이 1937년에 마지막 인생이 끝난 뒤 의회로 가게 된 경우다.

케이스 39

닥터 N 당신이 간 의회에는 몇 명의 원로들이 있습니까?

영 나는 그분들을 현자라고 부르고 싶어요. 여섯 명이 탁자를 앞에 두고 앉아 있어요.

닥터 N 현자들이 제각각 어떤 옷을 입고 있는지 알려주십시오. 그리고 당신이 느끼는 인상도 말해주십시오.

영 (잠시 말이 없다가) 중앙에 계시는 분은 자줏빛 긴 옷을 입고 있어요. 그리고 다른 현자들은 흰빛에 자주색이 섞인 옷을 입고 있어요. 하지만 맨 오른쪽에 있는 분… 그녀는 약간 노란빛이 나는 흰옷을 입고 있어요. 그분은 다른 원로들보다 많은 관심을 저에게 쏟고 있습니다.

닥터 N 그 모든 색상은 당신에게 어떤 것을 느끼게 하나요?

영 그것은 내가 막 끝내고 온 인생을 어떻게 살았느냐에 따라 달라집니다. 오른쪽에 흰옷을 입은 현자는 모든 것을 좀 더 확실히 보라고 하지요. 노란 옷을 입은 분은 내가 주고받은 믿음에 대해…. 하지만 나는 잘 모르겠어요. 왜 제가 그런 일과 관계가 있는지…. 전전생을 살고 왔을 때는 그 자리에 다른 분이, 붉은색 옷을 입은 분이 앉아 있었어요. 그때는 제가 불구자로 어려운 인생을 살다 집(영계)으로 돌아왔을 때였지요.

닥터 N 전전생을 살다 돌아온 뒤 그 붉은 옷을 입은 현자를 보았을 때 어떤 생각을 하게 되었습니까?

영 신체에만 치중했던 색상이었지요. 그 붉은 옷을 입은 현자는 육체와 관련된 카르마의 영향을 돌보고 있었어요. 그때는 녹색 옷을 입은 현자도 볼 수 있었습니다. 하지만 지금은 보이지 않네요.

닥터 N 왜 녹색 옷을 입은 현자가 있었죠?

영 그분들은 뛰어난 치유사들입니다. 정신적으로나 육체적으로 말입니다.

닥터 N 현자들이 입은 옷에서 보통 그 모든 색상을 볼 수 있습니까?

영 솔직히 말하자면 그렇지 않습니다. 대부분의 경우 그분들은 모두 자줏빛 옷을 입고 있어요. 이번의 경우는 제가 좀 특별한 메시지를 받게 되기 때문이지요.

닥터 N 중앙에 앉은 자줏빛 옷을 입은 분에 관하여 설명해주십시오. 그분은 중요한 의무를 띤 현자입니까?

영 (웃으면서) 아, 그들은 모두 중요한 의무를 띤 분들이에요.

닥터 N 그렇습니까? 하지만 당신에게는 다른 분들보다 중요하게 여겨지는 분이 아닌가요?

영 그건 그렇지요. 그분은 지도하는 현자이고 통솔의 의무를 맡고 있으니까요.

닥터 N 당신은 왜 그분이 그런 일을 하는지 알고 있나요?

영 왜냐하면 다른 현자들이 그에게 의논을 하고 그분이 지휘를 하니까요. 많은 경우 다른 현자들은 그분을 통해서 말하는 것 같거든요.

닥터 N 그 현자의 이름을 아십니까?

영 (웃는다.) 그런 건 알 수 없어요. 여기서는 지구의 사교장같이 처신하지 않으니까요.

닥터 N 그 의회는 어떻게 시작됩니까?

영 의장이 "잘 오셨습니다. 다시 만나게 되어 반갑습니다."라고 말하는 것으로 시작됩니다.

닥터 N 그럼 당신은 무엇이라고 대답합니까?

영 감사하다고 대답하지요. 하지만 속으로는 '일이 잘 되어야 될 텐데.' 하고 생각합니다.

닥터 N 의회를 통솔하고 진행하고 있는 것 같은 의장에게서 어떤 생각을 전달받게 됩니까?

영 그분은 제가 너무 현자들을 어려워하지 않기를 바랍니다. 그분들이 너무 월등하여 따라갈 수 없다고 생각하지 말기를 바라지요. 이 의회는 저를 위한 모임이니까요. 그분은 또 말합니다. "지난번에 만난 이래로 당신의 진보에 대해 어떻게 생각하는가? 우리들이 의논할 수 있는 새로운 것을 배우고 있는가?" (잠시 말이 없다가) 그런 식으로 의회가 시작되는 거지요. 그분들은 나의 말을 듣고 싶어 합니다.

닥터 N 이제 마음이 조금 편안해졌습니까?

영 네, 그런 것 같습니다.

닥터 N 이 시점부터 어떻게 진행되는지 알려주십시오.

영 (잠시 말이 없다.) 무엇인가 제가 잘했던 일부터 말하게 되지요. 지난 인생을 살 때 저는 많은 고용인들을 거느린 회사를 경영하고 있었습니다. 나는 현자들에게 좋은 인상을 주기 위해 내가 했던 자선 사업에 관한 것을 이야기하려고 했지요. 아시잖아요. 선행 말입니다. (잠시 말이 없다.) 그런데 이야기는 내가 어떻게 회사를 운영했는가 하는 것으로 흐르게 되었습니다. 불화를 막을 수 없었던 나의 무능력, 고용인들과의 충돌과 노여움…. (피술자는 흥분한다.) 너무 좌절감을 느끼게 되지요. 노력은 하고 있지만… 그러나 또…. (말을 멈춘다.)

닥터 N 계속해주십시오. 당신의 안내자는 이 일에 도움을 주지 않습니까?

영 나의 안내자 호아킨은 나의 뒤쪽에 서서 말을 합니다. 지난 인생의 주된 일들을 간단히 말하고, 경제공황 때 사람들에게 직장을 주어 생계를 이어가게 한 공헌을 말합니다.

닥터 N 잘 진행되고 있는 것 같은데요. 호아킨이 현자들에게 당신에 관한 말을 하는 태도가 마음에 드십니까?

영 네, 그렇습니다. 호아킨은 나의 의도가 무엇이었으며 또 실제로 있었던 일이 어떠했는지 침착하게 설명했습니다. 호아킨은 나를 변명하거나 칭찬하는 말은 하지 않았습니다. 단순히 사실만 말합니다. 미국이 경제공황으로 어려움을 겪고 있던 시절에 내가 도움이 되고자 참여했던 일에 관해서만 이야기합니다.

닥터 N 당신은 호아킨이 당신을 변호하는 역할을 한다고 생각합니까?

영 아닙니다. 여기선 그런 일들을 하지 않습니다.

닥터 N 당시의 인생을 호아킨은 객관적으로 요약합니까?

영 그렇지요. 하지만 아직 내가 하고 싶은 말은 이제 겨우 시작되었을 뿐입니다. 나는 가족들을 얼마나 잘 돌볼 수 있었는가 하는 데 생각을 집중하고 싶습니다. 그러나 그런 생각은 자꾸만 사업에 관한 일과 섞이고 맙니다…. 나는 내가 어떻게 고용인들을 대우했는가 하는 것을 잊을 수 없습니다. 그 때문에 마음이 심란하지요. 호아킨은 이제 말을 하지 않습니다. 나의 생각에 방해가 되지 않으려 하고 있지요.

닥터 N 이제 현자들과 당신의 생각에 초점을 두기로 합시다. 이야기를 계속하십시오.

영 나는 현자들의 질문에 대답하려고 합니다. 지난 인생에서 나는 물질의 충족을 즐겼습니다. 현자들은 왜 그랬느냐고 묻습니다. 저는 그렇게 하면 가치 있고 값진 인생살이를 하는 것 같았다고 대답합니다. 하지만 그러기 위해 저는 사람들을 짓밟기도 했지요. 현자들은 내가 다른 인생에서 그런 일을 했던 것을 언급합니다. 그리고 이제는 좀 나아졌다고 생각하느냐고 묻습니다.

닥터 N 그들이 조사한 과거의 일들이 현재의 삶에 방해가 된다고 생각하십니까?

영 아닙니다. 그분들의 질문은 나무라는 것이 아니었습니다. 그
일은 괜찮습니다. 다만 내 마음이 분주할 따름입니다. 내가 했
던 자선 사업을 강조해야 할 것 같은 생각이 듭니다. 그리고….
(말을 중지한다.)

닥터 N (용기를 북돋우면서) 잘하고 있습니다. 다음엔 어떤 일이 일어
나고 있는지 알려주십시오.

영 중앙에 계시는 현자의… 강한 마음이 저를 감쌉니다.

닥터 N 정확히 그 현자는 무엇을 교신하려고 합니까?

영 (천천히) 마음속으로 들리는 말은 이렇습니다. "에마뉘엘, 우리
는 당신을 심판하거나 벌을 주거나 당신의 생각을 무시하기 위
해 여기 있는 것은 아니다. 가능하다면 당신이 우리의 눈을 통
해 당신 자신을 바라볼 수 있기를 바랄 뿐이다. 그렇게 한다는
것은 스스로를 용서하는 것이다. 그러는 것이 여기에 온 가장
큰 목적이다. 왜냐하면 당신이 우리들이 당신을 생각하는 그
무조건적 사랑으로 당신 자신을 있는 그대로 받아들이기를 바
라기 때문이다. 또 당신이 지상에서 하는 일을 돕기 위해 우리
가 여기에 있다는 것을 알아주길 바란다. 예를 들자면, 그 버스
정류장에서 있었던 일을 기억해줬으면 좋겠다."

닥터 N 버스 정류장에서 있었던 일? 무엇을 뜻하는가요?

영 (잠시 말이 없다.) 그런 말을 들었을 때 나는 잠시 혼란스러웠습니
다. 나는 호아킨이 있는 곳을 돌아보면서 도움을 청했지요.

닥터 N 에마뉘엘, 무슨 일이 일어나고 있는지 설명해주십시오.

영 중앙에 계시는 현자의 생각이 다시금 저에게로 옵니다. "그 사건을 기억하지 못하는가? 버스 정류장에 앉아 있던 어떤 여인을 도와준 일 말이오." 나는 말합니다. "그렇습니다. 기억나지 않습니다." 그분들은 나의 기억이 되살아나기를 기다립니다. 그리고 화폭을 펼치듯 그 장면을 보여줍니다. 그래요. 보이기 시작합니다. 한 여자가 있었습니다…. 나는 서류 가방을 들고 회사를 향해 걸어가고 있었습니다. 바빠서 서두르고 있었지요. 그런데 왼쪽에서 여자의 조용한 울음소리가 들려왔습니다. 그 여자는 버스 정류장에 앉아 있었습니다. 그때는 미국에 경제공황이 있을 때였고 사람들이 몹시 어려움을 겪고 있을 때였지요. 나는 충동적으로 발걸음을 멈추었습니다. 그 여자 곁에 앉아 등을 감싸며 울음을 달래려 했지요. 그런 일은 정말 평상시의 나답지 않은 부자연스러운 일이었어요. (잠시 말이 없다가) 아… 그런 일을 하기를 현자들이 바라는 것인가요! 나는 버스가 올 때까지 그 여자와 잠깐 그렇게 있었어요. 그리고 다시는 만나지 않았습니다.

닥터 N 현자들이 그 의회에서 그 사실을 말한 것을 이제는 어떻게 생각합니까?

영 좀 기가 막히네요. 나는 자선을 위해 돈을 쓰곤 했는데, 현자들이 바라는 것이 그런 일이라고 하니! 나는 그 여자에게 돈도 주지 않았고 다만 이야기만 했을 따름이에요.

피술자와 함께 그 의회에 관한 이야기를 하면서 왜 탁자 오른쪽 맨 끝에 웃음을 띠고 앉아 있던 여자 원로가 노란 옷을 입고 있었다고 생각했는지를 그에게 상기시켰다. 그 여자는 버스 정류장에서 그가 계획에 없던 선행을 한 것을 알고 있었던 것이다. 어린 영혼들은 원로들 앞에 서서 자신들을 정화하려는 과정에서 기억의 혼동을 일으키기도 한다. 또 그 과정 속에 몰두하게 되면 무엇이 더 중요한 것인지 알지 못하게 되기도 한다.

에마뉘엘은 바삐 회사로 가는 도중이었지만 그 여자 옆에 앉았다. 그 짧고 동정에 찬 행동이 오래 지속되지는 않았다. 하지만 그 짧은 순간에도 에마뉘엘은 그 여자의 아픔을 느꼈고 그녀의 눈을 들여다볼 수 있었다. 그리고 그녀가 좀 더 강해질 수 있다고 믿는 마음 때문에 그런 어려움을 이겨내고 잘 살게 될 것이라고 위로할 수 있었다. 그리하여 그 여자는 울음을 그치고 괜찮아질 것이라는 말을 하며 다가온 버스를 타고 떠날 수 있었다. 그 후 그는 회사로 갔고 그 짧은 순간의 친절은 잊혀지고 말았다.

여생을 사는 동안 한 번도 기억을 되살린 적이 없었던 선행이었다. 그 버스 정류장에서 일어난 일은 한평생을 통해 있었던 많은 일들에 비하면 아주 사소한 일로 느껴질 것이다. 하지만 원로들에게는 그것이 작은 일이 아니었다.

인생을 회고해보면 사람들 사이에서 일어나는 따뜻한 일화가 많다. 그런 일들은 너무나 순간적이어서 그 당시 우리는 그런 점을 깨닫지 못할 때가 많다. 영혼의 세계에선 중요하지 않은 것이 없다. 어떤 행위일지라도 기록되지 않는 것이 없다. 의회로 오는 영혼들 앞에 나타나는 원로들이 입은 옷의 빛깔은 특정한 의미를 띠는 것은 아니다. 예를 들면 지난번 사례에서 원로가 입고 있던 붉은 옷은 에마뉘엘이 전생에 지녔던 불구의 몸속에 지니고 있던 정열을 계속 유지해나갈 수 있도록 하기 위한 것이었다.

다음에는 원로들이 지니는 다른 상징들이 의미하는 것을 밝히겠다. 붉은 옷이나 큰 메달에 박힌 붉은 돌, 혹은 원로들이 끼고 있는 반지에 박힌 붉은색 돌은 경우에 따라 여러 의미를 가진다. 붉은색은 정열과 강도를 나타내는 것이다. 그래서 에마뉘엘도 불편한 신체를 지녔던 인생을 살다 영계로 돌아온 뒤 그 붉은 옷을 입은 장로를 보게 된 것이었다. 하지만 또 다른 경우에는 원로가 붉은 돌이 박힌 큰 메달을 보임으로써 전생에서 지녔던 정열보다 더 큰 열정과 용기를 지녀야 할 것을 제시했다. 의회에서 보게 되는 색상의 해석은 제각각 영혼의 생각에 따라 다르다. 어떤 피술자는 이렇게 말하기도 했다.

내가 간 의회에서 원로들이 입고 있는 옷 빛깔은 제각각 수련에 정통했음을 의미합니다. 여러 다른 형태로 드러나는 색상은 다루어지고 있는 화제나 토의와 관계가 있기도 합니다. 그런 점은 내가 원로들을 대할 때마다 깨달음을 주기도 합니다. 어느 원로가 특별히 더 뛰어나다고 말할 수 없을 것입니다. 왜냐하면 그들 모두가 각각 최고의 완벽함을 띠고 있기 때문입니다.

표식과 상징

태곳적부터 인간들은 사물 속에 숨겨져 있는 영적 의미를 알아내려 했다. 프랑스의 도르도뉴 계곡에 있는 구석기시대의 동굴 사원으로 올라갔을 때의 느낌이 상기된다. 그 동굴 벽에 그려져 있는 상징적인 그림을 통해 사람들은 석기시대로 되돌아가게 된다. 그 그림은 인간이 영혼을 자각한 초기의 표현들이다. 수천 년 동안 세계의 원시적인 문화는 암석에 새긴 그림이나 그림 글자로 주술이나 풍요, 생존과 용기 그리고 죽음에 관한 것을 기록했다.

그 초창기부터 여러 세기를 거쳐오는 동안 인간들은 제각각 계시를 초자연적인 징후나 기적 속에서 찾으려 했다. 초기의 표식은 동물의 세계나 돌, 그리고 자연의 힘에 의한 것이었다. 사람들은 여러 상징을 힘의 구현이나 통찰력과 자아 발전을 위한 기구로 생각했다. 신비한 상징주의에 대한 고대 문화의 애착은 종종 인간이 조야한 원시성을 떠나서 더 높은 자아로 진화하려는 욕구의 구현이기도 했다. 영지주의나 카발라 같은 신비주의 의식이나 상징은 영혼들이 지닌 지상의 기억을, 그리고 인간이 지닌 영계의 기억을 재현하는 것이다.

영계에서 의미 있는 표식을 한 문장을 보게 되어도 놀랄 일이 아닐 것이다. 최면에 걸린 사람들이 보게 되는 모든 물건들이 그렇듯 원로들이 지니고 있는 문장(紋章)들은 모두 지나간 인생에서 경험한 것과 같은 것이다. 반대로 영혼의 마음이 원로들의 메시지를 지구로 옮겨올 수도 있을 것이다. 과거부터 존재해 오던 점토로 만든 서판이나 인장돌, 이집트의 갑충석, 부적 같은 것을 연구한 고고학자들은 그런 물건들의 영향이 그것을 지니고 있는 사람이나 보는 사람으로 하여금 현세뿐만 아니라 영계로 돌아간 영혼에게까지 미치게 한다고 생각한다. 그러한 풍속은 오늘날까지 계속되고 있고, 목걸이나 반지, 팔찌 같은 것이 그런 목적으로 쓰이기도 한다. 그런 상징적인 부적을 지니는 사람들은 그것이 자신을 보호해줄 뿐 아니라 개인의 힘과 기회를 일깨워준다고 믿는다. 다음에 언급되는 사례는 예언적인 표식에 대한 사람들의 느낌의 시원을 밝히는 데 도움이 될 것이다.

거의 절반에 달하는 피술자들이 의회에 출석한 원로들 중 한두 명이 목에 커다란 메달을 걸고 있었다고 말한다. 하지만 나머지 절반은 전혀 그런 것을 보지 못했다고 한다.

솔직히 말하면 나는 그 두 그룹의 피술자들에 관한 상호 관계를 찾지 못했다. 영혼의 레벨과도 관계가 없는 것 같다. 메달을 본 영혼들 중 85%에 달하는 영혼들이 둥근 메달을 보았고 나머지는 정사각형, 직사각형, 삼각형, 별 모양을 한 것이었다. 그중 몇 개는 3면으로 된 것도 있었다. 모든 메달은 그 모양이나 디자인이 중요한 의미를 지닌다. 또 환생을 계속하는 영혼들에게 도덕적으로나 정신적으로 계속되는 활기를 부여하기도 한다. 메달은 보통 사슬 같은 것에 달려 있거나 줄에 매달려 있는 경우도 있다. 보통 둥근 메달은 금으로 만들어져 있다. 때로는 은이나 청동으로 만들어져 있는 것도 있다.

거의 대부분의 피술자들은 의회에서 오직 하나의 메달에 시선을 집중한다. 주로 질문을 하는 원로의 목에 매달려 있는 메달이다. 그 원로는 보통 영혼의 바로 앞에 앉아 있다.

케이스 40

닥터 N 몇 명의 원로들이 당신 앞에 앉아 있습니까?

영 다섯 분입니다.

닥터 N 어떤 옷을 입고 있습니까?

영 모두 흰옷을 입고 있습니다.

닥터 N 자세히 살펴보십시오. 그 원로들이 옷 위에 무엇을 걸치고 있는 게 있습니까? 만약 보이는 게 없어도 걱정 마십시오. 그저 물어보는 것이니까요.

영 (잠깐 말이 없다.) 중앙에 계시는 분이 목에 무엇인가 걸치고 있습니다.

닥터 N 보시는 것을 설명해주십시오.

영 잘 모르겠지만, 그것은 사슬 같은 목걸이에 매달려 있어요.

닥터 N 그 목걸이에 어떤 것이 달려 있습니까?

영 둥근, 쇠로 된 원판 같은 것입니다.

닥터 N (나는 언제나 이 질문을 하게 된다.) 그것은 포도만 한 크기입니까, 오렌지만 합니까, 호두만큼 큰 것입니까?

영 (일반적인 대답) 오렌지만 한 크기입니다.

닥터 N 그 장식물은 어떤 색깔을 하고 있습니까?

영 황금빛입니다.

닥터 N 그 황금빛 메달이 무엇을 뜻하는지 아십니까?

영 (일반적인 대답) 아마 어떤 임무나 전공 분야를 표시하는 배지이겠지요.

닥터N 아, 그런가요. 하지만 원로들이 서로의 지위나 전공 분야를
알리기 위해 표식을 달아야 한다고 생각하십니까?

영 (혼동스러워하며) 잘 모르겠는데요. 내가 어떻게 그걸 알겠어요.

닥터N 그렇게 쉽게 포기하지 맙시다. 함께 노력하면 무엇인가 알
게 되지 않겠어요?

영 (대답이 없다.)

닥터N 메달에 쓰여 있는 것을 말해보세요.

영 (일반적인 반응) 잘 보이지 않는데요.

닥터N 조금 더 가까이 가보세요. 메달이 잘 보이도록 말입니다.

영 (내키지 않는 태도로) 그렇게 해도 되는지 모르겠습니다.

닥터N 논리적으로 한번 생각해봅시다. 만약 당신이 그 메달을 보
아서는 안 된다면 그 원로도 그것을 당신에게 보이지 않았을
것입니다. 이렇게 생각해보십시오. 그렇게 진보한 앞서가는 영
혼들이 당신에게 보여서는 안 될 메달을 목에 걸고 있겠습니
까? 무엇 때문에 그들이 그 메달을 서로를 위해 목에 걸고 있겠
습니까? 그럴 필요가 전혀 없는 것을!

영 내 생각엔 당신 말이 옳은 것 같습니다만… (하지만 여전히 내키지
않는 태도로) 그렇다면 조금 더 앞으로 다가가 보아도 좋을 것 같
은데요.

닥터N 이 점만 알아주세요. 그것에 관해 이야기하는 것은 비밀을
폭로하는 것이 아니에요. 그 메달을 걸고 있는 원로의 표정을

보세요. 그분은 당신이 어떤 생각을 하고 있는지 알고 있어요. 보이는 것을 말해주십시오.

영   친절한 표정입니다… 저를 도와주려는 것 같아요.

닥터N   그렇다면 그분은 당신이 이 모임에 관한 모든 것을 잘 보길 바랄 것입니다. 앞으로 다가가서 그 메달에 새겨져 있는 것을 잘 보고 나에게 알려주십시오.

영   (조금 더 자신 있게) 가장자리에 쓰여 있는 글은 이해할 수 없습니다. 금속 필라멘트로 짠 레이스 같습니다. 그러나 중간의 조금 도톰한 곳에는 큰 고양이가 입을 벌리고 있는 게 보입니다.

닥터N   고양이에 대해 조금 더 자세히 설명해주십시오. 집에서 기르는 고양이입니까?

영   (조금 힘 있게) 아닙니다. 사나운 얼굴에 날카로운 이빨을 드러낸 표범의 옆모습입니다.

닥터N   또 다른 것은 없습니까?

영   (알아차리는 얼굴로) 표범 목 밑으로 단도를 든 손이 보입니다. (한참 말이 없다) 네… 그렇습니다….

닥터N   이제는 이 모든 것이 무엇을 의미하는지를 아시겠지요.

영   (조용히) 네, 알겠습니다. 그건 미국 인디언으로 살았던 제 인생 때문입니다.

닥터N   우리는 아직 그 인생에 대해 이야기하지 않았지요. 언제 어디서 그 인생을 살았는지, 그리고 그 표범이 어찌하여 그 메달에 나타나야 했는지 설명해주십시오.

영혼의 이름이 '완'인 그 피술자는 1740년대 북미에 살았던 인디언 여자였다고 한다. 그녀는 어느 날 자기 아이들 둘과 함께 숲으로 가서 뿌리를 캐고 있었다. 마을에 사는 남자들은 모두 사냥을 떠나고 없었다. 갑자기 그녀는 한 마리의 표범이 나무에서 뛰어내려 아이들에게 다가가고 있는 것을 보았다. 그래서 들고 있던 바구니를 팽개치고 바로 표범에게 달려갔다. 그녀는 말했다.

"나는 돌칼을 꺼낼 여유밖에 없었어요. 그 표범이 나를 덮쳤고, 표범이 나를 죽이기 직전에 나는 그 목을 칼로 깊게 찔렀지요. 뒤에 돌아온 남자들은 나와 표범이 죽어 있는 것을 보게 되었어요. 그러나 아이들은 무사했지요."

왜 그 표범이 새겨진 메달이 보여졌느냐는 나의 질문에 완은, "그때 내가 용기를 발휘했음을 가치 있게 생각하고 다른 인생에서도 더 많이 용기를 내라고 그런다"고 대답했다.

최면이 끝날 무렵이 되면 나는 피술자들의 영혼에게 메달의 디자인이 어떠했는지 물었다. 나는 그들에게 그림을 그려서 본 것을 설명해달라고 부탁했다. 이번 경험을 통해 완이 본 메달도 그려서 도표 9A에 실었다.

완이 손으로 표범을 죽이는 장면이 메달에 그려져 있는 것은 완이 지닌 능력과 용기를 적극적으로 찬미하고 계속해 나가길 바라는 메시지였다. 그 피술자는 서른아홉 살이 되면 죽을지도 모른다는 걱정 때문에 나를 찾아온 사람이었다. 그녀의 동생이 자동차를 함부로 몰다 그 나이에 죽었기 때문에 39세의 생일을 지낸 지 얼마 안 되는 그녀는 인생이 얼마 남지 않았다는 걱정을 떨칠 수 없었다.

퇴행치료가 계속되면서 피술자는 다음의 사실을 알게 되었다. 인디언 여자로 태어났던 인생 다음으로 와이오밍에서 살게 되었던 그녀는 19세기의 아주 춥고 사나운 겨울날, 덫을 써서 사냥을 하던 남편에게 버림을 받았다. 그때 그녀에겐 아이들이 둘 있었다. 그 남편은 지금 생에서는 그녀의 오빠로 태어났고 방랑벽이 있어 가족을 부양하는 책임감에서 벗어나려 했다. 이를 통해 완이 속하는 영혼 그룹의 멤버들이 업적인 전이의 역할을 하는 것을 알았다. 19세기에 방랑벽이 있던 남편이 20세기엔 거친 성격을 지닌 오빠로 태어났던 것이었다.

덫 사냥꾼의 아내로 살다 남편에게 버림을 받게 되었을 때, 그녀는 아이들과 자신을 구제하는 일을 열심히 하지 않았다. 먹을 것이 떨어지기 전에 사람들이 사는 마을로 가는 대신 그대로 통나무 집에 머물고 있었다. 굶어 죽기 전에 남편이 돌아오리라는 어설픈 기대를 하며 그냥 있었다. 그 원로가 표범이 새겨진 메달을 완에게 보인 것은 와이오밍의 인생에서 문제점을 해결하지 못한 것을 도와주려는 것이기도 했지만 또한 현생에서 느끼는 공포감을 덜어주려는 것이기도 했다.

나는 완이 퇴행요법을 통해 용기를 의미하는 그 메달을 이생에서도 보게 된 것이 다행스럽고 기쁘다. 왜냐하면 그녀의 오빠의 영혼이 현재의 인생을 빨리 끝냄으로써 피술자의 영혼을 시험하면서도 인생을 살면서 관련 있는 주위 사람들을 저버리던 본인의 업도 시험하게 되기 때문이다. 물론 나도 그 의회에 나오는 원로들의 영혼이 인간의 모습을 한 빛의 에너지 형태를 갖추고 장식이 달린 긴 옷을 입고 있는 것이 좀 이상하다는 것을 모르진 않는다. 처음에 그 메달에 관한 이야기를 들었을 때 나는 그것이 원로의 계급이나 소속을 의미한다고 생각했다. 그러나 뒤에 그 메달이 원로들의 직위와는 전혀 관련이 없으며 다만 그들에게로 가는 영혼에게 주는 메시지나 영감이라는 것을 알게 되었다.

영계에 관한 모든 일들이 그렇듯 그 상징들의 뜻을 알아내는 데 시간이 걸렸다. 그 메달에 대한 것을 알아보기 시작할 무렵 내 질문들은 상징의 의미를 파악할 수 없다거나 원로들이 너무 떨어져 앉아 있어 자세히 메달을 볼 수 없다는 식의 모호한 대답으로 돌아왔다. 그런 설명에 지쳐서 나는 방법을 바꾸어 물어보기도 했다.

앞의 사례에서 보았듯이 나는 이제 영혼들에게 원로들이 서로를 알아보기 위해 표식을 달고 있는 것은 이해되지 않는다고 말하기도 한다. 왜냐하면 그 예지로운 원로들은 서로에 관한 모든 것을 알고 있기 때문이다. 그리하여 그 메달은 그들 앞에 선 영혼들을 위한 것이 틀림없다고 여겼다. 메달에 새겨져 있는 것은 업적인 과제가 해결된 뒤면 바뀔 수도 있었다. 그러나 어떤 장면은 전혀 변화가 없기도 했다.

피술자들의 영혼이 그 메달이 의회에서 만나는 원로들이 속하는 비밀 조직의 표식이 아니라는 것을 알면 메달에 관해 알아보는 것은 좀 더 쉬워지고 빨라진다. 영혼들이 닫혀 있던 마음의 문을 열기 때문이다. 그런 상태는 또 적극적인 참여자와 통제력이 없는 관찰자를 분별할 수 있게 한다. 영혼의 반응은 그들이 근원적으로 지니는 것을 알게 함으로써 더 나아지기도 한다. 그러한 원로의 의회를 통해 알게 된 것을 현실에서 치료에 응용하는 것은 노력할 만한 가치가 있는 일이다.

도표 9(A-H) : 의회에 참석한 원로들이 목에 걸고 있는 메달의 디자인

이 메달의 디자인은 같은 척도로 그려진 것이 아니다. 영혼들은 메달을 제각각 다른 크기와 색깔로 본다. 하지만 메달은 대부분 둥근 것이고, 원로들의 목에 걸려 있다. 그리고 모든 메달은 외곽 안으로 다른 원이 그려져 있고 그 사이에는 이해할 수 없는 언어가 새겨져 있다.

E F

G H

다음에 언급하게 되는 대화는 좀 특별한 예다. 왜냐하면 피술자의 영혼이 원로의 이름을 세 명이나 알고 있고 그들 모두가 메달을 지니고 있기 때문이다. 의장이 지니고 있는 메달의 디자인은 도표 9B이다.

케이스 41

닥터 N 이제 좀 더 가까이에서 의장이 목에 걸고 있는 것을 보게 되었으니 설명을 해주십시오.

영 드라이트는 독수리의 머리가 그려진 메달을 목에 걸고 있습니다. 독수리의 머리는 황금색 원형 메달 속에서 옆면을 보이고 있습니다. 새의 주둥이는 크게 벌려져 있습니다. 혀도 볼 수 있습니다.

닥터 N 그렇다면 그 모든 것은 당신에게 무엇을 의미합니까?

영 드라이트는 제게 높게 날며 침묵을 깨는 소리를 지르라고 합니다.

닥터 N 조금 더 설명해줄 수 있습니까?

영 드라이트는 내 생애의 침묵을 다스리라고 합니다. 나더러 나 혼자의 세계에서만 살 수는 없다고 합니다. 내가 침묵을 깨뜨리고 나와 내 상황을 극복하지 않으면 진보가 없을 것이라고 합니다.

닥터 N 그런 드라이트의 충고를 어떻게 받아들였습니까?

영 나는 그런 충고를 받아들일 수 없습니다. 나는 드라이트에게 말했습니다. "나의 전생은 다른 사람들이 일깨운 잡음으로 가득했습니다. 더 보탤 필요를 느끼지 않습니다."

닥터 N 드라이트는 무엇이라고 대답합니까?

영 세상을 좀 더 시끄럽게 했겠지만 진실이라고 믿는 것을 좀 더 많이 발언했다면 좋았을 것이라고 말합니다.

닥터 N 그분의 평가에 동의하십니까?

영 (잠시 말이 없다.) 생각건대… 조금 더 참여하고, 타인과 어울리면서… 나의 믿음을 위해 싸울 수도 있었겠지요.

닥터 N 인생을 끝내고 영계로 돌아갈 때마다 그 독수리가 그려진 목걸이를 보게 됩니까?

영 아닙니다. 다만 내가 습관적으로 침묵을 지켰을 때만 봐요. 메달에 아무것도 새겨져 있지 않을 때도 있습니다.

닥터 N 현생에서도 같은 문제를 다루어야 합니까?

영 네, 그렇습니다. 그 때문에 제가 선생님을 찾아오게 된 것이고, 또 드라이트는 그 가르침을 다시 상기시키는 것이지요.

닥터 N 당신이 접견한 다른 원로들 중에 메달을 건 사람이 또 있었습니까?

영 네, 그분은 트론이라는 이름을 가진 원로였어요. 그분은 드라이트 오른편에 앉아 있었지요.

닥터 N 트론의 메달에 새겨진 디자인에 대해 설명해주십시오.

영 황금빛 포도가 새겨진 메달을 목에 걸고 있습니다.

닥터 N 포도가 황금빛이라고요. 자연의 빛이 아니고 황금빛을 띠고 있다는 말입니까?

영 (어깨를 움츠린다.) 네, 황금색입니다. 메달이 황금색이니까요. 메달은 항상 금속으로 만들어져 있지요.

닥터 N 왜 그럴까요?

영 잘 모르겠습니다만, 제 생각으로는 금속이 귀하고 오래가기 때문이라는 생각이 들기도 합니다.

닥터 N 포도송이는 당신에게 무엇을 의미합니까?

영 (잠시 말이 없다.) 트론은… 생명의 열매인 표식을 목에 걸고 있습니다…. 먹을 수도 있고… 아, 흡수되며… 예지와 더불어 성장한다는 뜻이겠지요.

닥터 N 왜 하필이면 포도입니까? 사과 같은 열매도 있잖아요.

영 포도송이는 단 하나의 과실을 의미하는 것이 아니라 수많은 같은 종류의 과실을 의미해요. 전체를 이루는 요소들의 제각각 다른 면을 유의하게 하는 거지요.

닥터 N 트론이 전하는 그 메시지를 설명할 수 있습니까?

영 그 상징을 잘 이해함으로써, 그러니까 포도알 하나하나의 의미를 잘 숙지함으로써, 내가 그 모든 경험을 통해 성장하고 건강해지는 것이지요.

닥터 N 또 다른 원로가 메달을 목에 걸고 있는 것이 보입니까?

영 (잠시 말이 없다가) 샤이가 있어요. 그녀는 열쇠가 새겨진 메달을 목에 걸고 있어요. 지혜의 문을 열라고 상기시켜주는 거지요. 그렇게 함으로써 나의 문제를 내 능력으로 해결할 수 있다는 것을 알게 해주는 거예요.

케이스 41에서는 독수리의 머리가 새겨진 메달이 가장 두드러진다. 새가 메달에 새겨진 것은 흔히 볼 수 있는 것이기도 하다. 어떤 피술자의 영혼은 의장이 새들과 엉겅퀴가 새겨진 메달을 목에 걸고 있었다고 말했다. 그것은 그 영혼이 스코틀랜드의 고지에 살았던 몇 번의 인생을 기억하게 하는 것이었다.

"스코틀랜드에서 씨족으로서 살았던 몇 번의 인생을 거듭하는 동안, 나는 우리 민족을 영국의 탄압에서 해방시키려 험한 바위산을 나는 듯이 올라가곤 했지요."

어느 여성 피술자의 영혼은 원로의 메달에 새겨진 백조를 보기도 했다. 그것은 변화를 통한 성장을 의미하는 것이었다.

"커서 아름다운 백조는 부화할 당시 예쁘지도 않고 날 수도 없지요. 그런 면은 내가 겪은 경우와 비슷해요. 미운 오리 새끼로 태어났으나 의젓하고 당당하게 살게 된 지난 생들의 변신에 비유되는 것이지요."

때때로 물고기가 새겨진 메달을 보는 경우도 있다. 어느 피술자는 그런 상징이 역류를 헤엄쳐 가지만 환경과 조화를 이룰 수 있는 것을 의미한다고 했다.

어떤 영문인지 몰라도, 사람의 모습이 메달에 새겨져 있는 것은 드물다. 하지만 이따금 그런 모습이 나타나면 그것이 의미하는 것은 흥미롭기도 하다. 메달에 새겨진 사람의 모습에 관해 알려면 도표 9C를 참조하기 바란다.

이 케이스는 30세 되는 노린이라는 이름을 가진 여자의 경우다. 그녀는 더 살고 싶지 않다는 생각 때문에 나를 찾아온 피술자였다. 남편이 몇 개월 전에 자살을 한 뒤 그녀는 생의 의욕을 잃고 남편을 따라 죽고 싶다는 생각을 하게 되었다. 최면요법을 통해 우리는 그녀의 남편이 영혼의 짝이었으며 전생에서도 부부로 함께 살았는데 그때도 스물여섯 살의 나이에 통나무 작업을 하다 사고로 죽었다는 것을 알게 되었다.

인생에 있어서 부부가 된 영혼들은 함께 살아가면서도 서로 다른 문제와 대결하여야 하는 각자의 업의 길이 있다. 하지만 그런 문제는 같은 영혼 그룹에서 온 영혼들이 함께 일하는 것에 동의하거나 또 특히 결혼할 것을 동의하게 되면 자주 얽히게 된다. 노린은 전생에서 젊은 과부로 살게 되었을 때 잘 지내지 못했다. 특히 가슴을 열어 사랑하려는 생각을 거부함으로써 어려운 여생을 살아야 했다. 스스로 만든 상처 때문에 쓰라린 인생을 살아야 했던 것이다.

전생이 끝난 뒤 원로들 앞에 서게 되었을 때 의장석에 앉아 있던 원로는 그녀의 영혼에게 말했다.

"당신은 영혼이 성장하게 하지 않았지요. 그렇지 않습니까?"

그리하여 그와 같은 문제가 현실의 생에서도 다뤄지게 되었고, 그녀가 그것을 어떻게 해결할 것인지에 주목하게 된 것이었다. 하지만 한 가지 유의해야 할 것은 그런 노린의 과거 때문에 남편이 자살을 한 것은 아니라는 것이다. 내가 다루었던 케이스 중에는 살아남은 반려가 좀 더 건강한 생활 태도로 사는 것을 배우게 하기 위해 한쪽이 일부러 이른 죽음을 택하는 경우가 있기도 했지만, 자살은 그런 경우에 속하지 않는다.

젊고 건강한 사람이 자살을 하는 것은 환생 전에 택한 업의 길에 의한 것이 아니다. 자살은 결코 그런 선택에 속하지 않는다. 노린의 남편은 자살을 하지 않았더라도 다른 사고로 인해 젊은 나이로 죽었을 것이다. 처음 그녀를 만났을 때 노린은 자기가 사랑하던 남편을 떠나 살아가는 것은 불가능한 일이라고 했다. 그렇게 극단적인 비관은 남편이 남긴 유서에는 전혀 반대의 사실이 적혀 있었음에도 불구하고 그녀 자신이 남편의 자살 동기가 아니었는가 하는 죄책감에 사로잡힌 데 기인했다. 나는 그녀가 최면요법으로 원로들의 의회에 가고 또 그 메달을 봄으로써 그녀의 생활에 변화가 오고 희망이 깃들게 되었다고 생각한다.

케이스 42

닥터 N 의장의 목에 걸려 있는 메달에 어떤 것이 새겨져 있는지 확실히 말해주십시오.

영 처음 눈에 뜨이는 것은 동물입니다. 사슴인가? 아니, 그것은 작은 영양 같습니다. 그 영양은 공중으로 뛰어오르는 동작을 하고 있습니다.

닥터 N 좋습니다. 또 다른 것이 보입니까?

영 (잠깐 말이 없다.) 영양의 등에 사람이 타고 있습니다. 메달 중앙에 솟아 있어 시선을 끕니다.

닥터 N 알겠습니다. 돋을새김이 되어 있군요.

영 네, 그렇습니다. 영양과 사람의 모습은 옆쪽이 보입니다. 들판을 달리는 말과 사람을 옆쪽에서 보는 것처럼 말입니다. 사람은 얼굴이 보이지 않습니다. 하지만 긴 머리를 하고 있고 여자의 몸매를 지니고 있습니다. 내가 볼 수 있는 한쪽 다리가 구부러져 있습니다. 영양을 타고 달리고 있으니까요. 한쪽 팔은 치켜 올려져 있고 횃불을 쳐들고 있습니다.

닥터 N (시간을 현재로 옮기라고 지시한다.) 자, 이제 당신이 해야 할 일은 당신이 본 것이 무엇을 의미하는지 다시 알아내는 것입니다. 오늘 우리가 여기서 그 표식에 대해 이야기하게 된 것은 우연이 아닙니다. 그 표식은 당신의 기억을 되살리기 위한 것이지요. 당신은 젊은 과부로 살아야 하는 인생을 두 번이나 거쳐야 했습니다. 만약 도움이 필요하다면 당신의 안내자에게 물어봐도 좋습니다.

영 (한참 말이 없다. 눈물을 글썽이며 대답한다.) 나는 그 메달의 의미를 압니다. 영양을 타고 있는 사람은 나입니다. 나는 아침 해돋이를 향해 달려가고 있습니다. 그 방향은 새로운 날의 여명을 의미합니다. 이 동물은 보통 사람들이 가까이 가는 것을 허용하지 않습니다. 등에 태운다는 것은 생각할 수도 없는 일입니다. 하지만 그 영양은 나를 믿고 또 나는 나를 데리고 가는 영양을 믿고 있습니다. 우리는 빨리 움직여야 하니까요.

닥터 N 왜 빨리 움직여야 합니까?

영 (나의 격려를 받고 몇 번 머뭇거리다.) 왜냐하면 인생에는 위험이 존재하니까요. 그 위험의 일부는 우리 속에 존재해요. 우리의 약점—우리의 포기—은 목적을 이루지 못하게 해요. 자칫하면 수렁에 빠지기 쉽죠.

닥터 N 그렇다면 그 영양은 해방하는 힘을 의미하는 것입니까?

영 그렇습니다. 나는 용기와 힘을 지니고 나의 인생을 더 원대한 목적으로 이끌어가야 할 것입니다. 그 영양은 두려움을 이겨낼 자유와 자신을 향한 믿음을 의미하기도 합니다.

닥터 N 가장 위로 들고 있는 횃불은 무엇을 의미합니까?

영 (조용히) 항상… 지식의 빛, 지혜를 향한 우리들의 탐구입니다. 그 불꽃은 결코 꺼지지 않을 것입니다. 어둠 속에 파묻히지도 않을 것입니다.

닥터 N 메달 속에 또 다른 것이 있습니까?

영 (여전히 몽상적인 상태로) 오, 그런 것은 나에게 중요한 것이 아닌 것같이 생각됩니다. 나는 그 둘레에 있는 희랍어를 읽을 수 없으니까요.

유감스럽게도 나에게 온 피술자 중에서 그 메달 외곽에 쓰인 글을 읽을 수 있었던 영혼은 한 명도 없었다. 그 신비스러운 글은 나의 연구에서 의문으로 남게 되었고, 피술자의 영혼들이나 내가 알아서는 안 될 사실이기 때문에 판독이 불가능한 것으로 본의 아닌 결론을 내리지 않으면 안 되게 되었다. 또 한 가지 언급해야 할 것은 영혼들이 의회에서 보고 들은 것 전부를 나의 치료실에서 재현할 수 없다는 것이다.

또 연구를 거듭하는 동안 내가 깨닫게 된 것은 최면으로 영계를 알게 된 피술자들의 영혼이 그곳에서 일어나는 모든 일을 적절히 설명할 수 없다는 것이었다. 인간은 뇌를 통해 교신을 하고 번역을 해야 하는 한계가 있기 때문이다. 피술자들의 영혼은 왜 자기들이 메달에 휘갈겨져 있는 글을 읽을 수 없는지 모른다. 그들은 다만 그것이 상형문자처럼 그림으로 된 것이라고만 인지했다. 하지만 내용을 알아내는 것은 쉽지 않은 것 같다. 그림으로 된 글자가 아니면 표의문자인 것만이 알려진 사실이다.

케이스 30에서 책 표지에 그리스의 파이(Π) 상징이 쓰여 있듯이 영계의 도서실에 있는 책들도 그런 문자로 쓰인 것이 아닌가 하는 생각이 들기도 한다. 영계의 도서실에 있는 인생의 책은 사적인 것이고 원로들이나 안내자들이 돌보는 영혼들의 연대기로 쓰이는 것이 틀림없다는 생각이 들지만, 그 메달의 외곽 원에 새겨진 글자는 영혼과 관계가 없는 것 같다. 이건 나의 생각이지만, 만약 영혼이 그 글자에 대해 알아야 할 필요가 있다면 그들의 안내자들이 판독을 도와주었으리라고 믿는다. 영혼들이 보게 되는 상징적인 표식들이 소리나 생각 혹은 어떤 뜻의 글을 의미한다 하여도, 영혼들이 그것을 해독하지 못하는 데에도 이유가 있겠지만, 영혼 자체와는 아무런 관계가 없는 일이기도 하다.

어떤 영혼은 이런 말을 하기도 했다.

"이건 제 생각이지만, 그 글은 우리들이 해독해서는 안 되는 것으로 생각됩니다. 왜냐하면 그 글은 저를 도와주는 원로에게 더 높은 원천에서 보내온 메시지니까요. 원로가 자신의 목적을 위해 알아야 하는 그런 배움의 바퀴인지도 모르지요."

원로들이 목에 걸고 있는 메달은 대개 두 가지로 나눌 수 있다. 첫 번째 것은 생물이나 자연 속에 존재하는 물건이 새겨져 있다. 그런 상징에는 보석 같은 광물질도 포함된다. 두 번째는 원이나 직선으로 그려진 기하학적인 디자인이 새겨진 것이다. 보석 이미지는 그 두 가지 형태의 메달 양쪽에 쓰이고 있다. 원로들이 지니고 있는 메달은 그들 앞으로 가게 되는 영혼들에게 고통과 목적, 승리와 약점을 상징하는 것이다. 영혼이 원로 앞에 나타날 때 보이는 보석의 색상은 원로와 영혼 양쪽에 관계되는 것이다. 일반적으로 메달의 디자인은 영혼의 속성과 성취 그리고 목표와 관련하여 설정된다. 옛날 예언이 말해주듯이, 원로들도 영혼이 인생에서 해야 될 수련을 게을리한다면 다가올 재난의 징조를 보여주기도 한다.

다음은 기하학적 디자인과 보석을 원로가 지닌 메달에서 보게 된 사례다. 기하학적 디자인이 새겨진 메달은 보석이나 자연에 존재하는 물질처럼 확실하지 않다. 예를 들어 일본의 풍속을 보면, 선으로 그린 사적인 표상이 문장으로 쓰이기도 한다. 동양에서는 그런 자연의 물체나 기하학적인 디자인으로 그려진 표식이 특별한 가문을 표하는 문장이 되어 옷에 새겨지기도 한다. 그러한 일본의 풍습과 달리, 영혼 그룹의 멤버들은 각 의회의 원로들이 똑같은 표식을 달고 있지 않은 것을 보게 될 것이다.

나는 기하학적 디자인 중에서도 소용돌이치는 디자인이 지니는 의미에 특별한 흥미를 느꼈다. 도표 9D에서 보는 것과 같이 그중에는 우주적 양상을 느끼게 하는 것이 있다. 나는 그런 디자인의 변형이 새겨져 있는 바위를 직접 목격했는데, 그런 돌이 있던 지역은 유럽, 북아프리카, 오스트레일리아, 그리고 북미에 걸쳐 광범위했다. 고고학자들은 그 디자인을 생명의 원천으로 해석하기도 한다. 원로들의 의회에서 도표 9D와 같은 디자인을 본 영혼에게 그 의미를 물었을 때 대답은 이랬다.

"그 소용돌이 무늬가 새겨진 메달을 목에 건 여자 원로는 나에게 한 가지 사실을 일깨워주었습니다. 영혼 세계의 중심에서 시작하여 우리는 발전을 위해 바깥쪽으로 소용돌이를 치며 나가고, 언젠가는 우리의 시원인 그 원천으로 돌아간다는 것이죠."

소용돌이나 동심원 메달에 새겨져 있는 것은 보통 계속되는 인생 속에 존재하는 영혼의 위치를 의미한다. 또 영혼의 보호를 의미하기도 한다.

도표 9E에서 우리는 비뚤어진 선을 보게 된다. 원로의 메달에서 그런 디자인을 본 영혼은 이렇게 말했다.

네 개의 물결을 이루는 선이 메달의 외각에서 제각각 다른 방향으로 뻗어나가고 있습니다. 그 선들은 조화를 이루는 원 속에서 한데 모입니다. 그 원은 메달의 중심부에 새겨져 있습니다. 물결을 이루는 선은 우리들의 성취를 위한 각각의 다른 길을 알리는 것입니다. 우리는 부족한 점이 많은 영혼이기 때문에 그 선은 바르지 않습니다. 그렇게 비뚤어진 선 때문에 메달에 금이 간 것 같지요. 인생이 때때로 지리멸렬한 것 같이 말입니다. 우리는 각자의 나그네 길에서 굴곡을 겪게 되지만 결국 중심에 있는 같은 곳에 도착하게 되지요.

나는 또한 천상의 표식인 별과 달, 태양의 상징에 대해서도 듣게 되었다. 오랫동안 메달에 새겨진 디자인을 기록하다 보니 초승달 모양의 디자인이 가장 많다는 것도 알게 되었다. 도표 9F와 9G(케이스 44에서 설명된다.)는 두 영혼이 제각각 다른 초승달을 본 것이다.

태양은 생명을 주는 황금빛을 보내주는 데 비해 조각달은 성장을 상징합니다. 그 은빛 빛줄기는 나의 가능성을 말합니다. 그것이 자라면서 더 높은 자아도 성장하게 됩니다.

나는 인생과 인생 사이를 여행하는 차원 간의 여행자입니다. 거꾸로 매달려 있는 달은 영혼 세계의 덮개와 봉쇄를 의미합니다. 영계는 지구와 우주 그리고 그 주위에 있는 모든 차원을 관할하는 지배권을 가지고 있습니다. 메달 위쪽으로 있는 선은 나의 영혼 여행의 중추를 이루는 것입니다. 또 그 여행은 내가 해야 할 일의 기초가 되는 것이기도 합니다. 메달 아래쪽에는 원자별이 있습니다. 그 별은 빛을 정화하고 우주를 연결시킵니다.

일반적으로 피술자가 메달에 새겨져 있는 초승달을 보았다고 말할 때는 지구에 있는 영혼의 힘이 증가되는 것을 의미한다. 또 만월은 성장을 의미하고, 달이 작아지는 것은 그 반대의 형상을 의미한다고 한다. 메달에 새겨져 있는 달은 보통 금으로 된 메달 위에 은으로 새겨져 있다고 한다. 바른 선이 고리 모양을 이루거나 각도를 이루며 구부러지거나 또 수평이나 수직을 이룰 때 많은 것을 의미하게 된다.

사례를 들면 도표 9G는 다섯 개의 직선이 각도를 이루며 메달 위쪽에 새겨져 있다. 어떤 영혼은 그런 선으로만 채워져 있고 다른 디자인은 전혀 볼 수 없는 메달을 보았다고도 했다.

"큰 별 모양을 이루며 메달의 중앙으로 모여드는 그 선들은 그 의회에 출석한 원로들이 모두 나를 지지하고 도와주는 것을 의미합니다."

내가 듣게 된 메달의 종류는 너무도 다양하고 각각 영혼의 개성을 위한 것이어서 체계화하는 것은 쉽지 않았다.

마지막으로 도표 9H 메달 디자인은 기하학적 디자인에 보석이 박혀 있는 것이다. 이 메달에 관해서는 어느 여자 피술자의 영혼이 말했는데, 그 영혼의 이름은 운즈였다. 그 여자는 근육 작용에 지장을 주는 근육 류머티즘에 걸려 고통을 겪는 사람이었다.

케이스 43

닥터 N 의장의 옷 위에 어떤 메달이 걸려 있는지 말해주십시오.

영 카즈는 황금 메달을 목에 걸고 있습니다. 메달 표면에는 서로 얽혀 있는 원이 전면에 새겨져 있습니다.

닥터 N 운즈, 그 디자인이 당신에게 어떤 의미가 있는지 설명해줄 수 있습니까?

영 그 작은 원들은 우리가 사는 인생 하나하나가 다른 모든 인생과 잘 어울리면서 우리의 최상의 목적을 성취하는 데 연결되어 있다는 것을 기억하게 해줍니다.

닥터 N 카즈가 건 메달에서 또 다른 것을 볼 수 있습니까?

영 (기쁘게) 네, 그렇습니다. 나는 중앙에 있는 에메랄드 보석으로 승격되었습니다.

닥터 N 그 보석은 당신에게 무엇을 의미합니까?

영 (아주 만족한 표정으로) 그것은 치유하는 보석입니다.

닥터 N 그 보석은 당신이 현재 앓고 있는 병과 관계가 있습니까?

영 물론이지요. 나는 이 인생을 선택할 때 병에 시달리는 육체를 특별히 간청했지요.

닥터 N (놀라는 목소리로) 왜 그랬는지 설명해줄 수 있습니까?

영 저는 이 길을 오래전에 선택했습니다. 언제나 고통이 따르는 병을 앓게 되면, 그런 경험이 치유사인 나에게 도움이 되었으니까요. 어떤 사람이 늘 고통에 시달린다면 그것이 비록 심하지 않은 고통이라 할지라도, 그것을 이겨낼 방법을 강구하는 기회가 주어지니까요. 특히 치유를 돕는 사람에게는 더더욱 그럴 수 있지요.

닥터 N 어떤 일을 하게 됩니까?

영 고통을 당하는 육체의 진동 레벨을 실험하게 됩니다. 어느 부분의 고통을 덜 수 있게 에너지를 조종하는 기술을 배우는 것이지요. 그렇게 나의 에너지를 다스릴 줄 알게 됨으로써 다른 사람들을 좀 더 잘 도와줄 수 있는 것입니다.

닥터 N 그런 실험에 관한 것을 조금 더 말해줄 수 있습니까?

영 늘 고통에 시달리는 사람은 거동이 불편하여 인간의 경험을 더 단단히 쌓을 수 있습니다. 고통을 덜려면 집중을 해야 합니다. 그런 집중은 자신감을 갖게 하지요. 고통을 통해 배우게 되는 더 높은 목적을 향해 간다는 자신감 말입니다. 나는 병으로 고생하는 다른 사람들에게 관심을 갖고 치유를 위해 애쓰는 사람들을 도와줄 수 있습니다.

닥터 N 내가 보기에 당신은 카즈가 보여주는 에메랄드 보석을 아주 자랑스럽게 생각하는 것 같은데요.

영 그 보석은 치유사로서 그것을 지닐 수 있었던 사람들의 계보를 말해주는 것입니다. 그것은 나와 수많은 세월을 통해 나의 진보를 위한 수련을 도와준 카즈의 성격을 구현한 것입니다. 따라서 그 보석은 내가 성취해낸 것을 의미하는 것이기도 하지요.

닥터 N 원로 치유사가 앞으로 당신이 치유의 스승이 되리라는 기대로 당신에게 그 보석을 보여주었다고 생각해도 좋습니까?

영 네, 그렇습니다. 저에 대한 카즈의 신뢰 덕분에 많은 것을 할 수 있습니다.

케이스 43은 가속적으로 성장한 영혼의 경우다. 운즈는 지구로 5,000년 정도 환생했지만, 그녀의 발전에 비하면 아주 짧은 세월이라고 말할 수 있겠다. 그녀는 어느 생애에서도 과오를 범하지 않았고 줄곧 건강하지 않은 몸을 지니고 있었다. 나는 그 점에 대해 놀라지 않을 수 없다. 현생에서 그녀는 영적 단련법을 선택하여 실천하는 정신과학 치유사로 일하고 있다. 그녀가 일하는 곳에는 많은 병자들이 찾아오고 있고, 그녀는 명상과 안내되는 이미지를 통해 그들에게 도움을 베풀고 있다.

케이스 43에서 보게 된 다른 흥미로운 점은 운즈가 에메랄드 보석을 본 것이 4~5회의 인생을 살고 난 뒤였다는 점이다. 그전의 삶을 살고 영계로 돌아왔을 때는 의회에서 만난 원로의 메달에 호박이 박혀 있었다. 운즈는 그 호박의 빛이 노약자를 보호하고 양성하는 것이라고 말했다. 또 그런 색상의 보석은 에메랄드 보석이 나타나기 이전에 볼 수 있는 보석이라고도 했다. 그녀는 에메랄드를 '나의 성장 보석'이라고 말했다. 또 그 보석은 자신의 현재의 위치를 나타내는 것이라 했다. 그런 설명을 통해 나는 운즈의 영혼이 레벨 4에 속한다는 것을 알게 되었다. 대화를 계속함으로써 알게 된 것은 그녀가 초기의 인생을 살다 영계로 돌아왔을 때는 원로가 지닌 메달에 아무런 보석도 박혀 있지 않았다는 것이었다.

레벨 5에 속하는 어느 영혼은 이렇게 말했다.

"내가 만나게 된 의장의 메달엔 다섯 개의 보석이 박혀 있었어요. 다이아몬드와 루비, 호박과 에메랄드, 그리고 사파이어가 박혀 있었어요. 그 모든 보석은 내가 성취한 다른 단계의 발전을 상징하는 것이지요."

이처럼 메달에 박혀 있는 보석은 보석 자체의 가치를 뜻하는 것이 아니라 그 보석들이 지니는 색상에 의미가 있는 것이다. 피술자들의 영혼이 말하는 보석의 상징은 지구의 풍습과 흡사한 데가 있다. 중동이나 인도, 그리고 중국에 살았던 고대인들은 보석이나 준보석의 빛깔이 그들 자신의 개성을 나타낸다고 생각했다. 수메르 사람들은 푸른 라피스를 몸에 지니면서 자기들의 영혼의 신이 함께 있다고 생각했다. 그리고 그 신은 말을 들어준다고 했다. 대부분의 피술자들도 그들의 안내자가 어두운 파란빛을 지니고 있다고 했다. 또한 고대인들은 자수정의 보라색이 초자연적인 지식과 지혜를 부여한다고 느꼈다.

어떤 영혼들은 원로들이 메달을 지니지 않고 보석만 가지고 있는 것을 보았다고 말한다. 그럴 때 메달에 부착되어 있지 않은 보석이나 색깔을 지닌 구상(球狀)의 빛을 뿜는 에너지는 원로들의 목걸이에 달려 있거나 또는 반지에 박혀 있는 경우도 있다. 때때로 원로들은 그것을 손 위에 얹어놓고 영혼들에게 보이기도 한다. 원래 그런 에너지의 빛깔은 인간들의 육체적·영적 생활의 다른 양상을 표시하는 것이기도 하다. 원로들의 후광으로 나타나거나 옷의 빛깔이나 메달에 표시되는 빛깔은 영혼들의 성격이나 목표와 연관된 원로의 전공 분야를 표시하는 것이기도 하다.

최면을 시술하는 사람들은 에너지의 색상에 대한 해석을 조심스레 하지 않으면 안 된다. 의회에서 영혼들이 보는 색상의 해석이 모든 경우에 해당되지 않기 때문이다. 하지만 피술자의 영혼들이 영계에서 본 표식과 상징들은 피술자의 현생에 영향을 주기도 한다. 피술자들은 그들의 영혼들이 영계의 원로들을 통해 본 모든 메달을 예지로운 것으로 받아들인다. 그 모든 것은 극히 개인적인 것으로서, 지구에서 막 돌아온 영혼들이 깨달음에 이르도록 가르치고 분발하도록 하기 위해 보여주는 표식이며 상징이다.

피술자들의 영혼이 보고 그 뜻을 알게 된 메달이나 에너지의 색상, 또 다른 표식이나 상징들은 너무도 강한 인상을 피술자들에게 남기게 된다. 따라서 그들은 그런 경험을 하고 집으로 돌아가서, 영혼의 세계에서 본 것과 같은 보석을 주문하여 몸에 지니고 그들이 가야 할 길을 다시 다짐하기도 했다.

임재하신 존재

강연을 할 때 피술자들을 영계로 인도하면 그들이 신을 보게 되느냐는 질문을 자주 듣는다. 솔직히 말하면 그런 질문에 대한 답은 간단하지가 않다. 다만 내가 말할 수 있는 것은 영계로 간 영혼들은 그들 원천의 힘과 존재를 주위에서 느끼게 된다는 것이다. 더 앞서가는 영혼들은 모든 영혼들이 자줏빛을 뿜는 원천과 어울리기 위해 다가가고 있다고 말했다. 하지만 영계 어느 곳에서, 아직도 지구에 환생을 계속하고 있는 영혼들이 원로들보다 더 뛰어난 존재를 볼 수 있느냐고 묻는다면, 그렇다고도 말할 수 있겠다. 그곳이 바로 원로들의 의회인 것이다.

의회로 갈 때면 더욱 숭고한 힘이 넘쳐흐르는 것을 느낀다고 많은 영혼들이 말하곤 했다. 그 숭고한 힘은 '임재하신 존재'라고 표현되었다. 그들은 그 힘이 자신들이 느낄 수 있는 가장 신에 가까운 존재라고 말하기도 했다. 하지만 더 앞서간 영혼으로서 지구에의 환생이 끝나가고 있는 어떤 영혼은 그 존재가 신이 아닐 것이라고 말하기도 했다. 그들의 해석에 의하면, 신처럼 느껴지는 그 존재는 의회에 나타나는 원로들보다 월등하게 뛰어난 능력을 지닌 신성화된 존재 또는 존재들이라는 것이다. 하지만 임재하신 존재가 원로들의 의회를 돕고 있다는 점에 관해서는 누구도 이의를 표하지 않았다.

나를 찾아오는 사람들 중에는 더 높은 존재를 신이라고 부르는 사람이 거의 없었다. 피술자들의 영혼은 영계로 유도되면 그 높은 존재를 보지 않고 느끼게 된다. 지구에서 신이 너무 인격화되어 있기 때문에 그들은 그런 관념을 회피하기 위해 원천이나 최상의 영혼이라는 표현을 쓰기도 한다. 많은 영혼들이 좀 더 발전된 상태에 이르면 임재하신 존재는 영계에 있는 무한한 예지를 지닌 성스러운 힘의 한 부분으로서 그들의 마음속에 더 느껴지고 더 채워진다. 영혼들은 그 성스러운 에너지가 의회의 원로들에게 영향은 미치지만, 궁극적인 창조자 그 자체는 아니라고 느낀다. 피술자의 영혼은 원로들의 의회에서 가장 절실히 그 존재의 자취를 느끼기도 한다. 그럼에도 임재하신 존재는 영계에서 좀 더 전능하고 동시에 모든 곳에 존재하는 에너지로 생각된다. 임재하신 존재를 묘사한 많은 사례 가운데 몇 가지를 소개할까 한다. 피술자들의 영혼과 대화를 할 때, 그들은 임재하신 존재에 관하여 아주 간단하게 표현한다. 내가 선택하여 여기에 싣게 된 표현들이 원로들의 의회에서 일반적으로 영혼들이 느낀 것을 잘 전달해줄 수 있기를 바란다.

저는 임재하신 존재를 실제로 보지는 않습니다. 다만 궁극적인 에너지로서 그곳에 존재하는 것을 느낄 따름이지요. 그 에너지는 의회를 위해 있지만 그중에서도 무엇보다 저를 위해 존재하기도 합니다. 원로들은 저와 입재하신 존재를 이어주는 역할을 하지 않습니다. 저는 그 성스러운 자줏빛 광휘를 직접 느낍니다.

원로들의 의회로 갈 때면 입재하신 존재는 떨리는 자줏빛 광휘로 원로들을 돕고 있지요. 때때로 그 빛은 저의 마음을 맑고 침착하게 해주기 위해 밝은 은빛으로 변하기도 합니다.

입재하신 존재는 원로들의 뒤편 위쪽에 자리하고 있습니다. 저는 그 광휘를 우러러봐요. 나는 그 신성함을 너무나 강하게 느끼기 때문에 원로들과 면접을 하고 있을 때 감히 그 빛을 대할 생각조차 못합니다. 만약 그랬다면 원로들과의 면접에 집중할 수 없었을 것입니다.

원로들은 입재하신 존재를 인지하고 있지만 의회의 진행을 지연시키거나 하는 태도로 경의를 표하지는 않았습니다. 입재하신 존재는 원로들과 내가 서로 더 관심을 갖고 면담을 계속해갈 수 있도록 적절히 배경으로 머무는 것 같았습니다. 하지만 그럼에도 불구하고 모든 지적 에어지가 합쳐진 그 위대한 힘이 그 순간 바로 나를 위해 존재한다는 것을 느끼게 됩니다. 나의 안내자나 원로들, 그리고 입재하신 존재는 나의 모든 경험을 있게 만든 예지로운 존재들입니다.

입재하신 존재는 순수한 에너지로서 나를 위해 원로들을 도와주고 있습니다. 원로들에게 입재하신 존재의 도움이 필요한 이유는 그들이 생물의 형태로 환생하지 않게 된 지 너무 오래 되었기 때문입니다. 그 존재가 지니는 신성한 예지는 원로들이나 나에게 가야 할 길을 좀 더 선명히 알게 해주기도 합니다.

임재하신 존재가 뿜어내는 광휘와 이끄는 힘은 바로 하늘의 부름입니다. 열성으로… 언젠가는 그 의회에 있는 우리 모두가 그 존재에 도달할 수 있도록 하는 부름입니다. 그것은 마치 부모가 아이들이 성장하여 성숙한 이해력을 갖추게 됨으로써 서로 결합될 수 있기를 기다리는 것과 흡사하지요.

의회실에 서서 임재하신 존재를 느낄 때, 마음으로 스며드는 공명을 의식하게 됩니다. 나의 안내자도 내가 느끼는 그 환희로운 기쁨을 의식하게 됩니다. 그녀는 그런 점 때문에 저와 함께 그 의회실로 가는 것을 즐기는 것 같습니다. 임재하신 존재는 사랑과 이해의 근원이기도 하지요. 원로와의 대화가 끝나고 임재하신 존재와도 헤어지게 되면… 다시 그곳으로 돌아가 임재하신 존재 가까이 있고 싶은 그리움을 갖게 되지요.

사람들은 이따금 임재하신 존재 가까이 다가갈 수 있다는 것이 어떤 것인지 말해줄 수 있는 앞서가는 영혼을 만난 적이 있는지 나에게 묻곤 했다. 나는 드물게 그런 영혼을 만날 수 있었는데, 그들은 레벨 5에서 승격되고 있는 영혼들이었다. 그러한 영혼의 소유자 중에서도 특별히 기억되는 한 영혼이 있다.

키네라는 내가 만난 영혼들 중에서 가장 앞서가는 영혼들 중 하나였다. 그 때문인지 아직까지 키네라만큼 임재하신 존재를 가까이 느끼게 해준 영혼은 만나본 적이 없었다. 키네라는 수천 년 전 지구로 환생하기 이전에 다른 차원에서 수련을 쌓던 영혼이었다. 오늘날 영혼 키네라가 깃들이고 있는 육체를 지닌 사람은 침술을 전공하는 사람으로서 또 다른 치유법으로 사람들을 돕고 있는 치유사였다. 키네라의 원로 의장이 목에 걸고 있는 메달에 새겨져 있는 것은 도표 9G에서 보는 것과 같다. 다른 천체로 여행할 능력을 지닌 영혼들에 관한 상세한 설명은 8장의 '탐험가 영혼'들에서 다루어지게 될 것이다.

케이스 44

닥터 N 한 영혼의 안내자로서 당신의 임무가 끝나면 원로들의 의회로 가게 됩니까?

영 아니, 그렇지 않습니다. 나는 마스터 스승이 되어 젊은 선생들과 함께 일해야 합니다. 제각각 다른 레벨에 있는 학생들을 지도하는 그들을 도와야 하지요.

닥터 N 그래야 한다는 것을 어떻게 알게 됩니까?

영 왜냐하면 나는 아직도 여기서 수련(환생)을 계속하고 있고 지구의 생물체에 대해 배우고 있으니까요.

닥터 N 키네라, 오늘 우리들은 어떤 일을 함께 의논하고 이해하기 위해서 만난 것 같은데, 당신이 가게 된 의회에서 만난 원로들에 관한 일부터 의논해 보는 것이 어떨까요? 그 의회에는 몇 명의 원로들이 출석했습니까?

영 지금 12명의 원로들이 와 있습니다. 전생을 끝내고 왔을 때는 중앙에 앉아 있는 네 명의 원로가 지구에 좀 더 깊은 관심을 가져야 한다고 지도했지요. 나는 아직도 막힌 데가 있어 수정이 필요하거든요. 오른쪽에 앉아 있는 네 명의 원로는 원래 있던 차원에서 온 원로들이지요. 그분들은 지구가 속해 있는 우주로 내가 가지고 온 에너지를 적절히 쓸 수 있도록 도와주러 온 것입니다.

닥터 N 나머지 네 원로들은 무엇을 하시는 분들입니까?

영 왼쪽에 앉아 있는 네 분은 지구가 속해 있는 우주 주위의 모든 천체 사이에서 우주적 빛과 음을 안정시키는 역할을 하는 원로들입니다. 그분들은 저를 육체의 세계에 정착시키는 중추의 역할을 하지요.

닥터 N 지구에서 당신의 발전을 방해하는 장애물이 어떤 것인지 설명해줄 수 있습니까?

영 첫째로 원로들은 좀 더 많은 사람들에게 나의 영향이 미칠 것을 원합니다. 나는 너무 널리 나를 퍼지게 하는 것에 저항을 느껴왔으니까요. 나는 그분들에게 그렇게 하면 나의 힘이 약해지고 희박해질 것이라고 불만을 말합니다. 하지만 그들은 그런 나의 생각에 동의하지 않습니다.

닥터 N 나도 그런 느낌 잘 이해합니다. 그런데 당신은 그런 평가를 받아들일 것입니까?

영 (한참 말이 없다가) 그분들이 옳다는 것을 나도 모르는 것은 아니지요. 하지만 아직도 나는 때때로 지구에 온 이방인이라는 생각을 떨쳐버릴 수 없습니다.

닥터 N 당신이 가르치고 있는 학생에 관한 것을 토의하기 위해 원로들에게 간 적이 있습니까, 키네라?

영 네, 잠깐 그렇게 한 적이 있습니다.

닥터 N 그렇다면 영혼 발전에 대한 과정을 이해할 수 있게 설명해주실 수 있겠군요. 당신은 어떤 부류에 속한다고 생각합니까?

영 나는 현재 마스터 스승으로서 일하고 있습니다.

닥터 N 그 안내자의 레벨 다음으로 승급하게 되면 원로의 자리로 가게 됩니까?

영 그렇지도 않습니다. 전공 분야에 따라 많은 선택이 있을 수 있어요. 그리고 어떤 영혼은 원로의 자리가 어울리지 않을 수도 있어요.

닥터 N 그럼 만약에 당신이 원로의 자리에 어울리는 영혼이어서 의회로 나가게 되고 거기서 일을 잘해냈다면 그다음엔 어딜 가게 됩니까?

영 (대답하는 것을 주저하면서) 동일화되는 곳으로 가게 되지요.

닥터 N 그곳이 바로 의회에서 보게 되는 임재하신 존재와 연관되는 곳입니까?

영 (모호하게) 본질을 따지자면 그렇게 말할 수 있겠지요. 네, 그렇습니다.

닥터 N 동일화를 설명해주십시오. 그것은 전능한 영혼을 말하는 것입니까?

영 제 생각에는 동일체가 된 많은 것을 의미하는 것 같습니다. 제가 알기엔 그것은 창조의 센터인 것 같습니다. 새 영혼을 만드는 창조주가 어떤 일을 하기 위해 빛의 에너지를 형성하는 곳입니다.

닥터 N 키네라, 그 과정을 좀 더 설명해주십시오.

영 나는… 그 이상 더 상세히 말할 수가 없습니다. 그곳은 새로 태어난 영혼의 에너지가 절대적이고 신성한 영으로부터 촉발되도록 하는 곳입니다. 젊은 영혼들을 자라게 도와주고 그들의 독특한 개성을 찾게 해주는 곳입니다.

닥터 N 그 동일체는 우리가 신이라 부르는 것인가요?

영 신성을 띠고 있지요.

닥터 N 당신은 그 성스러운 것이 동일화된 많은 것에 의해 이루어졌다고 했습니다만, 그럼 그것은 우주와 우주를 연결하는 모든 차원들, 그리고 우리들의 영계까지 포함하는 그 모든 것을 다스리는 절대적인 신성이라고 말할 수 있습니까?

영 (오랜 침묵 후) 그렇게 생각하지 않습니다.

닥터 N 임재하신 존재의 본질은 어디서 왔다고 생각합니까?

영 (꺼져가는 목소리로) 온갖 곳에서요.

닥터 N 어떻게 그것을 알 수 있습니까?

영 원로 중에서 특별히 저를 지도해주는 스승이 있습니다. 저는 그분과 많은 이야기를 하지요. 제 친구와 저는 스쳐가는 생각들을 느낍니다. 우리는 그분께 궁극적인 진실에 대해 묻곤 하지요.

닥터 N 당신을 지도하던 원로 스승이나 친구에게 존재보다 더 큰 힘에 대해 이야기할 때 어떤 이야기를 듣고 또 느꼈습니까?

영 그 힘은 아마 임재하신 존재도 한 부분을 이루는 같은 힘일 것입니다. 확실히 알지는 못하지만. 그것은… 대단히 크지만 부드럽고… 그러면서도 어질고… 숨이 느껴지고… 속삭이는 소리가… 참으로 순수해요….

닥터 N (손바닥을 피술자의 이마 위에 얹으며) 그 생각의 단편들을 간직하세요, 키네라. 소리 나는 곳으로 그들이 데리고 가는 대로 떠돌며 따라가세요. (속삭임 같은 낮은 소리로 피술자에게 말한다.) 그 소리는 어떤 종류의 빛의 에너지에 의해 창조되었나요?

영 아닙니다. 소리가 그 모든 것을 창조하게 되지요. 빛과 에너지마저도.

닥터 N 가까이 다가오십시오. 마치 힘들이지 않고 떠도는 것처럼, 소리가 시작된 곳으로 더 가까이. 이제 당신은 무엇을 보고 듣습니까?

영 나는 이제 가장자리에 있습니다. 할 수 없습니다.

닥터 N (큰 소리로) 계속 가십시오, 키네라!

영 (조용히, 대단히 어렵게) 나와… 나의 친구들은… 마음을 합쳐서 그 소리에 귀 기울이게 되며 마음속으로 떠오르는 힘을 보게 됩니다. 그것들은… 기하학적 디자인인데… 무늬가 줄지어 있어요. (멈춘다.)

닥터 N (부드럽게 달래고 어른다.) 조금 더 나아가서… 바로 그 너머, 거기엔 무엇이 있습니까?

영 느끼게 됩니다… 소리가 그 구조를 유지하는 것을요. 그리고 그것을 움직이게 하고… 옮기고 굽이치게 하고 모든 것을 창조하게 되는 것을요…. 그것은 울림이 되돌아오는 깊은 소리의 종입니다. 아주 높은 음의 순수한 울림이 메아리처럼…. (말을 멈춘다.)

닥터 N 더 다가가서 잘 알아보세요. 키네라, 조금만 더 노력해보세요. 무엇이 메아리칩니까?

영 (깊은 한숨을 쉬며) 어머니… 사랑이 가득한… 아기에게 노래를 불러주고 있는.

나는 더 알고 싶은 마음으로 키네라에게 강요하다시피 했다. 왜냐하면 나는 나의 생애 동안 그녀같이 앞서가는 피술자를 다시 만나기 어려우리라는 것을 알았기 때문이었다. 키네라와 또 다른 앞서가는 영혼들은 원로들의 의회가 지구로 환생을 계속하고 있는 영혼들의 생각으로 이해할 수 없는 깊은 의미를 지니고 있다고 말했다.

신성한 영향의 사슬

적지 않은 피술자의 영혼들이 느끼는 '임재하신 존재'는 '누구인가' 가 아니라 바로 '존재하다'인 것 같다. 또 다른 영혼들에게 있어 임재하신 존재는 원로들이 성취한 더 큰 깨달음을 원로들에게로 가는 어린 영혼들과 나누게 하고 화합하게 만드는 일을 떠맡아 하는 존재인 것 같다. 그러한 영향은 의회의 분위기를 동시적이고 동일한 에너지로 채우는 것 같다. 내가 만난 레벨 5의 영혼 중 몇 명은 잠깐 동안 그런 원로들의 의회에서 원로직을 맡은 경험이 있었다. 그런 경험은 안내자 수련의 일부를 이루는 것이었다. 그중 한 영혼에게 경험에 대해 물었을 때 다음과 같은 대답을 듣게 되었다.

내가 그 원로들이 앉아 있는 곳에 함께 앉게 되었을 때, 나는 바로 내 앞에 서 있는 영혼 속으로 들어가 있는 것 같았습니다. 그런 느낌은 인생을 끝내고 갓 돌아온 영혼에게 느끼는 감정이입 같은 것이 아니었습니다. 그보다도 확실하고 절실한 것이었습니다. 바로 그들 속에 내가 들어가 있는 것 같았습니다. '임재하신 존재'는 대면하고 있는 영혼이 그때그때 느끼는 것을 그대로 느낄 수 있는 힘을 줍니다. 존재에게서 비쳐오는 광휘는 그렇게 모든 원로들에게 와닿는 것입니다.

한 존재가 원로들에게 차례로 도움을 베푸는 것인지, 아니면 복수의 존재가 있는 것인지, 또 임재하신 존재란 어디에나 존재하는 신 그 자체인지, 나는 해명할 수 없다. 영혼 그룹의 관할 구역이 중복된다 할지라도 얼마나 많은 원로의 의회가 있어야만 인생살이를 끝내고 돌아온 영혼들의 문제를 다 다스릴 수 있게 되는지, 그 역시 추적하기 불가능한 일이다. 그러나 그런 의회가 측정할 수 없을 만큼 많으리라는 상상은 할 수 있겠다. 지구가 속하는 우주에 있는 다른 세계에서도 영혼을 돕는 의회가 필요하고 또 다른 우주에서도 그런 영적 지도자들이 필요하다면 그들이 해야 할 임무는 상상을 초월하는 것일 것이다.

케이스 44에서 보았던 대단히 앞서가는 영혼과 달리, 대부분의 피술자들의 영혼은 원로들이 그들만의 판단으로 오류를 범할 수 있다는 것을 알지 못한다. 순식간에 스쳐가는 더 큰 힘과 사랑을 느끼게 하는 임재하신 존재를 제외한다면, 원로들의 의회는 영혼의 눈으로 볼 수 있고 접촉할 수 있는 가장 높고 권위 있는 지도자들의 의회다. 최면 상태에서 보게 된 것들 때문에 피술자들의 영혼은 영계에서 영혼의 성취가 수직으로 올라가는 계단식으로 이루어진다고 생각한다. 질서에 관한 그런 믿음은 인간 문화에 있어 새로운 것이 아니다.

인도와 이집트, 페르시아와 중국의 고서에는 신의 기관에 대해 말할 때 신을 형이상학적인 존재로 인격화하고 있다. 초기의 그리스 유대 종교의 철학 역시 정신적 성취가 계단식으로 상승하는 것으로 보고 있다. 위로 올라갈수록 더 많이 성취하고 거룩해지는 것으로 생각한다. 대다수의 문화나 풍속을 보면, 신은 모든 창조의 원천이며 전지전능한 선인데 비해 우주는 완벽한 존재와 유한한 세계 사이에서 좀 더 완벽하지 못한 존재에 의해 운영되고 있다고 생각했다. 그들은 창조주에 근원을 두긴 했지만 신처럼 완벽하지 못한 것으로 생각되었다. 아마 이러한 해석은 우리가 살고 있는 세계의 불완전함과 신이 절대적인 존재로 머물게 된 것을 설명하는 데 도움이 될 것 같다.

범신론적인 입장에서 볼 때 우주에서 일어나는 모든 것은 신의 뜻에 따른 것이다. 어떤 문화의 정신적 철학은 오랜 세월을 거치는 동안 인생을 다스리는 성스러운 힘을 본질적으로 인간들의 에너지에서 오는 말들이나 이성으로 따지는 힘에 의하여 이루어진 것으로 생각하기도 했다. 또 다른 사회에서는 그런 힘이 인간 세상에 큰 영향을 줄 수 있는 존재에 의해 생겨났다고 생각되었다. 기독교에서는 중계자가 최상의 원천에서 파생했다는 설을 받아들이지 않는다. 기독교의 해석은 완벽한 존재는 완벽하지 못한 존재—우리가 사는 우주를 관리하다가 잘못을 저지를 수 있는—에게 위임권을 주지 않는다는 것이다. 구약성서에서 신은 예언을 통해서 말했다. 신약성서에서 신의 뜻은 예수를 통해서 전해진다. 따라서 기독교인들은 예수를 통해 신의 모습을 본다. 그리고 모든 주된 종교의 예언은 신자들에게 신의 말로 받아들여진다.

세계에 존재하는 많은 종교들이 예언자를 받아들이는 것은, 우리들의 영혼이 지닌, 창조의 원천과 우리들 사이에 다리를 놓아주는 성스러운 중계자들—안내자나 원로들—의 기억에 그 뿌리를 두고 있기 때문이라는 생각을 하게 된다. 알지 못하는 신과 사나운 세상 사이를 다스리는 우주적인 일을 하는 신화적인 인물들을 볼 수 있었다. 이 세상의 일을 설명하고 이해하는 데 있어서 신화를 원시적인 생각이라고 배척해서는 안 된다고 생각한다. 오늘날 우리들이 합리적으로 알게 된 사실들도 창조에 대한 비밀을 과거보다 더 잘 설명해줄 수 없기 때문이다.

나는 영혼에 대한 옛날의 관념과 새로운 해석이 뜻있는 방법으로 조화를 이룰 수 있다는 것을 알게 되었다. 영혼들은 그들에게 주어진 에너지로 생물을 창조할 수 있다. 그리하여 영혼들은 여러 상황 속에서 어떤 것을 가지고 무엇인가 만들어낼 수 있는 것이다. 종교의 신학을 보면 창조주는 무에서 유를 창조해낸다. 이 세상에는 또 신이 육체적인 것을 창조하지 않고 진보된 사람들이 그런 일을 하도록 조건을 갖추어 준다고 믿는 사람들도 있다.

이 지구는 높은 에너지를 지닌 존재들이 만든 실험실로서 낮은 에너지를 지닌 존재들이 몇 단계의 발전을 거쳐 진보해가는 것을 도모하는 곳인가? 그렇다면 그 더 높은 존재는 우리들 인간들의 원천이지만, 신적인 근원이 아닌 것이다.

《영혼들의 여행》에서 나는 창조주가 완벽하지 못할 가능성도 있고 해서 그의 본질을 더 많이 표현함으로써 좀 더 강하고 완벽해질 필요가 있다고 썼다. 하지만 이제 나는 설사 창조주가 완벽하다 하더라도 그럴 필요가 있다고 말할 수 있다. 단계적 발전을 도모하는 성스러운 권위의 철학은 이 지구와 우주가 완벽한 창조자의 작품이기엔 너무나 혼란스럽고 미비하다는 사실을 확인시켜준다.

나는 그런 생각이 오히려 완전무결한 원천을 이해하는 데 도움이 된다고 생각한다. 그 원천은 모든 것을 움직이게 하여 궁극적으로 모든 영혼들이 완벽해지도록 도와주고 있는 것이다. 완전한 무지에서 완벽한 예지에 이르는 우리들의 변신은 우리들이 현재보다 나아질 수 있다는 신념을 지니고 끊임없는 계몽의 길을 걸어갈 때 이루어질 수 있는 것이다.

의회의 진행

최면 시술을 행하고 있을 때, 피술자의 영혼이 의회에서 할 일이 끝나고 원로들이 자기들의 영혼 그룹이 있는 곳으로 돌아갈 때가 되었다고 말할 때가 있다. 그럴 때는 진지한 반성의 순간으로서 우리가 함께 얻은 모든 정보를 다시 다루어보게 된다. 무엇보다 원로들의 의회로 가는 것은 막 떠나온 인생에서 있었던 일들을 되새기는 것이어서 나는 피술자의 현재의 삶에 영향을 끼치는 부분에 대해 알고자 한다.

원로들에 의한 평가에는 항상 성스러운 용서가 따르게 마련이다. 원로들은 질문과 고백의 장소를 마련하고, 영혼들이 미래에 할 일에 대해 자신을 갖도록 하려는 그들의 소망을 전한다. 의회를 떠나는 한 영혼은 이렇게 말했다.

원로들과의 대화가 끝난 뒤 나는 그분들이 저에게 지난 인생에서 잘못한 일보다 잘한 일들에 더 많이 언급했다는 것을 알았습니다. 원로들은 내가 나의 안내자와 함께 나의 행동에 대해 비판적인 회의를 했던 것을 알고 있었습니다. 그분들은 나의 편을 들지는 않았지만 나의 기대를 북돋는 것이 그들의 의무인 것 같기도 했습니다. 원로들은 저의 앞날에 훌륭한 것이 기다리고 있다고 했습니다. 마지막으로 그분들이 한 말은 다른 사람들에게 의지하여 자아 확인을 하는 것을 그만두라는 것이었습니다. 그분들을 떠날 때 나는 그분들이 나의 망설임을 흡수해가고 깨끗이 씻어주었다는 것을 느꼈습니다.

사람들은 만약 어느 영혼이 살다 온 인생에서 잔인한 잘못을 저질렀 다면 의회에 갔을 때나 갔다 왔을 때 자책감을 느끼는지를 물어보기도 한다. 물론 그러는 것이 당연할 것이다. 하지만 나는 잘못한 행동들은 많은 경우 다음 인생을 택할 때 업적인 부채로 갚게 되어 있다고 말해 준다. 업은 응보나 처벌과 연관되어 있지만, 그 본질은 벌을 주기 위한 것이 아니고 모든 전생에서 했던 일들에 균형을 이루게 하려는 것이다.

그러한 종결을 갖게 되는 원로들의 의회에 대해 또 다른 질문도 있 었다.

"잔인한 행위를 하지 않았던 영혼들은 달콤하고 밝은 경험만을 하게 됩니까? 혹은 의회 전체에 흐르는 분위기나 기운 때문에 불안을 느끼 는 영혼도 있습니까?"

나는 그런 질문에 몇몇 영혼들은 의회를 조금 불안한 마음으로 떠나 기도 했다고 대답한다. 그런 영혼들은 대개 어떤 특정한 원로에게 자신 을 더 좋게 보여주지 못한 것에 불만을 가진 영혼들이었다. 좀 특별한 경우도 없지는 않았다. 특히 반항적이고 젊은 영혼들이 그랬다. 내가 볼 때 그들은 소위 회한의 행위라고 표현되는 행동을 원로들 앞에서 하 고 있었다. 다음이 그런 케이스다.

나는 그 전능한 원로 앞에서 좀 속이 상했습니다. 그분들은 나를 안심 하도록 달랬습니다. 그러면 내가 창자까지 내어서 그들에게 보여줄 것 이라는 생각에서 말이지요. 물론 나는 적지 않은 잘못을 저지르기도 했 습니다. 하지만 그것은 나를 문제를 일으킬 육체로 보낸 그들의 잘못 때문입니다. 내가 지구에 대한 불평을 하면 그분들은 동의하지 않아요. 그들은 정보에 인색하지요. 인생 자체가 위험한 일을 감수하게 만든다고 내가 말하면 그분들은 절제나 온건을 말하지요. 그래서 나는 그 원로에게 말했어요. 여기서, 이렇게 편안하고 안전한 데 앉아서 그런 말을 하는 것은 쉬운 일이라고요. 나는 전쟁터에 가서 목숨을 걸고 싸우고 있었는데 말입니다.

그렇게 미숙한 영혼들은 원로의 의회에 나올 만한 영혼이라면 그런 전쟁터를 몇 번이나 겪고 왔다는 것을 잘 모른다. 반대로 다음은 지구에의 환생을 끝내가는 연로한, 앞서가는 영혼이 한 말이다.

원로들과의 대화가 끝나자 그분들은 원을 이루며 저에게로 다가와 가까이 둘러섰습니다. 그리고 팔을 거대한 새처럼 치켜 올리고 하나 된 날개로 저를 감쌌습니다. 그것은 일을 잘해낸 영혼을 위한 그들의 작위 수여 같은 것이지요.

원로의 의회에 다녀온 후 놀라움이나 회개, 속죄감을 느끼지 않았던 피술자의 영혼은 만나본 적이 없었던 것 같다. 그들은 그런 감정을 지니고 자기들이 속하는 그룹으로 돌아가게 되는 것이다. 그러한 이유로 해서, 나는 기대하지 않았던 침묵의 법칙에 대해서도 알게 되었다.
  여기에 발췌하여 인용하는 케이스는 사적인 것이기는 하나 영혼 그룹 모두에 관련 있는 것이고 또 의회에 관해 묻게 되는 나의 질문에도 영향을 미치는 것이어서 게재한다. 의회에서 보게 되는 어떤 현상에는 현실에 살고 있는 피술자들의 영혼이 이해할 수 없는 부분도 있다. 여러 개인적, 정신적 이유로 해서 피술자들은 의회에 관해 소상한 것을 다 기억하지 못한다. 어떤 부분에서 막히는 것은 피술자들이 고의적으로 그렇게 만드는 것일 수도 있다. 케이스 45에서 피술자의 영혼은 왜 그가 그런 사실을 말하지 않는지 알고 있다. 하지만 다른 피술자들은 왜 그런 기억을 할 수 없는지 모르는 경우가 많다.

케이스 45

닥터 N 이제, 의장 오른쪽에 앉아 있는 원로와 하게 된 대화의 요점을 말해주십시오.

영 (불안한 몸짓으로) 그 말은 하기 싫습니다.

닥터 N 왜 그렇습니까?

영 침묵의 법을 깨뜨리기 싫으니까요.

닥터 N 나와 그렇게 해야 된다는 것입니까?

영 누구에게도 그래야지요. 우리 그룹에 있는 영혼들도 포함해서 말입니다.

닥터 N 그룹 멤버들은 모든 것을 털어놓고 말하는 사이가 아니던가요?

영 그렇지 않습니다. 모든 것을 말하게 되지는 않지요. 특히 의회에서 다루어진 사적인 것은 말하지 않습니다. 침묵의 법이란 우리가 신성한 것에 대한 진실을 말없이 간직할 수 있는지를 시험하는 것이기도 하지요.

닥터 N 좀 더 상세히 설명해줄 수 있습니까?

영 (웃으며) 그렇게 한다면 모든 것을 당신에게 말하게 되는 것이 아니겠습니까?

닥터 N 당신에게 신성을 모독하라고 강요하고 싶지 않습니다. 하지만 당신은 무슨 이유가 있어 저에게 왔으니까 알 것은 다 알아야 되지 않겠습니까?

영 네, 그렇습니다. 여기에 와서 얻게 된 것이 많았습니다. 하지만 지금 내 마음에 전개되는 그 모든 것을 다 당신에게 말할 수는 없습니다. 그러기를 원치 않으니까요.

닥터 N 그런 점은 존중합니다. 하지만 당신이 영혼의 친구들에게까지 그런 것을 말하지 않으려 하는 데는 호기심을 느끼게 됩니다.

영 영혼의 친구들은 거의 대부분 나와 다른 의회에 가게 됩니다. 하지만 또 다른 이유가 있지요. 만약 우리가 모든 것을 나누게 되었을 때 만약 상대편이 그런 것을 받아들일 수 없는 입장에 있다면 좋지 않는 결과를 초래할 것이 아닙니까? 깊은 뜻이 오용될 수도 있을 것이고, 결과적으로 신성한 법도 어기게 되지요. 침묵의 법을 어김으로써 다른 영혼에 방해가 되는 것을 초래하는 것이지요.

닥터 N 네, 잘 알았습니다. 그렇지만 그 법은 지금 우리가 하고 있는 대화, 당신의 성장과 개인적인 포부에 관한 것에도 관계가 있는 것이 아닙니까?

영 (미소 지으며) 당신은 결코 포기하지 않는군요. 그렇지 않습니까?

닥터 N 영계에 관한 질문을 쉽사리 단념하게 되면 나는 아는 게 별로 없을 것이고, 그러면 다른 사람들에게 도움이 되는 일도 많이 할 수 없겠지요.

영 (한숨을 쉬면서) 나만이 알고 있고 싶은 신성한 것에 대해선 이야기하지 않을 것입니다.

이 사례에서 보듯, 영혼 그룹 속에서도 지켜야 하는 정신적인 프라이버시가 있다는 것은 다른 영혼들에 의해서도 입증됐다. 하지만 나는 영혼들이 의회에서 있었던 일을 서로 말하고 비교해보지 않으려는 것이 좀 이상하게 생각되기도 했다. 아마도 그러한 일도 하나의 원인이 되어 같은 그룹에 속하는 영혼들이 제각각 다른 의회로 가게 되는 것 같다. 그러한 프라이버시를 입증하는 또 하나의 케이스가 있다.

나는 친구 두 명을 제외한 그 누구에게도 그 의회에 대한 것을 이야기하지 않습니다. 우리들 셋이서 이야기하게 되더라도, 그곳에서 있었던 일은 조심스레 말하게 됩니다. 보통 이런 식으로 말하지요. "나는 이런 일과 저런 일을 해야 돼. 왜냐하면 어떤 원로가 나에 대한 이런 말을 했으니까."

영계는 텔레파시로 통하는 곳이기 때문에 처음 연구를 시작할 무렵 나는 그런 데서 어떻게 혼자만의 생각을 할 수 있고 또 간직할 수 있을까 생각했다. 좀 더 어린 영혼들이 앞서가는 영혼들 앞에서 생각을 나타내지 않으려 어려움을 겪으며, 특히 그들의 안내자들에게는 더더욱 그러한 것을 보았다. 영혼이 레벨 3에 이르게 되면 정신적 텔레파시는 거의 예술적이다. 그런 점은 사적인 정보를 차단하는 것도 포함된다. 인간의 육체가 지니게 마련인 수치심과 죄악감, 질투 같은 감정의 제한이 없기 때문에 속임수를 쓸 이유도 없다.

영혼들의 세계에서 그들 사이에서 가장 크게 고려되는 것은 서로의 프라이버시를 존중하고 옹호해주는 것이다. 영혼들은 자신들의 수련과 또 다른 영혼들의 수련이 활발히 진행되고 있는, 그룹적 사고가 빈번한 공동체에 있게 된다. 그들은 아무것도 감출 수 없을 만큼 넓게 마음의 문을 열고 대상을 받아들인다. 이로써 아직도 지구에 환생을 계속하게 되는 영혼들의 업적인 일들을 완전히 개방하게 만든다.

텔레파시로 통하는 영혼들이 어떻게 사적인 선택을 하고 정보를 차단할 수 있을까? 나는 그 진행 방법에 대해 별로 아는 것이 없지만, 지엽적인 부분은 좀 알게 되었다. 내가 추적한 바로는, 모든 영혼이 지문 같은 각자의 독특한 정신적 진동 원형을 갖고 있다는 것이다. 그 원형은 촘촘히 짠 광주리 같은 것으로서, 서로 맞물리는 에너지 가닥이 개별적인 성격의 중심을 둘러싸고 있는 것 같다. 그 에너지 가닥들은 생각의 전이 같은 것인데, 그 이동은 영혼의 자의에 의해 이루어지는 것이다. 여기에는 그 영혼의 특정한 사상과 개념, 의미와 상징, 개성적 특징이 포함된다. 경험을 쌓게 되면 영혼은 어떠한 내용이든 단숨에 감출 수 있게 되는 것이다. 그러므로 영계에서는 보통 아무것도 숨기는 일은 없지만 영혼이 다른 영혼을 받아들이기 위해 그 에너지 가닥을 풀지 않는 한 누구도 개인의 깊은 생각을 들여다볼 수 없는 것이다.

이 모든 말을 한 뒤 나는 원로나 안내자들이 덜 진보한 영혼들의 특정한 정신적 상태에서도 그런 일이 일어날 수 있는지 심사하는 것을 알았다. 그런 일은 그 어린 영혼들을 위한 일이다. 이런 표현이 거칠게 들린다는 것을 나도 모르는 것은 아니다. 이 모든 일이 지구에서 진행되고 있다면 그럴 수도 있을 것이다. 영혼의 스승들은 마음의 심사를 원하는 영혼을 위해 특정한 마음 검사를 하기도 한다. 아직 준비가 되지 않은 어린 영혼에게 부담을 주지 않기 위한 안내자들의 배려인 것이다. 그들의 미래에 대한 계획을 세울 때는 특히 더 그런 점에 유의하게 된다.

모든 영혼은 자신들을 돕는 원로들의 고결함과 예지를 존경한다. 그들이 베푸는 지식이나 정보는 귀하고 사적인 것으로 받아들여진다. 의회를 떠나 자기들이 속하는 그룹에 돌아가게 되면 영혼들은 동료들이 의회에서 있었던 일을 함부로 해석하는 것을 원하지 않는다. 어느 영혼은 이렇게 말했다.

"만약 내가 거기서 있었던 일을 친구들에게 말했다면, 그것은 구두시험에서 부정을 행한 것이나 마찬가지일 것입니다. 그리고 그들은 나를 도와준다는 생각으로 의회에서 있었던 일을 그릇되게 해석했을 것입니다."

그러므로 탁자에 앉아 있는 원로들이 침묵을 권장하는 것은 그들 앞으로 오는 영혼들이 그 사적인 분위기로 인해 오히려 더 활짝 가슴을 열고 의논하게 된다는 것을 알기 때문이다. 아무리 그 의도가 좋은 것이라 해도 부당한 동료들의 간섭은 원로들이 전하려 하는 것을 빗나가게 하고 만다. 침묵의 법에 따르는 하나의 예외적인 케이스는 특별히 조성된, 진보된 영혼들의 훈련장에서 보게 되었다. 그들은 원로회에서 있었던 일을 동료들과 정보로 공유하고 있었다.

영혼의 세계에는 시간이 없기 때문에 나는 원로의 의회를 몇 세기에 걸쳐 있는 업적 회고를 빠르게 할 때 치료용 발판으로 사용한다. 의회실의 모든 것을 보류한 채로, 나는 영혼들을 위태로운 선택을 했던 전생의 중요한 길목으로 데리고 간다. 그리고 그들에게 원로들과 논의하고 있는 화제와 관련된 전생의 때를 찾아내라고 지시한다. 적지 않은 우리들의 태도와 개인적 버릇이 다른 생에서 유래된 것이라는 것을 알고 다른 맥락에서 그것의 전후 관계를 알게 된 영혼은 현실의 삶을 새로운 눈으로 바라보게 된다. 그런 요법을 행하고 있을 때, 나는 자주 나의 안내자와 피술자가 함께 도와주는 것을 느낄 수 있었다.

그러한 형식의 치료 중재를 통해서 피술자들의 영혼과 나는 현재의 문제를 푸는 열쇠를 찾게 된다. 그렇게 함으로써 건강한 새 삶으로 가는 문을 열게 되는 것이다. 환생 요법은 다만 인식의 이해만 돕는 것이 아니다. 사람들은 제각각 인생에 있어서 꼬이거나 구부러진 모든 것이 뜻과 목적을 지니고 있다는 사실을 볼 필요가 있는 것이다. 나는 또 피술자들을 환생을 선택하는 방으로 데리고 가서 왜 원로들이 현실의 육체나 삶을 택하게 했는지에 대해 이야기한다. 만약 어떤 영혼이 현실의 삶에서 다가올 미래의 상태를 보아서는 안 될 경우, 그것은 차단될 것이다. 그런 절차가 다 끝나고 나면 원로들은 일시 정지 상태에서 해제되고, 한 치의 오차 없이 의회를 진행시켜 나간다.

나는 한시라도 내가 영혼과 그의 안내자, 원로들 사이에 일시적으로 중개인 노릇을 하는 존재라는 것을 잊어본 적이 없다. 나는 그들, 원로나 안내자가 나에게 도움의 손을 내밀고 있는 것을 안다. 그러지 않고선 나의 피술자들이 최면 상태에서 그 의회를 보는 것이 불가능할 것이다. 깊은 최면술을 사용함으로써, 영혼의 마음과 현실을 사는 인간의 에고를 다루는 영혼 퇴행치료의 이점을 살릴 수 있다.

초의식의 마음은 영원 속에서 작용한다. 잠재의식은 그런 점을 현재의 상황 속에서 진행시킬 수 있는 것이다. 건실하고 생산적인 인생을 살아가기 위해, 속 깊이 내재하는 진실한 자아에 눈떠야 하는 것은 아무리 강조하여도 지나침이 없는 것 같다. 내가 말하고 싶은 것은 한 번에 세 시간을 요하는 퇴행요법이 불안한 사람들에게 빠른 해결을 가져온다는 것이 아니다. 하지만 우리의 진실한 본성에 대한 새로운 깨달음과 전생에 대한 인지, 영계에서의 영원과 생명을 알게 됨으로써, 나중에 피술자들이 각자 사는 곳에서 가까운 곳에 있는 치료사들에게 도움을 받게 될 때 그 모든 인식이 건전한 토대가 될 수도 있는 것이다. 또 정신적으로 건강한 사람들에게는 단 한 번의 영혼 퇴행도 자신들 속에 내재하는 온전함과 목적을 인식하는 놀라운 효과를 자아낼 것이다.

7
공동체 역학

영혼의 짝

원로들의 의회에 처음으로 갈 때와 두 번째로 갈 때 그 사이의 기간
은 영혼들에게 갱신의 기간이다. 영묘한 공기 같은 존재인 영혼의 성
장은 영혼이 환생을 시작하기 전부터 영계의 정신적 영역에서 다른 영
혼들과 함께 이루어진다. 그리하여 영혼은 비할 바 없이 개성적이지만,
반복되는 환생 사이사이의 기간은 대부분 같은 그룹에 속하는 다른 영
혼들과 친밀하게 보내게 된다. 그리하여 영혼의 발전은 집단적인 것이
라 말할 수 있겠다. 그런 집단성은 다만 영계뿐 아니라 지구 같은 물질
의 세계에서도 발휘된다.

환생을 하고 있을 때, 정신적으로 영혼들이 느끼는 친밀감은 깃들이
게 된 육체의 업보 때문에 가혹한 시험을 겪게 되기도 한다. 더없이 행
복한 영계와의 친밀감이 그렇게 중단되는 것은 영계의 스승들이 영혼

들의 의식을 고양시키기 위한 것이다.

나는 영혼의 짝들의 흥미로운 사랑 이야기를 수없이 들었다. 그들은 인생에서 다시 만나기 위해 시간과 공간을 마다하지 않고 서로를 찾아 왔다. 여기에 그 사례를 들겠다.

- **사랑이 고통을 당한 경우:** 석기시대, 욕정에 찬 추장은 피술자의 영혼의 짝을 자주 데리고 갔다가 다시 돌려보내 주었다.

- **사랑을 빼앗긴 경우:** 고대 로마 시대의 노예였던 여자는 검투사들에게 식사를 날라다 주었는데 그중에 사랑하던 남자도 있었다. 포로였던 그 검투사 애인은 격투장에서 죽기 하루 전날, 피술자의 영혼에게 영원히 사랑하겠다고 말했다.

- **사랑이 잔인했던 경우:** 중세의 성에 있는 감옥에서 귀족에게 채찍질 당해 죽은 마부. 현재 피술자인 그 마부는 귀족의 딸과 은밀한 장소에서 만나다 들켜 그런 죽음을 당했다.

- **사랑이 영웅적이었던 경우:** 결혼한 지 몇 시간 안 되어 물에 빠진 아내를 구하려다 죽은 폴리네시아인 신랑이었으며 현재의 피술자인 그 영혼은 300년 전에 갑작스런 폭풍우로 뒤집힌 배에서 아내를 구하려다 죽었다.

- **사랑이 죽음이었던 경우:** 나에게로 온 피술자의 영혼은 18세기 독일에서 질투 때문에 칼로 아내를 찔러 죽였다. 근거 없는 동네의 뜬소문을 듣고 죽이려 달려드는 남편에게 아내는 결백을 주장하고 남편만을 사랑한다고 말하면서 죽어갔다.

- **사랑이 용서를 못 하는 경우:** 미국 남북전쟁에서 돌아온 고참병. 그의 아내였던 피술자는 남편이 전사했다는 소식을 듣고 1년 후 남편의 동생과 결혼했다.

앞에 기록된 모든 짝은 오늘날 행복한 부부가 되어 있다. 지나간 인생에서 겪었던 경험들이 다음 생을 위해 도움이 되었고 영혼의 짝으로서 유대를 강하게 해주었다. 전생을 알게 하는 퇴행요법은 부부에 대한 흥미로운 정보를 제공한다. 하지만 그들이 삶과 삶 사이에 영계로 돌아와 하는 생활은 그들의 관계를 더욱 정확하게 바라볼 수 있게 한다.

사랑의 상자에는 많은 시험이 함께 들어 있다. 영혼의 짝들과 함께하게 된 길고 행복한 인생에는 우리가 관계를 망가뜨리거나 영혼의 짝이 한 잘못된 행동 때문에 유린당한 경우도 섞여 있다. 영혼의 짝들과 함께하게 되는 어려운 인생의 경우에는 사랑을 순순히 받아들일 수 없게 하는 장애물이 있게 마련이다. 이 영혼의 짝들이 함께한다는 것은 기쁨만 뜻하는 것이 아니고 고통도 수반한다. 하지만 우리는 그 모든 것에서 배우게 된다. 인생에 있어서 인간관계에 따르는 어려운 일들에는 항상 업보적 이유가 따르게 마련이다.

내가 시술하던 사람들 중에 밸러리라는 이름으로 불리던 여자가 있었다. 그녀는 전생에 200년 전 중국에서 살았던 아름다운 여자였다. 그 생에서 그녀는 가장 중요한 영혼의 짝을 싫어하고 배척했다. 그 이유는 그 짝이 다른 남자들이 허용하는 허영을 받아들이지 않으려 했기 때문이었다. 최면 상태에서 밸러리는 이렇게 말했다.

"그 밖에도 그는 너무도 초라하고 거칠게 보여 나는 함께 있는 것을 누가 볼까 당황하기도 했지요. 다른 사람들이 어떻게 생각할까 하는 느낌을 저버릴 수 없었어요. 또 자존심과 노여움 때문에, 그리고 지극히 당연하다고 생각하면서 나의 변덕에 잘 맞추어 주는 잘생긴 남자와 결혼을 하게 되었지요. 그랬기 때문에 오히려 나는 감수할 수 있었던 행복을 놓치고 말았어요."

그다음으로 그녀는 19세기 미국에서 살았다. 그때 밸러리는 체로키 인디언 추장의 딸이었는데, 그녀의 아버지는 조약의 한 조건으로 그녀를 다른 추장의 아들과 억지로 결혼시켰다. 그 추장의 아들은 결혼 후 그녀를 육체적으로 천대했고 인생을 처참하게 했다. 그녀가 사랑했던 남자는 같은 부족의 무사였고 그녀가 전생에서 배척했던 중국 남자였다. 미국에서의 인생을 끝내고 영계로 돌아간 뒤 그녀의 영혼은 이렇게 말했다.

그 인생에서 애인과 나는 함께 도망을 갈 수도 있었습니다. 물론 그런 행위에 따르는 큰 위험도 있었지만, 한편 내 속에서는 아버지가 계획한 그 인생을 이겨나가야 한다는 생각도 들었습니다. 지금 생각해보면 그 모든 것이 시험인 것 같아요. 우리는 우리를 사랑하는 사람에게 상처를 주면서 또 우리 스스로를 해치기도 합니다. 체로키 추장의 딸로서의 내 인생은 중국인으로 살았던 인생에서 느꼈던 자존심과 허영을 기억하고 보상하게 하는 것이었지요.

어떤 인생에서 '잘못된' 인연을 만나 살게 된 것이 시간을 낭비한 것은 아니다. 그런 인연은 미리 계획된 것이다. 사실 그런 대상은 영계에서 다른 관점으로 다시 볼 수 있다. 밸러리가 체로키 인디언으로 태어났던 인생에서 결혼한 남자의 경우도 마찬가지다. 그때 결혼했던 추장의 아들은 다른 그룹에 속하는 영혼이었다. 또 그녀가 지난 두 인생을 살 때 사랑했던 남자들은 20세기에 와서 다시 남편으로 결합했다. 밸러리의 단짝 친구인 린다는 같은 그룹에 속하는 영혼으로서 체로키 인디언으로 살 때 밸러리가 사랑했던 무사의 영혼과 짝을 이루는 영혼이기도 했다. 치료가 끝난 뒤 밸러리는 "린다가 남편과 가까이 있으면 왜 내 마음이 편치 않았는지를 이제 알겠군요."라고 웃으며 말했다.

더 앞으로 나가기 전에 영혼의 짝을 만나는 놀라운 경험에 대한 것을 분류해보는 것이 좋겠다. 나는 피술자들이 처음 치료실로 와서 어느 정도 서로를 이해할 수 있을 만큼 대화가 전개되면 그들의 인생에서 일어났던 특이할 만한 인간관계에 대해서 묻는다. 그렇게 함으로써 그들의 인생에 출현하게 되는 배우들의 성격을 알게 된다. 퇴행치료 동안 극장의 제일 앞좌석에 앉게 될 내가 출연진에 대해 쓰인 프로그램을 알아야 되기 때문이다.

피술자들이 깊은 최면 상태에 이르면 영혼들의 관계가 밝혀지게 된다. 피술자들의 영혼이 등장시키는 배우들은 그들의 연인이거나, 친한 친구, 친척들이다. 또 스승이나 동료들도 한몫하게 한다. 인생에 있어 영혼의 관계는 여러 인연을 이루고 다른 그룹에 속하는 영혼들과도 관계를 맺게 된다. 피술자들은 지금의 삶에서 이러한 영혼들이 어떤 사람인지를 확인하고 싶어 하지만, 대부분은 이미 그들이 누구인지를 알고 있다.

넓은 의미에서 사랑이란 인생에서 여러 형태로 나타나는 애정의 표시다. 어떠한 역할을 택하든 간에 영혼의 짝들은 여러 방법으로 영적 연결을 맺게 된다. 인간들은 모든 인생을 살 때, 수많은 업보적인 이유로 여러 계층의 사람들과 연결된다. 우정에 불이 붙으면 사랑으로 변한다. 하지만 우정을 이루던 깊은 이해 없이는 사랑이 성숙해질 수 없다. 그런 사랑은 그 성실성에 대해 의문을 갖게 되는 즉흥적인 정열과 질을 달리하는 것이다. 믿음 없이는 친근감이나 사랑은 자랄 수 없다. 사랑한다는 것은 사랑하는 대상의 모든 결함이나 모자람을 용서하고 받아들이는 것이다. 진실한 사랑이란 그 애인이 곁에 없더라도 더 성장하게 만드는 것이다.

보통 사람들은 사랑과 행복을 동일시한다. 하지만 사실 알고 보면 행복이란 자기 자신 속에서 성장해가야 하는 심리 상태이지 타인의 영향에 의존하는 것은 아니다. 가장 온전한 사랑은 스스로 느끼게 되는 충족감과 기쁨을 아낌없이 다른 사람과 나눌 수 있는 것이다. 사랑한다는 것은 쉬운 일이 아니며 연속적으로 가꾸어야 되는 일이기도 하다. 내가 치료한 피술자들 중에는 이혼한 사람들이 있었는데, 그중 몇 사람의 상대는 제일 친근한 영혼의 짝이기도 했다. 그러므로 그들이 조금 더 서로 노력했다면 이혼까지 하지 않아도 좋아질 수 있었을 것이다.

그와 반대로 우리들이 영혼의 짝을 뒤늦게 만나게 되는 데는 이유가 있을 수 있다. 때때로 영혼의 짝은 한 인생이나 두 인생쯤 서로 만나지 않는 경우도 있다. "나는 영혼의 짝과 서로 너무 의지하기 때문에 잠시 떨어져 성장해야 할 필요를 느꼈습니다."라는 말은 그렇게 떨어져 있게 된 영혼들이 자주 하는 말이기도 하다. 지구에서 영혼의 짝들이 갖는 경험과 애착은 시대마다 서로 다르다. 하지만 그들의 전생의 업에 기반해 제각각 새로운 인생이 형성된다.

우리들은 깨진 관계를 통해 값진 교훈을 얻게 된다. 중요한 것은 인생을 계속 살아가는 것이다. 어떤 피술자들은 치료가 시작되기 전에 진실한 사랑이 자신들을 피해 간다고 말한다. 하지만 치료를 받고 나면 그렇게 되는 이유를 알게 된다. 만약 원하는 사랑을 하지 못하게 되면 그런 사실로 고민하기보다, 다른 것을 배우러 태어났다는 사실을 깨달으면 되는 것이다.

사람들은 혼자 사는 사람을 보면 그들이 외로울 것이라고 잘못 생각할 수도 있다. 하지만 실제로 알아보면 그들 중에도 고요하고, 명상적이고, 생산적이고, 풍요로운 삶을 살고 있는 사람이 있다. 다만 외롭지 않기 위해 그다지 좋아하지 않는 사람과 같이 산다는 것은 혼자 사는 것보다 못하다. 혼자 살 때보다 더 진한 외로움을 느끼게 될 수도 있다. '사람을 사랑하는 것은 속임수에 빠지는 것'이라는 노래도 있듯이 그런 종류의 사랑은 환상에 지나지 않는다. 왜냐하면 그것은 어떤 대가를 지불하고서라도 사랑을 얻으려는 중독적인 행위이기 때문이다. 만약 진정한 영혼의 짝이 나타나게 되어 있다면 때때로 기대하지 않았을 때 나타나기도 한다.

오랜 세월을 영계에 있는 영혼들과 접촉해오면서 나는 영혼의 짝을 구분하는 방법을 알게 되었다. 영혼의 위치가 다음 세 부류 중 하나에 속한다면, 그 영혼이 우리 인생의 드라마에서 어떤 인연을 갖고 있는지 알게 된다. 우리의 안내자나 우리의 영역에서 멀리 떨어진 영역에서 오는 존재들은 그 부류에 포함되지 않는다.

으뜸가는 영혼의 짝

으뜸가는 영혼의 짝은 인생에서 제일 가까운 사이의 파트너로 나타난다. 그런 파트너는 우리들의 반려나 형제, 친구 또는 이따금 부모가 되기도 한다. 어떤 영혼도 이 으뜸가는 영혼의 짝만큼 우리에게 중요한 존재는 없다. 피술자들은 그들로 인해 측량할 수 없을 정도로 풍요로워졌다고 말한다.

으뜸가는 영혼의 짝을, 많은 영혼들이 친구로서 가깝게 기본적인 무리를 이루는 영혼 집단과 헷갈려서는 안 된다. 사람들은 흔히 자기들의 으뜸가는 영혼의 짝을 표현할 때 '진실한 영혼의 짝'이라는 표현을 쓰기도 한다. 하지만 그런 표현은 다른 영혼이 진실하지 않다는 느낌을 주는 한도 내에서 사용해야 될 것이다. 그러한 표현이나 용어에 관한 전문가들의 의견이 다른 것은 용어에 관한 것이기보다 상징적인 면에서 더 그런 것 같다. 하지만 나는 으뜸가는 영혼의 짝에 대한 또 다른 해석이나 관념에 대해 이의를 제기한다.

강연 여행을 할 때, 나는 으뜸가는 영혼의 짝이나 영혼 이중설이 쌍둥이 영혼설과 어떻게 연관되느냐는 질문을 받는다. 그럴 때 나의 대답은 '연관이 없다'는 것이다. 나는 영혼이 에너지를 나누어 평행되는 삶을 살 수 있다고 설명한 바 있다. 그렇게 빨리 성장할 수 있는 힘든 수련을 대부분의 영혼들이 하지 않으려는 경향이 있다고도 했다. 또 영혼은 그렇게 분리될 수 있기 때문에 우리가 환생하는 영혼과 똑같은 에너지를 영계에 남겨놓고 온다는 것도 설명했다. 영혼들은 거의 대부분 그렇게 자신의 복사본을 영계에 남겨놓고 환생한다.

내가 알아본 바에 의하면 그런 영혼 에너지의 분리와 으뜸가는 영혼의 짝은 쌍둥이 영혼이나 쌍둥이 애인설과 전혀 관련이 없었다. 내가 알아낸 것은 나 혼자만이 주장할 수 있는 진리이기도 하지만, 솔직히 말해서 그동안 해온 연구를 통해 나는 쌍둥이 영혼설을 지지할 아무런 근거나 사례를 보지 못했다.

내가 이해한 쌍둥이 영혼이란 이런 것이었다. 한 영혼과 그의 쌍둥이 영혼은 한 에너지 난자에서 만들어져서 갈라지게 되고, 다른 한쪽의 쌍둥이—진실한 영혼의 짝—와는 그 인생이 끝날 때까지 다시 만나지 않는 것이었다. 그러나 케이스 26에서 만난 영혼은 잉태를 할 때 같은 영혼은 전혀 없다고 말했다. 각자의 에너지는 독특한 개성을 지니게 마련이며 단일한 존재로 창조되었다. 쌍둥이 영혼설이 부당하고 비합리적으로 느껴지는 것은 만약 그들이 서로의 으뜸가는 영혼의 짝이라면 왜 인생에서 업적인 수련을 쌓을 때 서로를 도와줄 수 없는가 하는 생각 때문이다. 으뜸가는 것이나 진실한 것이나 영혼의 짝은 서로의 완성에 도움이 되어야 한다. 그들은 우리의 쌍둥이가 아니다.

동료 영혼의 짝

으뜸가는 영혼의 짝은 영원한 동반자이지만, 기본적인 무리를 이루는 영혼 그룹 속에는 영혼의 짝이라고 부를 수 있는 다른 영혼들이 존재한다. 본질적으로 따져볼 때 그 존재는 동료 영혼들이다. 그들은 성격도 다르고 서로서로 어울리고 상조하는 재능을 지니고 있다. 그런 상조의 사례가 적지 않은 케이스에서 입증되었다. 그 기본적인 그룹에는 일반적으로 좀 더 친근한 내적 동료들이 있게 마련인데, 그 영혼들은 서로의 인생에 있어서 중요한 역할을 하게 된다. 그런 영혼들은 친근한 영혼 그룹 속에 보통 3~5명 정도가 있다.

기본적인 영혼 그룹의 멤버들은 시작을 함께했지만 발전해가는 속도는 제각각 다르다. 그런 점은 영혼 각자의 노력과 동기, 재능에 따라 결정된다. 그런 영혼들이 단체로 환생하게 되면 제각각의 장점을 갖고 있어서 서로 돕기도 한다. 그룹이 작아지면 영혼들은 제각각의 특수한 전공과 장기를 갖게 되지만 서로 연락을 끊지는 않는다.

제휴되는 영혼

이 부류에 속하는 영혼들은 기본적인 같은 그룹에 속하지 않지만 주위에 있는 2차적 그룹에 속해 있다. 5장 도표 1에서 언급했듯이 기본적인 그룹 주위에 있는 2차적인 그룹에 속하는 영혼들은 약 1,000명을 넘는다. 그런 그룹의 연수실은 대부분 기본 그룹의 주위에 있다. 그렇게 다른 그룹에 속하는 영혼 중에는 어떤 연관을 갖고 기본적인 그룹에 속하는 영혼들과 함께 일하도록 선발된 영혼도 있다. 그런 영혼들은 다른 영혼들이 잠시 스쳐가기만 하는 데 비해 몇 번의 인생을 통해서 잘 알아온 영혼들이기도 하다. 인생에 있어서 우리들의 부모가 되는 영혼은 종종 2차적인 그룹에서 오는 경우가 많다.

영계에서나 인생을 살아갈 때 어느 기본 그룹에 속하는 영혼들은 2차적인 그룹에 속하는 영혼들과의 접촉이 아주 드물거나 없는 경우가 많다. 2차적인 그룹에 속하는 영혼들은 큰 범위에서 보면 기본적인 그룹에 속하는 영혼들과 어떤 면에서 연관을 갖기도 하지만 그렇다고 해서 그들을 영혼의 짝이라고는 생각지 않는다고 피술자의 영혼들은 말한다. 그렇게 그들은 동료 영혼으로 생각되지 않지만, 영혼들이 인생이라는 연극 무대에 설 때 필요한 배우들을 적절히 선택할 수 있도록 수많은 후보로서 대기하기도 한다.

제휴되는 영혼들은 한 영혼이 인생에서 업을 통해 수련을 할 때 필요한 것을 제공할 수 있다. 그 영혼들은 보통 환생을 하여 만나게 되며, 강한 긍정적 에너지나 부정적 에너지를 지닌 대상이 되어 접근한다. 그런 결정은 환생하기 전에 모든 영혼들이 그들의 스승과 함께 모여 의논한 끝에 동의를 하고 결정한 것이기도 하다.

그런 영혼들의 역할은 대개 간단히 끝나고 만다. 독자들은 케이스 39에서 언급한 버스 정류장에서 있었던 일을 기억할 것이다. 그 케이스에서 피술자의 영혼이 한 여인에게 보였던 동정은 자발적인 것이었다. 그런 까닭에 나는 그 영혼이 제휴되는 영혼이 아니라고 생각한다. 한 피술자의 영혼이 말한 간단하고 긍정적인 영혼의 사례를 들겠다. 그런 영혼이야말로 제휴하는 영혼이라고 확실히 정의할 수 있다.

나는 혼자서 해변을 걷고 있었습니다. 직장에서 쫓겨난 뒤 황당하고 적막한 마음으로 걷고 있었습니다. 그때 어디선가 한 남자가 나타나서 이야기를 하게 되었습니다. 나는 그를 알지 못했고 그 인생에서 다시 만난 적도 없었습니다. 하지만 그때 그는 아주 자연스럽게 다가왔고, 우리는 이야기를 하게 되었습니다. 나는 그때 내가 지닌 모든 문제를 그 낯선 사람에게 털어놓고 있다는 것을 느꼈습니다. 그는 나를 위로하고 침착하게 가라앉혀 주면서 내가 가질 수 있는 직업과 직장을 더 큰 관점에서 낙관적으로 설명했습니다. 한 시간쯤 그렇게 나를 위로한 뒤 그는 떠났습니다. 지금 생각해보니 그는 영계에서 알게 되었던 다른 그룹에 속하는 영혼이었습니다. 그날 만나게 된 것은 우연이 아니었습니다. 그는 나에게로 보내졌던 것입니다.

하지만 우리는 우리의 영혼의 짝과 가장 소중한 인연을 맺게 된다. 내가 이 책을 계획하고 있을 때 많은 사람들이 으뜸가는 영혼의 짝들 사이에서 일어난 사랑 이야기를 상세히 써달라고 부탁했다. 로맨티스트임을 자칭하는 나이기에 그런 부탁은 거부하기 어려웠다.

케이스 46

모린이 예약을 하기 위해 전화를 걸어왔을 때 목소리에는 긴박감이 느껴졌다. 그즈음은 예약이 많아 1년쯤 기다려야 진료가 가능했다. 모린은 캘리포니아에 있던 나의 진료소에서 멀지 않은 곳에 살고 있었다. 전화의 내용은 뉴욕에서 그녀를 만나러 오는 남자와 함께 나를 만나보고 싶다는 것이었다. 모린은 그 남자를 그때 처음 만난다고 했다. 나는 모린에게 그 남자에 관한 것을 물었다. 그때 모린은 다음과 같은 이야기를 들려주었다.

3개월 전에 컴퓨터의 웹사이트에서 25명 정도 되는 사람들이 사후의 생에 대한 관심으로 소위 '채팅방'이라는 대화의 공간을 만들게 되었다. 같은 취미나 흥미를 가진 사람들 사이에서 그런 식으로 온라인에서 대화가 이루어진다고 했다. 컴퓨터에 대한 지식이 없었던 나에게 모린은 그렇게 모든 것을 자세히 설명했다. 모린은 데일이라는 이름을 가진 남자와 영혼의 짝에 관한 대화를 나누고 깊이 공명한 나머지 이상한 유대를 느끼게 되었다고 했다. 데일이 자기의 생각을 반영하고 있다는 것을 알게 되었을 때 신비한 느낌조차 들었다고 했다. 그리하여 그들은 두 사람만의 채팅방을 만들기도 했다.

그들은 55년 전에 몇 달의 차이를 두고 둘 다 샌프란시스코 근교에서 태어났다는 것을 알았다. 그들은 또 불행했던 결혼에 대해 말했고 그들의 가슴을 열어줄 대상을 찾지 못했던 마음속의 깊은 슬픔에 관해 이야기했다. 그들의 대화는 주로 사후에 관한 것이었다. 그러다 데일이 내가 쓴 책을 읽고 있다고 모린에게 말했다. 곧 그들은 캘리포니아에서 만나 함께 퇴행 시술을 받을 것에 합의를 보았다.

내가 그들과 예약한 날은 그들이 처음 만난 다음 날이었다. 그들이 나의 시술실에 도착했을 때 두 사람의 눈이 별처럼 반짝이고 있어, 나는 그들이 이미 최면 상태에 들어 있어 나의 도움이 필요 없다는 농담까지 했다. 그들은 만나는 순간 서로를 알아보았다. 모린은 이렇게 말했다.

"우리가 서로를 향해 미소 짓는 방식, 눈빛, 함께 웃는 소리, 악수를 할 때 느낀 진동에서 너무나 행복감이 느껴졌어요. 주위에서 어떤 일이 일어나고 있는지 다 잊을 정도였지요."

모린이 처음 면담을 신청했기에 나는 이 케이스를 모린의 입장에서 설명하게 될 것이다. 시술을 시작하기 전 모린은 1920년대의 음악을 듣거나 그 시대에 유행한 플래퍼(Flapper; 1920년대 재즈 시대의 자유분방하고 젊은 여성들을 지칭) 스타일의 옷을 입고 찰스턴 춤(1920년대 미국을 휩쓸었던 사교 재즈댄스)을 추는 사람들을 보게 되면 언제 어디선가 본 것 같은 기시감을 느낀다고 말했다. 또 어릴 때부터 갑자기 죽게 되는 악몽에 시달려 왔다는 말도 했다.

일반적으로 나는 피술자에게 처음으로 시술을 할 때 그들이 지난 전생을 끝마치고 영계로 돌아갈 시점부터 시작한다. 그래야만 그들이 자연스럽게 영계로 돌아가는 놀라운 경험을 할 수 있기 때문이다. 그런 최면 기술의 이점은 여러 가지 있는데, 그중 한 가지는 전생에서 상처받은 육체의 흔적을 현생의 육체에서 볼 수 있는지를 알게 되는 것이다. 진행을 빠르게 하려고 피술자의 영혼을 어머니의 태내에서 바로 영혼의 세계로 데리고 간다면 영혼들은 혼란을 겪게 될 것이다. 그렇게 하는 것은 마치 어떤 사람을 집 뒤로 데리고 가서 집 앞을 설명하라고 하는 것과 같다. 영계로 들어가는 과정을 그렇게 가속시키면 또 여러 개의 안내소를 거치게 될 것이다. 그러한 곳에 들르는 것은 한 영혼의 죽음이 갑작스러운 것이었고 정신적으로 타격을 주는 것이었다면 피할 수 없는 중요한 일일 것이다. 죽음의 장면을 기피하지 않음으로써 피술자의 영혼은 고통스러운 육체적 기억으로부터 보호받을 수 있다.

지난 인생에서 가장 기억할 만한 것을 말하라는 나의 지시에, 모린은 그녀를 죽음으로 이끌었던 일들로 나를 데리고 갔다. 그것은 때때로 사고가 기다리고 있다는 신호이기도 하며, 시술자들은 무서운 죽음의 장면이 다가올 것에 대비하지 않으면 안 된다. 다음은 모린이 한 말을 정리한 것이다.

닥터 N 당신은 여자입니까, 남자입니까?

영 실은, 소녀예요.

닥터 N 이름은?

영 서맨사인데, 짧게 샘이라고 불러요.

닥터 N 지금 어디서 무엇을 하고 있습니까?

영 나는 지금 침실에 있는 화장대 앞에서 파티에 갈 준비를 하고 있습니다.

닥터 N 어떤 파티에 갑니까?

영 (잠깐 말이 없다가 가볍게 웃으며) 그 파티는… 나를 위한 것입니다. 오늘은 내가 열여덟 살이 되는 생일이에요. 우리 부모님은 오늘 내가 사교계에 나가는 것을 축하하는 파티를 열어줍니다.

닥터 N 그렇습니까? 생일을 축하합니다. 샘, 오늘은 며칠입니까?

영 (조금 주저한 뒤) 1923년 7월 23일입니다.

닥터 N 지금 거울 앞에 앉아 있으니까 거울을 들여다보십시오. 그리고 그 속에서 보게 되는 것을 설명해주십시오.

영 나는 금발머리를 하고 있습니다. 높이 올려 묶었지요. 흰 실크로 만든 드레스를 입고 있습니다. 처음 입어보는 어른스러운 파티 드레스입니다. 새로 산 흰 구두, 굽이 높은 하이힐을 신을 거예요.

닥터 N 아주 근사할 것 같군요.

영 (안다는 웃음으로) 릭도 그렇게 생각했으면 좋겠네요.

닥터 N 릭이 누구입니까?

영 (마음이 딴 데 가 있는 듯 얼굴을 붉히며) 릭은… 나의 남자… 오늘 저녁 데이트하게 되는 상대이지요. 어서 화장을 끝내야 해요. 그가 곧 여기로 올 거예요.

닥터 N 샘, 내 말을 좀 들어보세요. 화장을 끝내면서 이야기할 수 있을 겁니다. 나는 당신을 늦게 하지 않을 거예요. 릭에 대한 느낌은 진지한 것입니까?

영 (다시 얼굴이 붉어지면서) 어머… 하지만 나는 너무 좋아하는 것을 드러내기 싫어요. 좀 쌀쌀하고 관심이 없는 것같이 보이고 싶어요. 릭은 능청을 떨고 있지만, 나는 그가 나를 원하고 좋아하고 있다는 것을 알아요.

닥터 N 알겠습니다. 그럼 이 파티는 아주 중요한 파티로군요. 곧 그가 와서 자동차 경적을 울리겠군요. 당신이 달려 나오기를 바라면서 말입니다.

영 절대로 그럴 수 없습니다. 그래서는 안 되지요. 물론 그는 내가 그렇게 하면 좋아하겠지요. 하지만 그는 정중하게 초인종을 눌러서 문을 열어주길 기다려야 해요. 하녀가 그에게 문을 열어주고 아래층 응접실에서 기다리게 할 거예요.

닥터 N 그렇다면 파티는 집에서 좀 떨어진 곳에서 열리는 모양이군요.

영 너무 멀지는 않아요. 샌프란시스코 시내에 있는 멋진 저택에서 열릴 것입니다.

닥터 N 자, 그럼 이제 그 파티가 있는 곳으로 가봅시다. 샘, 거기서 어떤 일이 일어나고 있습니까?

영 아주 재미있는 시간을 보내고 있습니다. 릭은 아주 멋있게 보여요. 나의 부모님들과 다른 어른들은 나를 보고 성숙해 보인다고 말합니다. 음악이 들려오고 있고 춤추는 사람들도 있어요…. 친구들이 많이 와서 축하를 합니다…. 그리고 (잠시 피술자의 얼굴이 어두워진다.) 부모님들은 모르고 계시지만 다들 술을 많이 마시고 있어요.

닥터 N 그러는 게 마음에 꺼려집니까?

영　(한 손을 머리카락 사이로 찔러 넣으면서 잠시 떠오르는 것 같은 생각과 싸우는 듯하다. 다시 대화로 돌아온다.) 오… 이런 모임에서 술 마시는 것은 언제나 자연스러운 일이에요. 그렇게 해서 남자들의 긴장이 풀리지요. 나도 술을 마시고 있어요. 릭과 그의 친구들이 부모님 몰래 술을 준비했지요.

닥터 N　그 저녁에 있는 다른 중요한 일로 시간을 옮기십시오. 그리고 어떤 일이 일어나고 있는지 설명해주십시오.

영　(피술자의 얼굴이 부드러워지면서 말이 자주 막힌다.) 릭과 나는 춤을 추고 있습니다…. 그는 저를 꼭 껴안고 있어요…. 우리는 불붙고 있습니다…. 그가 귀에 대고 속삭여요…. 파티를 떠나서 어딘가 둘만의 시간을 가질 수 있는 곳으로 가자고 하네요.

닥터 N　그런 말에 당신은 어떤 느낌이 듭니까, 샘?

영　흥분하게 됩니다…. 무엇인가 주저하는 마음이 들기도 하지만 기꺼이 극복해야 해요. 부모님이 못마땅해하겠지만 나는 순간의 즐거움과 흥분을 위해 그런 느낌을 떨쳐버립니다.

닥터 N　그 느낌에 머무십시오. 다음에는 어떤 일이 일어납니까?

영　우리는 다른 사람들의 눈에 뜨이지 않으려고 옆문으로 빠져나가 릭의 차가 있는 곳으로 갑니다. 그 차는 아름다운 새 차, 로드스터 컨버터블입니다. 너무나 아름다운 밤이고 컨버터블의 지붕은 젖혀져 있습니다.

닥터 N　그래서 당신과 릭은 무엇을 하려고 합니까, 샘?

영　우리는 차를 탔어요. 릭은 내 머리에서 핀을 뽑아내요. 바람에 머리가 나부끼게 하려고요. 그가 뜨거운 키스를 해요. 릭은 자랑을 하고 싶었던 거예요. 우리는 긴 차도를 지나 거리로 나가면서 속력과 폭음을 내면서 질주했지요.

닥터N 그 거리가 어디에 있었는지, 어떤 방향으로 가고 있었는지 설명할 수 있겠습니까?

영 (점점 안절부절못하는 태도로) 우리는 샌프란시스코 밖으로 빠져나와 태평양 연안의 고속도로를 달리며 남쪽으로 향하고 있습니다.

닥터N 그렇게 차를 타고 가는 기분이 어떻습니까, 샘?

영 (잠시 동안 피술자는 불안했던 예감에서 헤어난다.) 나는 생기가 넘쳐흐르는 것을 느낍니다. 멋진 저녁입니다. 불어오는 바람에 머리카락이 얼굴로 나부껴요. 릭은 한 팔로 나의 어깨를 감쌉니다. 나를 꼭 껴안으며 내가 이 세상에서 가장 아름다운 여자라고 해요. 우리는 서로 사랑에 빠졌다는 것을 알아요.

닥터N (피술자의 손이 떨리기 시작하고 몸이 굳어지는 것을 본다. 앞으로 다가올 것이 예감되어 나는 피술자의 손을 잡는다.) 자, 샘, 앞으로 당신이 이야기를 계속하는 동안 내가 늘 곁에 있다는 것을 알았으면 합니다. 그리고 어떤 일이 생기게 되면 나는 당신을 신속히 도와줄 수 있습니다. 아시겠지요?

영 (꺼져가는 소리로) 네….

닥터N 그 드라이브에서 변화가 일어나기 시작한 때로 가십시오. 그때 일어나고 있는 일을 설명하십시오.

영 (피술자의 몸 전체가 흔들리기 시작한다.) 릭은 너무 술을 많이 마셨고 길은 더 꼬불꼬불해지고 있습니다. 릭은 한 손으로 운전을 하고 있습니다. 차는 비탈진 길로 다가가고 있습니다…. 바다도 가까이에 있습니다…. 절벽이 보입니다…. 차가 비틀거립니다. (고함친다.) 릭, 천천히 가요!

닥터 N 그가 그렇게 합니까? 천천히 차를 몹니까?

영 (소리치면서) 아, 이를 어쩌면 좋아요. 그는 차를 천천히 몰지 않아요. 길을 보아야 하는데 그는 웃으며 나를 보고 있어요.

닥터 N 빨리 이야기하십시오. 샘, 계속하십시오.

영 (울면서) 우리는 다음 모퉁이 길을 잘 꺾지 못했어요…. 자동차가 하늘로 뜨더니 바닷속으로 빠졌어요…. 나는 죽어가고 있어요…. 물이 아주 차가워요…. 숨을 쉴 수 없어요…. 아, 릭… 릭….

피술자의 영혼과 대화를 거기서 끝내고 나는 재빨리 그 치명적인 기억에서 피술자를 해방시키려 서맨사의 영혼을 모린의 육체에서 떠나게 했다. 나는 그녀에게 많은 전생을 겪으면서 그런 육체적인 죽음을 많이 겪었으므로 곧 나아지게 될 것이라고 가르쳐주었다. 이제 막 진짜 삶이 시작되는 젊은 나이이기 때문에 서맨사는 육체를 떠나는 것이 주저된다고 말했다. 그녀는 릭을 떠나길 원치 않았지만 바다에서 멀어지는 힘이 너무 강했기 때문에 떠나지 않을 수가 없었다고 했다.

처음 연구를 시작했을 무렵, 나는 릭이나 서맨사 같은 사람들이 그렇게 함께 죽으면 영혼의 세계에도 함께 돌아가게 될 것이라고 생각했다. 하지만 하나의 경우만 빼놓고 그런 생각은 옳지 않다는 것을 알게 되었다. 어린아이들의 경우, 그들이 사랑하는 사람들과 함께 죽게 되면 함께 영계로 가는 경우가 있다. 이 경우만 예외가 될 수 있었다. 이에 대해서는 9장 어린아이들의 영혼에서 설명할 것이다.

으뜸가는 영혼의 짝이라 할지라도 함께 죽었을 때 같이 영계로 돌아가지 않는다. 그들은 자신만의 진동의 길을 따라 서로 분리되어 영계로 돌아가는 것이다. 나는 한때 그런 이별을 슬프게 생각하기도 했지만, 뒤에 영혼이 영계에서 다시 안내자와 친구들을 적절한 장소에서 적절한 때에 만나게 된다는 것을 알게 되었다. 모든 영혼은 제각각의 승천 방법이 있다. 같은 영혼 그룹에 속하는 영혼일지라도 안내를 받고 에너지를 정화하는 일들을 제각각 거쳐야 하기 때문이다. 서맨사와 릭의 경우도 그러했다.

닥터 N 릭을 볼 수 있습니까?

영 아니, 볼 수 없습니다. 나는 얼굴을 위쪽으로 돌리게 하는 인력에 저항하려 하고 있습니다. 나는 바다 쪽으로 바라보며… 릭을 돕고 싶습니다.

닥터 N 그 힘이 마침내 당신을 태평양에서 그 방향을 돌려 적절한 곳으로 가게 합니까?

영 (피술자는 이제 조용해지고 포기한 듯하지만 한탄조로) 네, 나는 지금 지구에서 멀리 떨어진 곳에 있습니다.

닥터 N (이것은 내가 흔히 하는 질문이다.) 더 멀리 가기 전에 부모님들께 이별을 하게 됩니까?

영 아… 아닙니다. 지금은 그럴 수 없습니다… 뒤에 하게 되지요. 지금은 그저 가고 싶어요.

닥터 N 네, 알겠습니다. 다음엔 무엇이 보입니까, 서맨사?

영 터널의 눈이 보입니다…. 열렸다가 닫혔다가 하는… 나의 움직임에 따라 움직여요…. 나는 그곳을 통과합니다. 많이 가벼워진 것을 느껴요. 너무나 밝아요. 누군가 긴 옷을 입은 사람이 다가오고 있습니다.

데일과의 대화를 통해, 그가 전생에 릭이었다는 것을 알게 되었다. 그의 영혼의 기억도 모린의 것과 일치했다. 차 사고가 난 뒤 서맨사는 잠시 살아 있다 바다에서 영혼이 승천한 데 비해, 릭의 영혼은 자동차가 공중에 떠 있을 때 이미 육체를 떠나고 있었다.

내가 댈러스에서 그에 관한 강연을 하고 있을 때 어떤 부인이 큰 소리로 나무랐다. "남자들은 그렇다니까!" 하면서. 나는 그녀에게 마음이 절박해진 상태에서 생존이 불가능해진 것을 알게 되면 영혼은 육체가 완전히 사망하기 전에 육체를 떠나며, 그러한 방법이 그들의 에너지를 보존하게 한다고 설명했다.

데일과 모린의 시술이 끝난 뒤 나는 그 으뜸가는 영혼의 짝들과 함께 우리들이 알게 된 것에 관해 의논할 시간을 가졌다. 모린은 언제나 샌프란시스코 남쪽으로 뻗어 있는 고속도로 1번 도로를 운전하게 되면 어느 지점을 지나칠 때 마음이 안정되지 않고 괜히 걱정과 불안감을 느낄 때가 있었는데 이제 그 이유를 알게 되었다고 말했다. 나는 모린이 알게 된 전생인 1923년에 있었던 그 죽음의 장면을 회상한 것이 죽음에 대한 지속적인 악몽을 없애주길 바랐다. 한 달 뒤 모린이 편지를 보내왔는데 그 악몽이 사라졌다고 했다.

데일은 샌프란시스코 근교를 운전하고 다니는 것에 불안감을 느꼈기 때문에 그가 태어난 그곳을 떠나게 되었다는 말을 했고, 나는 이 케이스에서 동시성의 놀라움을 다시 느끼게 되었다. 흔히 사람들은 환생을 끝내고 영계로 돌아가 머무는 동안 전생에 겪었던 일의 찌꺼기가 모두 청산되었다고 생각한다. 많은 경우 그렇게 되는 것은 사실이다. 하지만 앞에서도 말했듯이 어떤 경우는 육체적, 정신적 흔적을 다음 인생에까지 가지고 가는 경우도 있다. 앞으로 다가올 인생에서 특별한 업적인 교훈을 겪어야 할 영혼들에게 있어 그런 현상을 더 자주 볼 수 있다.

그런데 왜 그 으뜸가는 영혼의 짝인 데일과 모린은 현실의 인생에서 50년이나 떨어져 있었던 것일까? 그것을 이해하기 위해서는 그들이 속하는 영혼 그룹의 역학부터 알아야 한다. 데일과 모린은 레벨 1에 속하는 영혼 그룹 출신이다. 여러 모로 그 그룹에 속하는 열두 영혼은 어려움을 무릅쓰고 싸우는 열렬한 투사들이다. 그들의 안내자는 때때로 그 영혼들을 이웃에 있는 그룹으로 데리고 가서 평화와 고요 속에서 사는 것을 배우게 하기도 한다. 데일과 모린의 영혼은 그런 이웃 그룹을 방문하는 것이 흥미롭기도 하지만 좀 지루하다고 말하기도 했다. 하기야 같은 그룹에 속하는 영혼 중에서도 비활동적인 영혼은 있었지만 데일과 모린의 영혼은 그런 영혼들이 아닌 것만은 확실했다. 데일은 현실의 삶에서 육군 유격병으로 베트남 전쟁에서 임기를 세 번이나 거듭한 병사였다. 그는 "나는 그 전쟁에서 살아서 돌아올 수 있으리라 생각지 않았다. 하지만 그래도 괜찮았을 것이다."라고 말했다. 그는 위험한 상황의 극한적인 상태에서 살기 좋아했으므로 전쟁이 끝난 뒤 군대의 삶이 너무 지루하여 군대를 떠났다고 했다.

1923년 자동차 사고로 죽은 뒤 데일의 영혼은 그가 속하는 영혼 그룹의 선배 안내자에게 지도를 받게 되었다. 그리고 데일은 서맨사보다 더 깊이 반성해야 했고 도움을 받아야 했다. 그가 그룹으로 돌아왔을 때 그는 매우 미안하게 생각하고 있었다. 조용하고 부드러운 영계의 분위기 속에서 그는 으뜸가는 영혼의 짝인 서맨사에게 젊은 인생을 그렇게 끝나게 해서 미안하다고 말했다.

그들이 사전에 그런 사고를 알고 있었는가 하는 것은 시술 시간 동안 알아낼 수 없었다. 그들은 여러 인생을 거치는 동안 연인 사이였다. 많은 경우 혼란을 수반하기도 했다. 또 그들은 1920년대에 살았던 곳에서 같은 시기에 태어났지만, 젊은 시절에 만나지 않도록 계획되어 있었다. 전생에 느낀 것과 같은 관능적 경험과 감정적 에너지 때문에 그들은 훨씬 나이 든 뒤에 만났다. 그 영혼의 짝들은 그런 감정적 상태에서 만나는 것이 바람직하지 않다는 것을 알았기 때문에 그렇게 나이 든 뒤에 만나게 된 것이었다. 특히 데일은 오랫동안 연인을 기다리고 갈망하면서 좌절을 겪을 필요가 있었다. 그는 현실의 삶에서 조심성 없고 무책임한 남자가 아니다. 서맨사(모린)도 1920년대에 릭과 사귈 때 갖추

126

지 못했던 원숙함을 지닐 때까지 기다려야 했다.

이번 인생에서 갖게 된 결합에서 데일이나 모린은 인생을 함부로 다루지 않는다. 그들은 서로를 만나지 못하는 동안 적지 않은 가슴앓이를 겪기도 했다. 시술이 끝날 무렵 그들은 같은 맹세를 했다. "우리는 인생의 존엄함과 용서의 소중함을 깨달으며 이 시술을 완수하게 됩니다. 우리는 상실이 어떤 것인가 알게 되었습니다. 이 생에서 함께 남은 시간을 아끼고 소중히 여기며 살게 될 것입니다."라고 모린은 말했다.

영혼의 짝에 관한 이 장을 끝마치기 전에 많은 영혼들에게 다음 환생을 위한 준비를 위해 학습 기간이 주어진다는 것을 알려야겠다. 연극의 총연습과 같은 그 학습의 기간에 배우게 되는 것은 다가올 인생에서 일어날 가장 중요한 일들을 안내자와 더불어 연습해보는 것이다. 그 준비 학습에서 겪게 되는 일 중의 하나는 영혼의 짝이 제각각 환생한 인체의 모습이 어떤 것인지, 어떠한 환경에서 어떻게 만날 것인지 시각적인 영상을 서로에게 보여주는 것이다.

《영혼들의 여행》에서 그러한 출발을 위한 준비에 관해 한 장에서 예를 들어 설명했다. 하지만 영혼의 짝들이 모두 다 인생으로 출발하기 전에 만나게 되는 것은 아니다. 그런 일 역시 그들이 수행해야 할 업에 따라 달라질 수 있다. 때때로 어떤 영혼은 다른 영혼들보다 그런 미래의 재회나 짝의 모습에 관한 것을 더 많이 알기도 한다. 다음에 드는 예는 어떤 영혼의 짝이 미래의 아내를 만나게 되는 것을 간단히 설명한 것이다.

다음 인생에 관한 것을 보게 되는 영사 관람실에서 나는 미래의 아내를 볼 수 있었습니다. 그녀는 매력적인 에어로빅 강사인데, 그녀가 일하는 체육관에서 만나게 되었습니다. 나는 지구에서 만날 때 잘못을 저지르지 않기 위해 그녀의 몸매나 얼굴 모습을 자세히 지켜보았습니다. 전생에서는 알아보지 못했던 실수를 저지르기도 했거든요. 땀에 젖은 그녀의 체취가 마음에 새겨졌지요. 그녀의 몸짓이나 미소 그리고 무엇보다 그녀의 눈이 마음 깊이 새겨졌지요. 그 때문에 그녀를 이 인생에서 만나게 되었을 때는 곧바로 강력한 자석에 끌리는 것 같았어요.

영혼과 인간 가족의 연결

보통 같은 그룹에 속하는 영혼은 환생할 때 유전적으로 동일한 집안에 태어나지 않는다. 전래해오는 아메리칸 인디언의 믿음과 달리 그러한 사실은 조부의 영혼이 손자의 몸속에 깃들어 태어날 수 없다는 것을 의미한다. 나는 4장과 5장에서 영혼의 유전적 환생에 관한 반칙에 대해 설명했다. 영혼들 중에는 환생할 때 전생에 살았던 같은 가계나 민족, 문화적 환경으로 돌아가 새로운 것을 배우려 하는 영혼들도 적지 않다. 환생할 때마다 지구에 있는 다른 집안에 태어남으로써 영혼은 다양한 인체를 통해 경험을 하는 이점이 있다. 그런 다양한 경험은 지구로 환생하는 영혼들에게 깊이를 갖게 하기도 한다.

좀 특별한 경우에 영혼의 안내자들은 어느 특수한 집안에서 완수할 수 없었던 업보적인 이유 때문에 같은 집안에 환생하려는 영혼의 간절한 소원을 들어줄 때가 있다. 그런 영혼들은 그들에게 잘못을 저지른 대상과 대결하는 기회를 얻게 된다. 또 가족들에게 잘못을 저지른 영혼은 그것을 시정할 기회를 얻기도 한다. 그런 영혼은 다음 세대의 아이로 태어날 수 있으나 반드시 업보적인 연관을 가진 사람들이 생존하고 있을 때라야 한다. 다시 말하지만 그러한 업보적인 문제 때문에 유전적인 환생을 하는 경우는 드물다는 것을 강조하고 싶다.

영혼들이 보통 전생에 살았던 집안에 다시 태어나는 일은 극히 드물지만, 영계에서 같은 그룹에 속했던 영혼들은 그들과 함께 환생하여 가까이에서 살 수 있는 가족을 선택한다. 같은 그룹에 속하는 영혼들은 혈연으로 이어지고 지역적으로 가까이에 있는 인생으로 태어난다. 그럼 그들은 어떤 역할을 택하게 되는가? 이 책을 읽는 독자들도 도표를 그려보면 가족들, 친구들, 애인들, 지인들 속에서 누가 영혼의 가족인가를 짐작할 수 있을 것이다.

5장 도표 7에서 현생에서 사는 영혼 가족이 발산하는 색상에 관한 도표를 만들어보았다. 도표 10은 같은 그룹에 속하는 영혼들이 지난 300년 동안 서로의 연을 유지하면서 인간 세상에 태어난 경우를 그림으로 그려 설명한 것이다. 도표의 중심적 인물은 루스다. 한 세기가 지날 때마다 가족의 유전은, 도표에서 볼 수 있듯이 혈연적인 것에도 불구하고 완전히 다르다는 것에 유의하길 바란다. 도표 10은 인체에 깃들어 있는 루스의 영혼의 친구들에 관한 간략한 설명이다. 같은 그룹에서 온 영혼이 여섯 명, 그리고 이웃 그룹에서 온 영혼이 둘 있음을 각 세기마다 볼 수 있다.

도표의 중심에 있는 루스에게서 바깥으로 뻗고 있는 선은 18세기에서 20세기에 이르는 동안 루스와 연관이 있는 가족 속에서 같은 영혼이 다른 역할을 담당하고 있는 것을 말하는 것이다. 현실의 인생에서 루스의 으뜸가는 영혼의 짝이 그녀의 남편이라는 것을 도표를 통해 알 수 있다. 루스의 전생에 그 영혼은 제일 친한 친구였다. 또 18세기였던 그 앞의 인생에서 그녀가 남자로 태어났을 때 그 영혼은 아내의 역할을 하기도 했다. 루스의 으뜸가는 영혼의 짝은 후광이 보호하는 황색을 띠며, 루스의 후광은 흰색과 파란색이 섞여 있다. 루스의 빛깔은 투명함과 향학열을 의미하는 것이다. 그들 으뜸가는 영혼의 짝은 7,000년 전에 처음 함께 있게 된 이후로 정기적으로 짝을 이루면서 수련을 계속해왔다.

루스가 속하는 영혼 그룹에는 동료 영혼 이외에 근처에 있는 영혼 그룹에서 온 두 명의 제휴되는 영혼이 있다. 그 영혼들은 루스의 현생의 부모님이다. 그들이 19세기에 맡았던 역할은 할머니와 할아버지였다. 18세기에 태어났을 때 그들은 루스의 삼촌과 숙모였다. 루스의 도표는 전형적인 피술자들의 도표를 대표하기도 하지만, 모든 영혼 그룹은 제각각의 미묘하게 변형된 모습으로 인간 가족의 유대를 이루기도 한다. 루스와 같은 시기에 시술하게 된 다른 환자가 있었다. 그녀는 어머니와 아주 가깝게 지내는 사이였다. 어머니의 영혼은 피술자의 영혼 그룹에 속했고 전생에서는 그녀의 여자 형제였다.

조부모는 유년 시절에 큰 영향을 미치는 존재이기도 하다. 그들은 말을 잘 들어주고 비밀을 지켜주며 판단을 함부로 내리지 않는 태도로 어린 손자들에게 영향을 주기도 한다. 현생에서 아주 좋아하는 조부모가 전생에 친하게 지내던 친구나 형제였던 사실이 밝혀지기도 한다. 친밀한 인간관계의 사회적 역학 관계는 굉장히 강력해서 많은 경우 서로의 업적인 수련에 직접적인 영향을 미치게 된다. 우리의 인생에서 친했던 그 누구에게서 상처를 받게 되었을 때, 또는 우리가 상처를 주어서 이별이나 고립을 초래하게 되었을 때, 그것은 그들이 우리에게 무엇인가 가르치면서 스스로 배우기를 바랐기 때문이다. 그러한 수련은 케이스 47에서 보듯이, 미래에 맺게 될 관계를 위한 예습이 될 수도 있다.

한 가지 더 밝힐 것은 우리들의 인생에서 말초적인 역할을 담당하는, 이웃 영혼 그룹에서 온 영혼들의 역할이 수많은 세대를 통해 수없이 이어질 거라는 것이다. 나는 도표 10에 설명한 루스의 도표에서 그런 영혼들의 관계를 좁은 지면 관계로 모두 기입할 수 없었다. 예를 들면 아주 중요한 역할을 담당했던 제휴된 영혼으로서 젠다가 있다. 그는 루스가 초등학교 6학년 때 아주 좋아하던 선생이었다. 젠다는 또한 지난 세기에 루스가 태어났을 때 신임하던 이웃이기도 했다. 루스의 영혼이 18세기에 태어났을 때 젠다는 그녀를 고용한 회사의 사장이었다. 도표 10에서 본 거미줄 같은 디자인은, 서로 얽히고설키는 영혼들의 유대와 관계를 생각할 때 적절한 것이라고 생각된다.

피술자들의 과거나 현재와 연관된 으뜸가는 영혼의 짝이나 동료 영혼, 제휴되는 영혼들의 영적인 프로필은 상세한 혈통적 가계보를 통해 볼 때 교훈적인 점이 있다. 지난 300년 동안의 루스의 환생을 볼 때, 도표 10에는 그 영혼을 위한 자리가 없었지만 우리는 또 다른 그룹에서 온 영혼의 활약상을 보게 된다. 그 영혼의 이름은 '오르티어'라고 했으며 질투나 냉정함 그리고 농간을 부리는 역할을 담당했다. 오르티어는 루스의 신뢰성을 시험하기 위해 보내진 영혼이었다. 그런 시련을 통해 루스가 빨리 그 상처를 회복하는 법과 건강한 태도로 그런 문제를 다룰 수 있는 법을 배우게 하려는 것이었다. 그런 영혼이 인간 기질의 좋은 특성을 나타내기도 했지만 부정적인 면이 훨씬 두드러졌다. 루스의 현생에서 오르티어는 그녀의 시어머니가 되어 있지만 전생에서는 배신한 친구이기도 했다. 오르티어가 루스의 인생에 있어 그런 주역을 맡는 업보의 순환이 곧 끝나리라는 징후가 보인다.

루스는 성격이 부드럽고 따뜻하면서도 정열적인 면을 지닌 여자다. 그녀의 으뜸가는 영혼의 짝도 비슷한 기질을 가지고 있지만 또한 고집이 세고 모질도록 솔직하고 결단적인 면도 지니고 있다. 도표 10에 있는 다른 영혼들은 내성적이고 조용한 성격의 소유자들이다. 하지만 그들 역시 완벽을 기하는 성격과 고집을 지니고 있다.

그 그룹에 있는 한 영혼은 단정하지 못하고 모든 것을 쉽게 생각하며 좀 더 자기만족이 강한 편인데, 그게 루스의 동생 앤디다. 앤디의 영혼은 루스의 전생에 상황을 좀 바꾸기 위해 루스의 남편이 되길 자원한 영혼이기도 하다. 그 전생 때 루스의 으뜸가는 영혼의 짝은 남자 친구의 역할을 택했다. 그때 그들은 서로에게 너무 이끌린 나머지 앤디와 결혼한 루스의 결혼을 파멸로 이끌기도 했다. 그랬던 전생의 인생에서 루스는 앤디와의 결혼이 그녀의 마음을 너그럽게 열어주고, 낙관적으로 살게 해주며, 좀 더 해학적인 눈으로 인생을 바라보고 사는 것이 그녀의 따뜻한 성품과 어울린다는 것을 알게 해주었다는 것을 깨달았다. 아주 근사한 사랑의 짝은 아니더라도 견딜 만하고 즐거울 수도 있다는

도표 10 - 영혼과 인간의 혈통

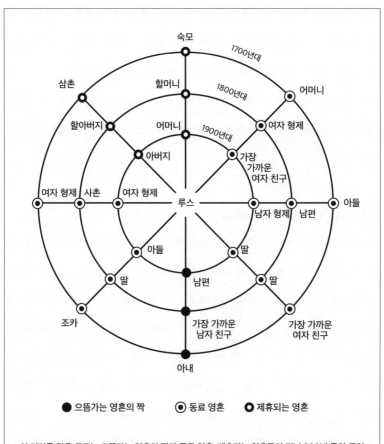

이 거미줄 같은 도표는 으뜸가는 영혼의 짝과 동료 영혼, 제휴되는 영혼들이 지난 300년 동안 주인공 루스와 연관이 있는 인생으로 환생한 것을 설명하는 것이다. 중앙에서 바깥으로 뻗는 선들은 한 영혼이 여러 다른 인체로 태어난 것을 의미한다.

것을 19세기에 앤디와 결혼한 루스는 알게 되었다. 루스가 그렇게 인생을 살고 있는 동안 그녀의 으뜸가는 짝은 루스와 전혀 다른 영혼과 결혼하여 배우고 있었다.

하지만 으뜸가는 영혼의 짝과 결혼하지 않은 것이 불만의 원인이 된다는 생각은 옳지 않은 것 같다. 사실 어떤 피술자의 영혼은 일부러 몇 번의 생을 사는 동안 대상을 바꾸어가며 사는 경험을 자처하기도 했으며, 어떤 조건을 위해 그룹에 있는 서너 명의 영혼들과 고의적으로 짝을 바꾸어가며 사는 수련을 하기도 했다. 루스와 앤디는 19세기의 인생에서 처음으로 그런 경험을 하게 되었지만, 그 결과는 긍정적이었던 것 같다.

상처를 준 영혼과의 재결합

이제 제각각 다른 영혼들이 우리들의 인생에서 맡는 역할을 대충 알게 되었으니 사람들이 알고 싶어 하는 그런 관계의 특별한 양상에 대해 이야기해야겠다. 가끔 피술자들은 우리의 영혼이 한 인생을 끝내고 영혼의 세계로 돌아갔을 때 그 생에서 우리에게 해를 끼친 영혼을 본 느낌이 어떤지 묻는다. 철학자 하이데거는 누구도 당신의 사랑과 고통을 대신 느낄 수 없다고 말했다. 그런 해석은 지구에서는 옳은 것이 될 수 있겠지만 영계에서는 그렇지 않다. 영혼은 친구들의 마음으로 들어가서 그들의 느낌을 그대로 느낄 수 있다. 그들은 감정이입을 위해, 지난 인생에서 서로를 분열시킨 행동에 대해 검토하고 이해하기 위해 그런 일을 한다.

케이스 47에서 나는 지난 인생에서 폭력적인 아버지에게 매를 맞으며 자란 남자의 경우를 예로 들겠다. 그의 아버지는 아들이 하는 어떠한 일에도 만족하지 않았다. 좀 더 간단히 설명하기 위해 나는 그들을 지구상의 이름인 레이와 칼로 부르겠다. 레이는 자랄 때 자존감이 없었고 많은 어려움에 부딪히며 살아야 했다. 성인이 된 뒤에도 그런 부정적인 느낌을 이겨내려는 노력으로 인생을 보내야 했다. 레이는 민감한 감수성을 남에게 보이지 않으려 자기 주위에 보호벽을 쌓기도 했다. 그랬던 그들 부자가 영혼의 세계에서 만나게 되었을 때 어떤 일이 일어났는가 하는 것이 이 사례의 내용이다.

우리는 레이가 말하는 '동기 부여 비평의 시간'에 칼과 함께 동참하게 될 것이다. 오프닝 장면은 무난히 영계로 귀향하는 영혼을 맞이하는 영혼 그룹의 인사로 시작된다. 5장의 도표 3을 본다면 내가 설명하는 것을 이해하는 데 도움이 될 것이다. 그 도표에서 나는 영혼 그룹 멤버들이 시계의 위쪽에 반원의 형태로 나타나는 것을 표시했다. 나는 그 시계 기법을 영계로 들어가는 영혼이 영계에 있는 그룹을 설명하는 데 편리하도록 사용하게 되었다.

케이스 47

닥터 N 그 영혼들에게 가까이 다가가면서 그들이 어떻게 당신 앞에 배치되어 있는지 말해주십시오.

영 음… 반원의 모양을 이루면서 내가 그 중앙으로 들어가도록 합니다.

닥터 N 그들이 시계의 표면에 자리하고 있다고 생각합시다. 당신은 그 중심에 서 있습니다. 시곗바늘이 있는 곳 말이지요. 당신

앞에 서 있는 영혼은 12시가 되는 장소에 서 있습니다. 당신의 왼쪽에 있는 사람은 9시의 자리에 서 있고 오른쪽은 3시에 머물고 있습니다. 이해가 됩니까?

영 하지만 나의 안내자 익스-엑스가 바로 내 뒤에 서 있습니다.

닥터 N 첫 번째 재회에선 보통 안내자가 끼게 마련이지요. 레이, 우리는 그 안내자가 7시와 5시 사이에 서 있다고 생각합시다. 그런데 시계 표면의 어느 쪽에 있는 사람이 먼저 당신에게 인사하러 다가오고 있습니까?

영 내 왼쪽 9시를 가리키는 쪽에서 오고 있습니다.

인생을 끝내고 영계로 돌아갔을 때 제일 먼저 인사하러 다가오는 영혼은 항상 중요한 영혼이다.

닥터 N 좋습니다. 그런데 그 영혼은 남성입니까, 여성입니까? 혹은 성이 없는 영혼입니까?

영 (부드럽게) 나의 아내 메리언입니다.

닥터 N 그렇습니까? 그녀는 이제 어떤 일을 합니까?

영 양손으로 나의 얼굴을 감쌉니다. 부드럽고 멋진 키스를 해줍니다. 그리고 나의 머리를 감싸 안습니다.

영혼들은 각자의 방법으로 돌아오는 영혼들에게 인사를 하고 맞이한다. 그의 아내였던 메리언 다음으로는 조모가 사랑의 에너지로 레이를 외투처럼 감싼다. 다음으로 그녀의 딸 앤이 다가온다. 앤은 아직도 지구에서 살고 있으므로 그녀의 에너지는 반만 영계에 머물고 있다. 하지만 그렇게 감소된 에너지에도 불구하고 앤은 활달하게 레이를 껴안고 흔들며 그의 정착되지 못한 모습을 보고 웃는다.

그렇게 시계 방향으로 돌아가며 인사를 받으면서 레이는 점점 어색해지고 불안해하는 모습을 보였다. 짐작하건대 아직도 중요한 영혼이 나타나지 않은 것 같았다.

반원을 이루고 있는 영혼들을 모두 만나보고 끝에 이르렀을 때 레이의 기분이 변해가고 있었다. 그는 내가 흔히 '움츠린 증상'이라고 표현하는 상태에 이른 것 같았다. 그런 증상은 다른 영혼 뒤에 숨어 있는 한 영혼에 의해 일어나고 있는 것 같았다. 때때로 그런 현상은 숨바꼭질같이 놀이로 나타날 때가 있다. 하지만 이 경우에는 그런 것이 아니었다.

닥터 N 거기 누가 있습니까?

영 (피술자는 나의 치료실 의자 위에서 몸을 불편하게 움츠린다.) 아닙니다. 베스 숙모 뒤에 있는 그림자를 보고 있어요.

닥터 N (조용히 달래고 안심하게 한 후) 어떤 일이 일어나고 있는지 설명해주세요, 레이.

영 나는 반짝하는 빛을 보고 있어요. (인지하는 태도로) 아… 아버지 칼입니다. 그는 여러 사람 뒤에 숨어 있습니다. 그는 마지막으로 만나려고 합니다. 나를 피하고 있어요. 껴안고, 웃고, 흥분되어 있는 이 분위기에 그다지 어울리지 못하고 있습니다. 그런 분위기에 휩쓸려 들어가는 것을 거부합니다. (어둡게) 나도 마찬가지입니다.

시술을 계속해가다 칼의 영혼에 대한 대화를 나누게 된다.

닥터 N 당신이 칼과 이야기하게 된 때로 시간을 진행해주십시오. 칼과의 대화가 어떻게 시작되었는지 자세히 설명해주십시오.

영 곧 그런 말을 하게 될 것입니다. 어떤 일이 있었고 왜 그렇게 되었는지, 그리고 우리들의 태도와 판단에 관해 이야기하게 될 것입니다. 메리언과 앤이 함께 있습니다. 칼은 여전히 유감스러워하고 있습니다. 그는 이렇게 말을 시작합니다. "나는 너의 아버지로서 너무 가혹하게 굴었다. 우리가 계획했던 것이 뜻대로 되지 않았어. 나도 어쩔 수 없었다."

닥터 N 그런 고백을 어떻게 받아들입니까, 레이?

영 (새삼 깨달은 태도로) 칼의 영혼은 나의 아버지였던 알코올의존자와 같지 않습니다. 아, 조금 비슷한 점은 있기도 해요…. 하지만 그 속에 내재하는 선함은 전혀 보이지 않았습니다. 그는 그의 육체가 지녔던 집착을 통제할 수 없었지요.

닥터 N 실례합니다만, 레이, 당신은 그의 행동에 대한 변명을 하고 있는 게 아닌가요? 내 말은 칼도 자신의 수련을 해야 되는 게 아니었느냐는 것입니다.

영 그것은 사실입니다. 그가 감정적으로 격분하기 쉬운 육체를 택했던 것 말입니다. 그는 고의적으로 나를 힘들게 할 계획을 세운 것 이외에 폭력적이 되기 쉬운 육체를 잘 이겨나갈 수 있을까 알고 싶어 했지요. 칼의 전생은 모든 것이 지나쳤습니다. 우리들이 함께 살았던 전생이 뜻하던 대로 되지 않았던 것을 그도 인정하고 있습니다. 그는 그 자신을 위해서나 나를 위해서 옳은 일을 하지 못했지요.

닥터 N (우기듯이) 당신은 아직도 칼이 자신의 육체 유형 때문에 당신에게 그렇게 잔인하게 대했다고 하는 것을 변명으로 생각하지 않고 있군요.

영 아닙니다. 여기선 그런 변명이 통하지 않습니다. 칼은 전생에서 여러모로 나를 실망시켰고 자신이 잘못했다고 설명합니다. 하지만 그는 그런 인생을 통해 배운 것이 많았고, 내게도 그랬는지 묻고 있습니다. (침묵한다.)

닥터 N 레이, 계속해서 말해주십시오.

영 (깊이 한숨 쉬며) 그가 발산하던 모든 노여움이 없어졌습니다. 저에겐 좀 이상하게 느껴지기도 합니다. 저는 아직도 진정한 그의 영혼에 익숙해지지 않았으니까요. 하지만 이런 상태는 오래 가지 않을 것입니다.

닥터 N 이 모든 것을 두고 생각해볼 때, 레이, 어떤 부정적인 경향이 칼의 영혼으로 하여금 그런 환생의 삶을 살게 한 것인지 말할 수 있겠습니까?

영 그건 그 자신도 알고 있지요. 주위에 있는 사람들이나 일을 자신이 통제하고 싶은 욕구 때문에 그렇게 된다는 것을 말입니다. 전생에 나의 아버지였던 그의 성격이 그러했지요. 우리는 둘 다 그 생애에서 대결해야 했기 때문에 인생이 순탄하지 못했습니다. 앤이나 메리언과는 잘 지낼 수 있었지요. 그들은 인생의 좌절감을 우리보다 훨씬 쉽게 해소하는 법을 알고 있으니까요.

닥터 N 그럼 그렇게 엄격한 아버지가 고의적으로 그렇게 어려운 조건에서 당신을 통제해야 했던 이유는 무엇이었습니까? 만약 칼이 그런 역할을 담당하지 않았을 경우도 생각해보십시오. 왜 당신이 그의 아들로 태어날 것을 자원했는지 나는 이해할 수 없는데요.

영 (웃는다.) 그런 것을 알고 싶으면 우리의 안내자인 익스-엑스를 알아야 합니다. 그는 설교하는 대신 유머를 구사하지요. 그는 권위 있는 위치에 서 있는 사람처럼 명령을 하지 않습니다. 왜냐하면 나나 칼은 그런 강압을 잘 받아들이지 못하거든요. 익스-엑스는 우리의 생각이나 견해가 모두 우리 자신에게서 비롯되었다고 믿게 만들어요. (잠시 침묵한 후) 익스-엑스는 내가 무언가에서 벗어나고 있다고 생각할 수 있게 해주고 한편으로는 나의 양심을 건드리지요. 하지만 그는 코치이지 감독은 아닙니다.

닥터 N 익스-엑스에 관한 정보를 알게 되어 좋습니다. 하지만 그 모든 것이 전생에 손상되었던 당신과 칼의 관계와 어떤 관련이 있습니까?

영 (인내심 있게) 칼의 아들이었던 전생 전의 인생에서 나는 고아로 살다 나쁜 버릇을 갖게 되었습니다. 그 인생에 길들여진 육체 속에서 나의 참된 본성을 잃어버렸지요. 그렇게 된 것은 깨어나라는 신호이기도 했습니다.

닥터 N 어떤 방법으로요?

영 내가 어릴 때 아무도 나를 지도해주는 사람이 없었습니다. 어머니는 세상을 떠나셨고요. 유년의 나이에 혼자 남게 되면 인간이 되거나 망가지거나 둘 중 하나지요. 자라나면서 일해서 돈을 벌고 좀 더 강해지자 나는 안하무인이 되었습니다. 그래서 남의 것을 빼앗기만 하고 나누지를 않았어요. 그 시절, 나는 사람들이 나에게 빚을 지고 있다고 생각했습니다.

닥터 N 보십시오, 레이. 그렇게 극단적으로 흐르지 않아도 되지 않습니까? 칼과 함께 살았던 인생에서도 사랑하는 아버지를 가지게 됨으로써 고아로 고생했던 전생을 바꿀 수도 있지 않았습니까?

영 (어깨를 으쓱한다.) 그렇게 한다면 너무 쉽게 지나치는 것입니다. 고아로 지냈던 인생을 겪은 뒤 익스-엑스는 저에게 다음에는 아주 자애로운 부모 밑에서 사랑받는 인생을 살기 바라느냐고 물었지요. 나는 나쁘게 들리지 않는다고 대답했습니다. 그러자 그는 말했지요. 그렇다면 아주 부잣집 외아들로 태어나는 게 어떠냐고 말입니다. 우리는 그런 시나리오를 만들어가면서 재미를 느끼기도 했습니다. 또 칼이 그런 계획에 끼어들어 돈 많은 아버지가 말을 좋아해서 그 때문에 더 많은 돈을 원하게 되리라는 농담도 하면서 말입니다. 그는 말을 좋아하거든요.

닥터 N 칼과 당신은 어떻게 그런 힘든 인생을 함께하기로 결정을 했습니까?

영 익스-엑스는 우리를 너무도 잘 알지요. 내가 쉬운 방법으로 인생과 대결해서는 안 된다는 것을 말입니다. 결국 우리는 어려운 환경 속에서 함께 견뎌나가야 할 인생을 살기로 결정을 보았지요.

닥터 N 거쳐온 두 인생에서 외로움이나 소외감이 점점 더 심해진 것이 아니었습니까? 궁금한 것은 당신과 칼이 그렇게 사이가 나빴던 부자로 살면서 배운 것이 무엇이었는가 하는 것입니다.

영 (말없이 손을 비비면서 생각에 잠긴다.) 배운 것이 있기도 하고 없기도 하지요. 그 두 인생에서 소외감이 진정한 진보에 방해가 되었다고 변명할 수도 있지만 칼과 살았던 전생에는 아버지가 저를 떠나지 않았잖습니까? 나는 나에게 모질게 굴었던 칼과의 인생에서 고아로 완전히 버림을 받았던 인생에서보다 잘해낸 것 같은데요.

닥터 N 그랬던 것은 그다지 큰 도움이 된 것 같지 않군요. 칼의 영혼은 당신이 고아였을 때 당신의 아버지의 육체에 깃들어 있었나요?

영 아닙니다.

닥터 N 지난 두 인생에서 배운 제일 중요한 교훈은 어떤 것이었습니까?

영 나의 본성을 지키는 것입니다. 아무리 큰 역경에 처하더라도 그렇게 하는 것이 나를 좀 더 강한 영혼으로 만들어주니까요.

닥터 N 나도 그럴 것이라고 믿어요. 레이, 하지만 이제는 좀 천천히 수련을 하고 편하게 사는 것이 어떨까요? 숨을 좀 돌리면서 미래의 인생을 위한 정체성을 유지할 수 있도록 튼튼한 지반을 닦아두는 것도 좋지 않을까요?

영 (충고에 벌컥 화를 내면서) 그럴 수 없습니다. 나는 해낼 수 있다고 말하지 않았습니까? 그리고 익스-엑스도 그 점을 잘 알고 있어요. 나의 장점은 옳지 못한 것과 싸우는 인내입니다. 칼이 아버지였던 나의 인생은 고아였던 전생의 인생에서 회복하는 것을 의미했지요. 그리고 그것은 실패가 아니었습니다. (힘차게) 나는 다음 인생을 위해 많은 것을 배웠습니다. 그리고 나는 칼에게 그 말을 해서 그를 기쁘게 해줄 것입니다.

닥터 N 칼과 당신은 영계에서 그런 문제를 어떻게 해결하게 됩니까?

영 (좀 더 부드럽고 깊이 생각하는 어조로) 우리는 둘만 있을 때 우리들의 생각의 에너지를 교환하며 그 인생에서 함께 살았던 때의 생각들과 기억들을 말합니다.

닥터 N 내가 들었던 그 모든 것을 이야기하는 것입니까?

영 네, 그렇습니다. 그 인생에서 칼의 아들이었던 나의 생각 모두가 그에게로 전이되고 또 그는 아버지였던 그의 생각 모두를 내 속으로 옮겨주는 것이지요. 그것은 대단히 객관적인 것이고 그래서 좋습니다. 우리들의 그룹에서는 그런 것을 슬픔의 잔을 건네주는 것이라고 부르지요.

닥터 N 서로 투시한 것에는 거짓이 없습니까?

영 이곳에서는 거짓이 있을 수 없습니다.

닥터 N 그런 교환에 오랜 시간이 필요합니까?

영 아닙니다. 그런 교환은 간단하면서도 완벽합니다. 하지만 우리는 상대를 투시하면서 모든 시련과 부담, 고통과 노여움, 그 모든 동기를 알게 되지요. 그런 방법은 상대편의 지난번 인생의 육체 속에 들어가 있는 것과 같기 때문입니다. 우리가 바로 그 상대방이 되는 것입니다.

닥터 N 그런 마음의 교환으로 용서도 할 수 있게 됩니까?

영 그보다 훨씬 더 많은 것이 가능해집니다. 그것은 도저히 표현할 수 없는 두 마음의 융합이지요. 우리는 서로 그런 선택을 한 상대가 처했던 환경을 몸소 느끼게 됩니다. 나는 칼이 성취하지 못했던 것을 느끼게 되고, 또 그는 나의 느낌을 꿰뚫어 보게 되는 것이지요. 일단 그 교환이 이루어지면 서로 깊이 교감하기 때문에 용서 같은 것은 필요 없습니다. 우리가 서로 자신을 용서하고 서로를 치유시키는 것입니다. 이해는 절대적인 것이지요. 우리는 제대로 해낼 때까지 다른 인생에서 또 노력하게 될 것입니다.

마지막으로 함께 살았던 인생을 끝내고 영혼의 세계로 돌아온 뒤 다시 만나게 된 레이와 칼은 처음에 좀 어색하게 대면했지만, 곧 서로 화해하는 분위기 속에서 같은 그룹에서 행복하게 지내게 되었다. 하지만 그렇게 된 것은 칼의 행실이 영계에서 쉽게 면죄되었다는 것을 의미하지 않는다. 레이를 만나기 전에 하게 되었던 전생의 회고와 평가에서 칼은 그가 레이에게 주었던 큰 고통과 상처를 깨닫게 되었다.

　이 경우에 두 가지의 주된 힘이 작용한다. 첫째로 육체의 생물학적인 원인이나 환경의 영향에 의해 영혼의 성격에 파멸이 올 수 있는 경우가 있고, 둘째로 제각각 주어진 업의 흐름이 그 원인이 되기도 한다.

　한 인생은 우리들 존재의 완벽한 조각보를 만드는 데 필요한 한 조각의 천이다. 만약 가족 중의 한 사람이나 친구 중의 그 누군가가 거칠고 양보할 줄 모른다면, 혹은 나약하거나 감정적으로 타협할 수 없는 인생을 살고 있다면, 우리는 다만 영혼 본질의 일면인 바깥을 보고 있을 따름이다. 인생에 있어서 모든 역할에는 목적이 있다. 레이가 칼 밑에서 자랐듯이 만약 어려운 부모 밑에서 자라야 했다면, 이 사람들이 나의 인생에 존재하지 않았다면 어떤 지혜를 배울 수 있었을 것인가 하고 스스로 물어야 한다.

　레이는 현생에서 약에 의존하는 중독 증상이 있고 또 강박적인 행동도 하고 있다. 하지만 이제 45세의 나이로 그의 내면의 자원을 활용하여 인생을 바르게 살려고 하고 있다. 시술을 통해서 자기 영혼의 진정한 성품을 알게 된 것이 큰 도움이 되었다고 레이는 나에게 말했다. 칼의 영혼은 현생에서 레이의 큰형에 깃들게 되었다. 그는 자랄 때 애를 먹이는 형이기도 했다. 같은 그룹에 속하는 영혼들은 전생과 비슷한 연관 관계를 갖고 다시 환생하기도 한다. 하지만 칼과 레이의 영혼은 아버지와 아들의 관계보다 형제로서 더 어울리는 것 같다.

이 인생에서 불쾌한 기억들을 파묻어버리지 않음으로써 레이의 영혼은 정신적으로 건강한 삶을 살고 있는 것 같다. 전생에 레이의 딸 역할을 맡았던 앤은 현생에서 어머니의 역할을 맡고 있다. 그녀는 레이의 현생에 또 다른 세대의 차원적인 도움을 베풀고 있다. 거센 코프먼(Gershen Kaufman)은 "수치란 영혼을 죽이는 것"이라고 말했다. 레이가 다스려야 할 문제 중 하나는 그런 수치심에 대한 대처다. 수치는 수용되지 않고 있다는 느낌이나 좋지 않다는 느낌, 정당하지 못하다는 느낌을 초래하기 때문에 인간의 마음을 마비시키기도 한다. 그러한 느낌은 너무 강력하기 때문에 마음의 문이 닫힌 인간의 영혼이 진보하는 것을 방해한다. 하지만 레이는 단호한 영혼을 지니고 있기 때문에 우리들이 목격한 바와 같이 조금도 쉬지 않고 그렇게 힘든 인생으로 수련을 거듭하고 있다. 그리하여 그는 하나의 어려운 인생을 겪어갈 때마다 그만큼 강해지고 진보되고 있다.

케이스 47은 약한 성격을 가지고 있어서 그 약점을 극복할 수 있는 유형의 육체를 원하는 영혼들에 대해 언급되어 있다. 레이나 칼은 어떤 육체에 깃들게 되면 쉽사리 중독적인 습관에 빠지기 쉬운 영혼들이다. 그런데 그들은 왜 그러한 육체를 원했는가? 수련을 위해 그렇게 하는 것이다. 어떤 강박적인 기분 전환 습성은 고치기 어려운 것인데, 레이는 앞으로 나아가기 전에 그런 점을 고치려 결심을 한 것이다. 나는 그의 영혼이 발전하고 있는 것을 느낀다. 두 번의 결혼에 실패한 뒤 레이는 꿈에 그리던 이상적인 여인을 만났다고 했다. 하지만 그녀와 좋은 유대 관계를 갖기 위해서는 술과 마약을 끊어야 했다. 시술을 통해 우리는 그 여자가 메리언의 영혼이라는 것을 알게 되었다.

'움츠린 증상'에 관해 마지막으로 할 말은 영계로 돌아오는 영혼이 처음에 그룹 멤버들을 확실히 볼 수 없다는 것이다. 그런 현상이 나의 시술실에서 일어나게 될 때면 피술자들의 의식은 미래에 대한 심한 충격을 받기도 한다.

최근에 남편을 잃은 한 과부가 나를 찾아온 적이 있었다. 슬픔에서 헤어나오지 못했던 그녀는 나와 함께 그녀의 영혼 그룹을 모두 알아보았다. 그녀의 죽은 남편도 그 그룹에 있었다. 그는 그녀를 껴안으며 힘내라고 말해주고 모든 것이 잘 되어갈 것이라고 했다. 그러고 나서 그녀는 "아, 또 한 사람 있어요."라고 말했다. 어두운 빛을 띤 영혼, 다른 영혼의 뒤에서 몸을 움츠리고 숨어 있는 영혼이었다.

"아… 그 영혼은 나의 미래의 남편입니다. 확실합니다. 하지만 우리는 아직도 이 생에서 만나지 못했습니다. 나는 지금 그가 누군지 알면 안 됩니다. 그러지 않으면 자연적인 만남이 좋지 않게 될 테니까요."

영혼 그룹의 상호작용

대부분의 어린 영혼들은 자기들이 공부하는 장소에 머문다고 말했다. 특히 레벨 1과 레벨 2에 속하는 영혼들은 자기들에게 지정된 곳, 교실로 분리된 그 공간을 성스러운 장소처럼 지키게 된다. 그런 믿음의 저변에 깔린 생각은 모든 영혼이 배정된 교실에서 수련에 전념해야 한다는, 사적인 분위기를 존중하는 데서 오는 것 같다. 영계의 교실은 불참할 때 결석계를 내야 하는 지구의 교실과 같지 않다. 영혼은 공부가 하기 싫을 때면 언제든지 자기가 속한 교실을 피할 수 있다. 만약 한 영혼이 혼자 있기를 원하거나 소속하는 그룹을 떠나 혼자서 일하는 것이 도움이 되겠다고 생각하면 언제든지 그럴 수 있다. 다른 그룹의 행동이나 공부에 방해가 되지 않는 한 그런 개인적 행동은 허락된다.

영혼들은 강제로 공부하기를 강요당하지 않으며 어떤 영혼은 긴 휴식을 취하기도 한다. 하지만 내가 이야기를 나누었던 영혼들의 말에 의하면, 그들은 같은 그룹에 속하는 친구들이 하는 일을 함께 하지 않으면 뒤떨어지는 느낌을 갖는다고 했다. 무엇인가 기술을 성취하고 이룩하는 기쁨과 흥분이 그들의 원동력이 되는 것이다. 그 때문에 대부분의 영혼은 다른 그룹에서 진행 중인 일에 끼어드는 것을 좋아하지 않는다. 나는 이웃에 있는 그룹이라 할지라도 배우는 과제는 같지 않음을 알게 되었다. 한 영혼이 어떤 레벨에 속하든 간에 공부가 진행 중인 교실로 가서 무엇인가 배운다는 것은 쉬운 일이 아니다.

영혼 그룹의 멤버들이 서로를 방문하게 될 때는 확실한 이유가 있어야 하고 선택된 멤버가 가야 한다. 또 그런 방문은 안내자(스승)의 초대에 의해 이루어지므로 영계의 풍습이라기보다 예외적인 일이기도 하다. 자기들의 수련장에서 떠나 있을 때를 제외하고는 다른 그룹에 있는 영혼을 전혀 만나지 않는 영혼들이 있는 데 비해, 어떤 그룹의 영혼들은 찾아오는 영혼들과 화목하게 지내기도 한다. 영혼들은 레벨 2 수련이 끝날 무렵이 되면 한층 더 열심히 수련을 하게 된다. 그때가 되면 영혼들은 다른 그룹을 방문하게 된다고 피술자들의 영혼은 말한다. 다음은 그런 방문에 관한 것이다.

케이스 48

닥터 N 왜 그 근처에 있는 영혼 그룹을 방문하려 합니까?

영 나는 다른 많은 그룹보다 덜 신중한 그룹에서 왔습니다. 이 그룹을 방문하고 싶은 것은 그들이 우리 그룹보다 앞서가고 있기 때문이지요. 그래야 내 영혼도 진보하지요. 그 그룹에 있는 영혼들은 대부분 각자의 공부를 하게 되어 결의에 차 있습니다. 나는 그들이 좀 더 느슨해지도록 우리 그룹에 관한 이야기를 해주지요. 농담조로 말입니다. 그러면 그들은 좀 실질적인 생각을 말해주기도 하지요.

닥터 N 자주 방문합니까?

영 아닙니다. 그들은 대단히 바쁘게 지내기 때문에 삼가게 되지요. 방해가 되서는 안 되니까요.

닥터 N 마지막으로 갔을 때의 이야기를 해주십시오. 어떤 일이 있었습니까?

영 (잠깐 말이 없다가) 그들은 열띤 토론을 하고 있었지요. 오릭이라는 이름을 가진 한 영혼이 최근에 끝난 인생에서 꾸었던 꿈을 이야기하고 있었습니다. 오릭은 동료들이 그 꿈에 관해 알고 싶어 하리라 생각했지요.

닥터 N 오릭이 전생에 인간으로 살았을 때 꾼 꿈을 이야기했단 말입니까?

영 그렇습니다. 그의 그룹에 있는 어느 영혼이 오릭이 자고 있는 동안 어떤 소식을 전했는데, 그의 인간의 마음이 그 꿈을 잘 해석하지 못했거든요.

닥터 N 그렇게 된 것은 소식을 전한 영혼의 잘못이었습니까, 아니면 오릭의 잘못이었습니까?

영 내가 방문하고 있는 그룹은 그런 일을 아주 잘해내는 선수들입니다. 그들은 실수를 저지르지 않습니다. 아주 신중한 영혼들이지요.

닥터 N 계속해서 말해주십시오. 오릭의 꿈 이야기에서 어떤 것을 배우게 되었습니까?

영 지구에서 그 꿈을 꾼 뒤 오릭은 꿈에서 받은 메시지를 알아내고 정리하기 위해 깊은 명상을 하게 되었다고 합니다. 제 생각에 그 메시지는 인간이었던 그의 마음속에서 뒤범벅이 되어 있었던 것 같습니다. 그래서 그 의미를 정확히 알 수 없었지요. 오릭은 가볍게 그 메시지를 보낸 친구를 놀렸습니다. 꿈으로 보내는 메시지는 조금 더 완벽해야 한다고 말하면서.

닥터 N 메시지를 보낸 영혼은 오릭에게 무엇이라고 대답합니까?

영 그는 즉석에서 대답했지요. "당신은 내가 보낸 정보를 불완전하게 해석했습니다. 그리고 그런 옳지 못한 해석으로 행동했습니다."라고요.

닥터 N 오릭과 그의 친구들이 속하는 그룹에서는 그 일에 관해 어떤 결론을 내렸습니까?

영 모든 영혼이 이런 결론에 도달한 것 같습니다. 두 영혼이 가깝고 잘 이해한다 하여도 인간의 뇌의 불완전한 점이 전달을 잘 못한다고 말입니다. 영계에 있는 영혼이 할 수 있는 안전한 방법으로 메시지를 한 번만 보내지 말고, 또한 꿈 같은 방법으로만 보내지도 말고, 짧고 명백하게 보내야 한다는 생각에 일치를 본 것 같습니다.

닥터 N 그렇다면 그 방문은 아주 생산적인 것 같군요. 무엇인가 배운 것이 있었습니까?

영 항상 배우게 되지요. 많은 경우, 저는 조용히 앉아서 그중 특수한 그룹에 속하는 영혼들의 말에 귀를 기울입니다. 영적인 메시지를 전달하는 것은 유용해서, 나는 거기서 배운 것을 우리 그룹으로 가지고 가서 함께 공부했어요.

보통 방문자들을 맞이하는 데 불편을 느끼는 영혼 그룹은 그 방문자들에 어울리는 높은 견식을 지닌 전문가들을 대신 만나게 하기도 한다. 나는 5장에서 영혼의 색상으로 영혼의 격을 나타내는 방법으로 그런 방문의 사례를 든 적이 있다. 하지만 배타적인 그룹에 속하는 영혼이라 할지라도 자신들의 학습 영역을 떠나 그런 사교를 즐기는 것 같다. 나는 이미 다수의 초보 그룹이 어울려 이야기하는 커뮤니티 영역에 대해 언급한 바 있다. 대부분의 영혼들에게 그런 기회는 기분 전환의 시기로 생각된다.

정기적인 수련을 하다 영혼들이 싫증을 낼 때도 있어서, 그들의 안내자들은 외부에서 초빙한 강사들이 연설을 하는 강당으로 데리고 가기도 한다. 외래 강사들은 영혼들이 하던 일과적인 수련이나 정기적으로 배우던 것에 약간의 자극과 변화를 준다. 다른 사람들에 대한 호의, 친절의 대가, 충성과 온전함, 그리고 자신들이 지닌 특성으로 어떻게 다른 사람들을 넉넉히 도와줄 수 있는가 하는 것이 그 강사들의 강연 내용이다. 도덕적인 강의 내용이 별로 기분 전환을 가져다주지 않을 것 같지만 강사들은 지구에서 경험한 일들을 우화나 개인적인 일화 같은 것으로 양념을 해서 싫증이 나지 않도록 한다. 그곳에서는 뛰어난 스승과 영혼들의 미묘한 대화가 이루어지는데, 피술자의 영혼은 그것을 잘 설명하지 못했다. 다음은 그런 모임과 대화의 분위기를 나타내는 사례다.

우리의 수련은 순회 초빙 강사의 도움을 받았습니다. 그들은 연구하는 방법과 성격이 우리의 스승과 달라서 도움이 되었습니다. 그들 중에는 여자가 한 분 있었는데 이름이 샐러킨이라 했습니다. 저는 그분을 무척 좋아했지요. 그녀는 때때로 우리들의 연수장으로 왔는데 나는 한 번도 빠진 적이 없었습니다. 그녀가 지닌 특수한 재능은 어떤 문제라도 그 핵심을 알아내어 처리하는 것입니다. 어려운 문제를 빨리 쉽게 풀이해 주기 때문에, 나는 다음에 그런 일이 생기면 효과적으로 처리할 수 있으리라는 것을 알았습니다. 그녀는 지구에 있을 때 특별히 좋아하지 않는 사람들의 말이라도 잘 들어야 한다고 합니다. 왜냐하면 우리는 모든 사람들에게서 무엇인가를 배우게 되니까요.

영계에서의 휴양과 오락 행사

여가 시간

이 부분의 설명은 영계에서는 수련만 해야 하고 어떤 휴양이나 오락 행사도 없는 것으로 생각하며 꺼리는 사람들을 위한 것이다. 흔히 휴양 (rest)과 오락(recreation), 즉 R&R은 영계에서 잘 쓰이는 말이기도 하다. 나는 수백 명의 피술자의 영혼을 통해 수련 이외에 하는 휴양에 관해 들었다. 우리 인간들은 육체가 죽은 뒤에도 영혼이 지구에서 살았던 즐거운 기억들을 지닌다. 음식과 음료를 맛보고, 인간의 몸을 만지고, 사막을 걷고, 등산을 하고, 바다에서 헤엄을 치던 기억들이 영혼 속에 남아 있다. 영원한 정신은 인간이 운동하는 동작과 감각적인 즐거움을 기억하고, 그 모든 느낌들을 회상할 수 있는 것이다. 그 때문에 영혼들이 지구에서 했던 일들을 영계에서 재현하고 싶은 것은 당연한 현상일 것이다. 알고 보면 물리적 유기체에 대한 개념적 설계와 최종 에너지 모델이 시작된 곳이 바로 영계이기 때문이다.

이 구절에서 나는 휴양과 오락을 위해 지구까지 가는 영혼에 대해 언급할 것이다. 8장에서는 지구가 아닌 다른 천체로 가는 영혼에 대해 언급하게 된다. 그러한 영혼의 여행은 연구와 답사를 위한 '일하는 휴가'가 될 수도 있고 순수한 휴가가 되기도 한다.

영혼의 여행에서 연구와 휴식의 시간은 영혼의 느낌과 여행의 주목적에 따라 자유롭게 사용된다. 이 부분에서는 주로 영혼의 휴식에 관해 언급할 것이므로, 지구나 또 다른 곳으로 가는 영혼의 휴가에 관한 것은 영혼의 오락과 휴양에 대해서만 다룰 것이다.

휴게 시간

피술자의 영혼들은 수업 사이에 있는 짧은 휴게 시간과 좀 더 긴 휴가 시간을 구별해서 말한다. 다음은 남자 피술자의 영혼이 말하는 전형적인 휴게 시간에 관한 것이다.

우리 그룹에는 열 명의 영혼들이 있지만 휴게 시간에는 모두 제각각 가고 싶은 대로 흩어집니다. 나는 우리 교실에서 좀 떨어진 곳으로 가기 좋아합니다. 어떤 때는 큰 홀로 가는데, 그곳은 다른 그룹에서 온 영혼들이 돌아가며 이야기를 하는 곳입니다. 내가 이 격식 없는 휴게 시간을 좋아하는 이유는 그 자유로움 때문입니다. 우리는 그곳에서 미래에 연관이 있을 영혼들을 쉽사리 만날 수도 있지요. 거기선 다른 영혼들을 어떤 목적을 가지고 만나는 것이 아니라 그저 자유롭게 지내지만, 때때로 지난 인생에서 알았던 영혼을 만나 여러 이야기를 나누게 될 때도 있어요.

또 다른 영혼은 휴게 시간에 관한 이런 말을 하기도 했다. 그녀의 그룹은 여성을 선택하는 경향을 지니고 있었다.

우리는 꽃으로 둘러싸인 광장으로 갑니다. 그곳에 아름다운 풀장이 있습니다. 그 풀장에는 진동하고 보존하는 액체 에너지가 있습니다. 그 풀장은 물이 아주 얕아서 수영을 하기보다 물속으로 들어가 목욕을 하는 곳입니다. 우리들은 님프처럼 물속에서 노닐며 인생에서 있었던 우스운 이야기들을 하곤 하지요.

아직 완전히 중성적이지 않은 영혼들이 속하는 그룹은 성 지향적인 오락 시간을 갖는다. 그러한 사실은 놀랄 일이 아니다. 전에 이미 말한 것과 같이 어린 영혼들은 지구에 환생했을 때 한쪽의 성에 치중하게 되기 때문이다. 한 영혼은 이렇게 말했다.

"휴게 시간에 피크닉을 갈 때 여자 친구와 나는 다른 그룹에서 온 남자 영혼들과 농담을 주고받았지요. 그때 우리는 그들에게 이렇게 말했어요. 만약 당신들이 점잖게 굴지 않으면 다음 환생 때 우리가 당신들의 아내가 될 것이라고 말입니다."

조용한 독거 상태로 지내는 R&R

영혼 그룹의 활동은 쉬운 것이 아니기 때문에 영혼 중에는 쉬는 시간 동안 혼자 있기를 바라는 영혼도 있다. 우리 중에도 사교하기보다 혼자 있는 것을 좋아하는 사람들이 있다. 삶에서 수행하는 바쁜 역할로 인해 자신이 누구인지조차 알 수 없는 사람들이 얼마나 많은가. 4장의 케이스 22에서 나는 혼자 있기를 좋아하는 영혼에 관해 언급했다. 그 영혼은 힘들었던 인생을 끝낸 뒤 좀 더 긴 독거의 시간을 원했다. 하지만 그들은 평생 고독을 필요로 한 수도원 지향적인 영혼들이 아니다. 물론 대부분의 영혼은 약간의 독거로 활력을 되찾기도 한다. 나는 그룹으로 학습을 하면서도 일정한 독거의 시간을 갖는 영혼을 만나기도 했다. 내 생각에 그런 영혼들은 대부분 금욕적인 고행자인 것 같다. 영혼들이 지니는 고요의 시간은 지상의 사원이나 아쉬람에서 명상하는 것과 같다고 생각한다. 한 피술자의 영혼은 다음과 같은 상징적인 말을 하기도 했다.

나는 우리 그룹 동료들로부터 리스를 짜는 사람으로 불립니다. 나는 내 자신을 알기 위해 혼자 있기를 좋아하지요. 나 혼자 있는 조용한 시간에 나는 에너지의 둥근 원을 만듭니다. 나의 삶과 친한 동료 여섯 명의 삶으로 태피스트리를 짜는 것입니다. 제각각 다른 재료, 즉 각각의 에너지가 지니는 특성과 속성, 인간과 인간에게 일어나는 일들을 나타내는 그 모든 것을 써서 다양한 인생 경험을 표현합니다. 이 일을 잘해 나가기 위해 나는 전반적으로 집중된 상태에 머물러 있어야 하지요.

피술자들의 영혼은 영계에서 혼자 있고 싶은 것은 그들이 파생한 원천에 접근하려는 순수한 생각 때문에 성스러운 분위기 속에 자신을 가두어두려는 절실한 소원 때문이라고 한다. 그러한 노력으로 심오한 성공의 순간을 맞이했다고 말하는 영혼들도 많지만, 그런 일은 노력이 필요한 어려운 일이기도 하다. 그런 고행자들이 단체 행동에 합류하는 데 어려움을 느끼고 휴게 시간을 명상으로 보내는 것을 보기도 했다. 훈련을 받을 때 결석을 하는 경우가 있어도 그들은 결과적으로 전공 분야에서 좋은 성과를 올린다.

R&R을 위해 지구로 가는 경우

영계로 돌아간 영혼이 전생에 경험한 환경을 다시 보고 느끼기 위해 보이지 않는 존재로 지구에 되돌아오는 경우도 있다. 그렇게 하는 데 한 가지 문제가 되는 것은 그들이 연대를 맞추어 돌아와야 한다는 것이다. 말하자면 그렇게 돌아오는 영혼들은 지구에 있었던 시기 이후의 오랜 변화를 알아야 되는 것이다. 3장 케이스 17에서 영혼이 지구에 휴가를 왔다 다른 영체들과 만나는 경우가 있었는데, 그들 중 일부는 방해가 된다고 했다. 원래의 기억을 있는 그대로 지니지 못하여 불안한 영혼들은 휴가 때 다시 지구로 오지 않게 되는 경우가 있다. 육체를 지니지 않은 것에 대해 불평하고, 향수가 환멸로 변한 탓에 돌아오지 않는 영혼들도 있다. 그러나 사랑하는 사람들을 위로하거나 도우러 왔고 휴가에 관심이 없는 영혼들은 그런 예에 속하지 않는다.

내가 보기에는 영혼들이 지구로 휴가를 가지 않는 가장 큰 원인이 지구에서 일어나고 있는 빠른 변화 때문인 것 같다. 지구에서 일어나고 있는 빠른 현대화나 그들이 살았던 고장의 현대화가 그곳으로 돌아가지 않는 원인이 되고 있는 것이다. 지상을 떠나 있는 차원에서 생각하는 지구에서의 기억은 한때 그곳에 살았던 영혼들의 기억에서 지워지지 않는다. 시간이 없는 진공 상태 속에서 유지되는 것이다. 인간 역사에 있어서 순간을 제시하는 에너지의 입자는 시간이 없는 영계에 존재하는 영혼들이 임의로 되찾을 수 있는 것이다.

영혼들 중에는 그 모든 실망에도 불구하고 아직도 휴가를 지구에서 보내려고 되돌아오려는 영혼들이 있다. 다음 사례는 지구에서 살았던 곳으로 되찾아가기를 좋아하는 영혼의 경우다.

이런 경우는 수없이 많지만 그중에서도 다음 케이스를 택한 것은 개인적인 이유에서다. 그 영혼이 즐겨 다니며 묘사한 곳이 바로 내가 자라던 정든 곳이기 때문이다. 케이스 49의 피술자와 나는 같은 일에 종사했고, 그 시간도 1940년에 세상을 뜬 그의 말년의 세월이 나의 세대와 겹쳐 있다. 이 케이스를 생각하면 21세기에 나도 그처럼 영계를 떠나 영혼의 휴가를 갖게 될지도 모른다는 생각이 들기도 한다.

케이스 49

닥터 N 영계에 살 때 가장 즐거운 휴가는 어떤 것이었습니까?

영 지구로 돌아오는 것이었지요.

닥터 N 지구로 오면 어디로 갑니까?

영 나는 가장 최근의 전생에 살았던 남부 캘리포니아의 바닷가를 사랑했습니다. 그래서 그곳으로 갑니다. 햇빛을 쪼이며 모래 위에 앉아 있거나, 갈매기들이 나는 해변을 거닐지요. 내가 열중하는 것은 파도입니다. 그 움직임을 느끼는 것, 그리고 부서져 흐트러질 때 이는 거품 말입니다.

닥터 N 육체가 없이 어떻게 그 모든 것을 해변가에서 잘 느낄 수 있습니까?

영 그 모든 것을 적절히 느끼는 데 필요한 에너지는 가지고 가지만, 사람들에게 보일 만큼의 에너지는 가지고 가지 않지요.

닥터N 어떤 영혼은 휴가를 떠날 때 에너지를 100% 다 지니고 간다고 하던데, 당신은 그렇지 않습니까?

영 우리는 지구로 휴가를 갈 때 그렇게 많은 에너지를 지니고 가지 않습니다. 그렇게 한다면 사람들에게 겁을 주게 되니까요. 저는 보통 그곳으로 갈 때 5% 정도나 그보다 적게 가지고 갑니다.

닥터N 그래도 파도를 탈 수 있습니까?

영 (웃는다.) 물론이지요. 그럴 수 없으면 무엇 때문에 오겠어요. 그뿐 아니라 나는 돌고래와 물 위로 솟아오르고 새들과 함께 날기도 하지요.

닥터N 만약 당신이 영혼의 상태로 모래사장에 앉아 볕을 쪼이고 있다면, 그리고 내가 그곳을 지나친다면 나는 당신을 볼 수 있습니까?

영 아무것도 볼 수 없습니다. 나는 투명하니까요.

닥터N 내가 해변을 거닐다 당신을 스쳐 지나친다고 해도 당신의 존재를 느끼지 못한다는 말입니까?

영 글쎄요. 꽤 많은 사람들이 무엇인가 느끼겠지만, 상상이라 생각하고 문제 삼지 않을 것입니다.

닥터N 다른 천체에 가서도 지금 이야기한 것과 같은 경험을 하게 됩니까?

영 네. 하지만 나는 이곳을 좋아합니다. 나는 여러 인생을 여기서 보냈습니다. 그 때문에 여기로 또 오는 거지요. 바다는 나의 영혼의 일부입니다. 나는 다른 물이 있는 세계로 갈 수 있습니다. 또 영계에서도 이 모든 것을 만들어낼 수 있습니다. 하지만 그 어떤 것도 이 바다와 같을 수 없습니다.

닥터 N 당신이 전생을 살며 지구에서 좋아했던 곳이 여기 말고 또 다른 데가 있었습니까?

영 지중해와 에게해 주변이었지요.

지상의 집과 같은 설치

아파치 인디언은 "곳곳에 지혜가 머문다."고 생각한다. 영혼의 세계에서는 어떤 상황의 설치도 가능하기 때문에, 영혼들이 지상에서 살았던 곳을 재현시켜 그곳에서 휴가를 보내는 것도 가능하다. 하지만 그들은 많은 경우 시간을 그들이 지상에 살았던 때에 머물게 하여 현실에서 과도하게 증가한 인구나 몰라보게 변해버린 옛 고장으로 돌아가지 않게끔 모든 것을 조종한다. 그것은 마치 지나간 시간을 종결시켜 놓은 것 같다. 영혼들이 영계에서 휴가를 보낼 때 그런 일이 일어난다.

그런 것을 원하는 영혼들은 그들이 지상에서 살았던 똑같은 상황을, 예컨대 시골 풍경이나 공원과 거리 그리고 그들이 살았던 옛 마을의 풍경을 똑같이 정신적으로 설치할 수 있다. 그들은 단지 그 모든 기억을 떠오르게 한 뒤 에너지 빔을 바로 쏘아 구현하면 된다. 그 모든 것을 순수한 에너지에서 창출해내기 위해서는 또 다른 도움이 필요할 때도 있다. 그 모든 것이 창출된 이후에는 영혼이 그에 대한 흥미를 잃은 후에야 소멸될 수 있다.

영혼들이 특정 장소에 살 때 존재했던 육체도 그들이 재현해낸 거처에서 살 때 그 복귀가 가능하다. 그들의 반려동물들도 추가할 수 있다. 이것은 동물에 관한 부분에서 좀 더 자세히 말하게 될 것이다. 휴가 때 이러한 모든 것을 원하는 영혼들은 유머가 있고 즐거운 것을 좋아하는 무리일 것이다. 영혼은 서로가 좋아했던 지역을 재현해서 전생에 친구였던 영혼들을 불러 함께 즐길 수도 있다. 다음의 이야기에서 입증되듯이, 그럴 때 영혼의 짝이 우선권을 갖게 된다.

나의 아내 에리카와 나는 바이에른 쪽 알프스에 지었던 작은 집을 사랑했습니다. 우리는 죽은 뒤 영혼의 세계에서도 그 집에 살기를 원했습니다. 그리하여 우리들 에너지 스승의 도움으로 그 집을 다시 지었습니다. 선생님은 그러는 것이 좋은 경험이 될 것이라 했습니다. 그 모형은 내 마음속에 있었고, 그는 에너지를 작용시키기 전에 완벽하게 그것을 읽어냈습니다. 우리들의 친구 한스와 엘파이가 집 밖을 특별히 꾸며주었습니다. 그 친구들은 독일에서 우리 집 근처에서 살았지요. 그렇지만 그들도 이제는 우리와 함께 영계에 와 있습니다. 내부는 에리카와 내가 다른 사람들의 도움 없이 해냈습니다. 나는 나의 서재를 지구에 있을 때같이 꾸미고, 에리카는 부엌을 그때와 같이 재현시켰지요. 그렇게 꾸민 집에서 에리카와 함께 있는 것은 참으로 즐겁고 좋았습니다.

영혼들이 영계에서 재생한 몸으로 친근한 육체적 관계를 갖는다는 것을 알면 사람들은 좀 이상하게 생각할 것이다. 만약 좋은 성적 관계가 마음에 그 근원을 둔다면 순수한 영혼은 육체의 방해 없이 모든 미덕을 갖게 될 것이다. 영혼의 세계에서 가장하는 것은 가능하지 않기 때문이다. 또 그런 현상은 복잡한 신경계로 이루어진 육체가 없기 때문에 촉감에서 오는 감각이 없다. 어떻든 간에 인간 육체를 영적으로 재창조할 때 완전한 감각의 결여는 완전히 결합한 두 마음의 에로틱한 힘으로 보완되고도 남는다.

사랑은 그 대상과 완벽한 일치를 원하는 욕구일 것이다. 영계에 있는 영혼들은 지상에서보다 더 친밀한 사랑을 할 수 있는 능력을 지닌다. 하지만 그래도 어떤 영혼들은 지상에서 그들의 사랑이 꽃피었던 그런 장면의 재현을 원한다. 그런 장면을 재생시킨다는 것은 파트너들에겐 의미가 있을 것이다. 환생을 하는 대부분의 영혼들은 살아 있는 육체로서 느낄 수 있는 즐거움을 다시 원해서 환생을 하기 때문이다.

동물 영혼

뉴욕시에서 강연을 끝내고 질문의 시간으로 들어갔을 때, 어떤 여인이 "고양이도 영혼이 있다고 생각합니까?"라고 질문하며 다가왔다. "당신은 고양이를 기르고 있습니까?" 하고 되물었다. 그 여자가 잠시 망설이고 있는 동안 그녀 옆에 앉아 있던 친구가 웃으며 손가락 네 개를 펼쳐 보였다. 동물을 사랑하는 사람들 중에서 내가 가장 조심해야 하는 부류가 그처럼 고양이를 사랑하는 사람들이다. 그리하여 맨해튼에서 만난 그 여인에게 나는 아직 고양이를 최면술로 시술한 적이 없기 때문에 고양이에게 영혼이 있는지 알지 못한다고 말했다. 그 말을 들은 여인이 불안해했기 때문에 나는 다음 같은 말을 하여 그녀의 기분을 풀어주었다.

"하지만 시술자들의 영혼은 영계에서 동물을 보았다고 합니다."

이 세계에 존재하는 종교는 동물들에도 영혼이 있는가 하는 문제를 두고 오랫동안 토론을 계속해왔다. 동방의 종교, 예컨대 유대교 같은 종교는 동물의 영혼이 인간의 영혼과 같다고 했다. 유대교에서는 영혼의 단계를 구별한다. 제일 낮은 단계에 동물이 속하고, 제일 높은 단계에 인간이 속한다. 회교도들은 동물에게도 영혼이 있으나 그것은 영생하는 것이 아니라고 생각했다. 그 이유는 동물이 천국과 지옥을 구별할 수 없기 때문이라 했다. 기독교는 의로운 사람들만이 영생한다고 말한다.

동물을 기르는 사람들 중에서 동물과 의사소통을 하는 사람은 자기들의 영적 에너지를 그들에게 보낼 수 있는 사람들이다. 그리고 그런 영적 에너지는 동물의 종류와 그들의 성격에 따라 각각 다르게 반응을 보인다. 그러한 경향은 성격을 대변하는 것인가? 우리는 동물들도 생각을 한다는 것을 알지만 우리는 그 생각이 어떤 것인지 알 수 없다. 개들은 방어적이고 고양이는 꾀가 많다. 그리고 돌고래는 복잡하고 다양한 방법으로 언어를 구사한다. 어떠한 합리적 생각이나 혹은 그렇지 않은 것이 동물들의 영혼의 유무를 결정할 수 있는 것인가?

어떻든 간에 누구든지 반려동물을 기르는 사람은 동물들이 개성과 감정을 가지고 있고 주인에게 필요한 것이 무엇인지 감지한다고 한다. 우리는 슬플 때나 병을 앓고 있을 때 동물들이 도움이 된다는 것을 알고 있다. 동물들은 아무런 조건 없이 친구가 되고 애정을 베풀어주면서 우리의 영혼을 북돋우고 치유를 촉진한다. 동물은 본능적인 감각만을 지닌 생물이라고 생각하는 사람들에게 나는 이 동물에게 지각이 있다면 어느 정도 수준에 속하는 개별화된 에너지를 지니고 있다고 말하겠다.

피술자들의 영혼은 동물들은 그들 특유의 지적인 에너지를 지니고 있고 인간의 영혼은 어느 형태에서 또 다른 형태로 층계를 오르내리지 않는다고 말했다. 그러한 에너지의 양상은 침팬지에게서 보는 복잡한 것에서 아주 단순한 것까지 있다. 영혼들은 동물의 환생을 부정하지만 모든 유기적, 무기적 존재는 지구에서 율동하는 에너지를 뿜어내고 있고 서로 유익한 방법으로 연결되어 있을 것이다.

어느 피술자의 영혼은 자기가 영계에서 여러 종류의 동물들과 관계가 있었는데 그 동물들이 모두 어떤 종류의 영혼 에너지를 지니고 있었다고 말했다. 그들의 영혼은 인간의 그것과 다르고 또 서로 개별적으로 달랐다고 했다. 죽은 뒤 동물들의 에너지는 "인간의 영혼이 머무는 곳에 가지 않고 다른 구체로 가게 된다."라고 했다.

최면에 걸려 있는 피술자들에게 있어 구체는 제각각 다른 양상과 기능이 있는 공간을 의미한다. 나는 영계에 있는 동물에 관한 정보를 몇 번 들은 적이 있다. 다음 케이스는 그 좋은 사례인데, 키모라는 이름을 가진 피술자가 한 이야기였다.

케이스 50

닥터 N 취미로 어떤 일을 하길 좋아합니까?

영 솔직히 말하면 나는 조용하고 사람을 많이 사귀지 않는 영혼입니다. 그리고 두 가지 일을 하기 좋아합니다. 나는 정원을 돌보고 동물들과 놀기를 좋아합니다. 내가 우리 그룹을 떠나서 혼자서 있을 때 말입니다.

닥터 N 영계에서도 무엇을 기릅니까?

영 에너지로 살아 있는 것을 창조하는 것이 영계에서의 중요한 과제입니다.

닥터 N 동물들과 놀 때의 이야기를 해주십시오.

영 나는 개와 고양이, 말을 가지고 있습니다. 그들은 내가 지난 인생 때부터 기르던 동물들입니다.

닥터 N 당신이 원할 때면 그들이 나타납니까?

영 아닙니다. 나는 그들을 불러와야 합니다. 그들은 보통 우리들이 있는 공간에 있지 않으니까요. 나는 그들이 있는 곳으로 갈 수 없습니다. 동물을 관리하는 영혼들이 나에게로 데리고 오지요. 우리는 그들을 찾아 오는 영혼들이라고 부릅니다.

닥터 N 그 찾아 오는 영혼이 당신의 동물들을 찾아서 데려온다는 건가요? 당신들이 정원에서 식물을 키우듯이 에너지를 써서 만들어 온 것은 아니라는 말입니까?

영 물론이지요.

닥터 N 동물에게도 영혼이 있습니까, 키모에?

영 네, 그렇습니다. 하지만 많은 종류로 나누어져 있지요.

닥터 N 인간과 동물의 영혼의 다른 점은 어떤 것입니까?

영 모든 생물의 영혼들은 제각각 다른 성질을 가지고 있습니다. 동물의 에너지는 조그마한 입자의 에너지를 가지고 있고… 양도 적고, 그리고 인간의 영혼만큼 복잡하고 다양하지 않지요.

닥터 N 인간의 영혼과 동물의 영혼의 또 다른 차이를 알고 있습니까?

영 크기와 용량 이외의 주된 차이는 동물의 영혼이 에고에 의해 움직이지 않는다는 것입니다. 인간들의 영혼처럼 정체성 확인 같은 데 얽매이지 않지요. 또한 다른 환경과 어울리고 용납하며, 인간들같이 싸워서 지배하려고 하지 않습니다. (잠깐 멈추었다 덧붙인다.) 인간은 그들에게 배워야 합니다.

닥터 N 동물들도 영계에 자기들의 영역이 있다고 했는데, 당신은 관리자를 통해서 어떻게 그들과 연락을 취할 수 있습니까?

영 (당황해서) 그들은 지구에서 인간들이 그렇듯이 지각의 에너지를 가지고 있습니다. 우리가 그들과 육체적인 에너지를 나누는데… 왜 정신적인 에너지를 나눌 수 없단 말입니까?

닥터 N 그런가요? 하지만 당신은 그들이 우리들의 지적 에너지와 다른 종류의 에너지를 가졌다고 하지 않았습니까?

영 하기야 내가 돌보는 식물들도 매한가지이지요. 하지만 내가 원한다면 그들은 나와 함께 있기를 거절하지 않습니다.

닥터 N 당신은 개와 함께 논다고 했는데, 식물의 에너지도 개의 에너지가 될 수 있습니까?

영 아닙니다. 왜냐하면 각각의 생물체는 고유한 에너지를 갖추고 있으니까요. 그런 에너지는 같은 천체에서 온 다른 육체의 에너지 영역을 침범하지 않습니다.

닥터 N 그렇다면 고양이는 더 격이 높은 생명체로 태어나지 않고, 인간은 더 낮은 생명체로 태어나지 않는다는 것입니까? 예컨대, 고양이 같은 것으로요. 다음 생에서 말입니다.

영 네, 그렇습니다. 에너지는 창조되고 할당됩니다. 제각기 어울리는 육체적, 정신적 형체에 말입니다.

닥터 N 왜 그렇게 되는지 이유를 아십니까?

영 (웃으며) 나는 창조주의 뜻을 알 수 없습니다. 하지만 영혼의 유형을 섞는 것은 정당한 방편이 아닌 것 같습니다.

닥터 N 키모에, 당신의 그룹 같은 곳에서 동물의 영혼을 볼 수 있습니까?

영 이미 말씀드린 것같이 나는 그들이 있는 곳으로 가지 않습니다. 그들은 우리들을 그곳으로 부를 필요를 느끼지 않습니다. 그리고 나는 그들이 있는 곳에 대해 말할 수가 없습니다. 모르니까요. 다만 그들을 돌보는 영혼들이 말하길 그곳에는 땅, 공기 그리고 물 종류의 일반적인 구분만 있다고 하더군요.

닥터 N 그중 어느 것이 영계에서 서로 연결되어 있습니까?

영 우리가 알기엔 고래와 돌고래 그리고 바다표범이 함께 있습니다. 까마귀와 매, 말과 얼룩말, 그런 식으로 말입니다. 동물들은 공동체 내에서 자기들끼리 연관을 갖고 있지요. 우리들이 알 수 없는 일반적인 유대로 말입니다. 적어도 저는 그렇게 생각됩니다.

닥터 N 왜 그렇습니까?

영 (말을 막으면서) 우리가 알 필요가 있다면 알게 해주었을 것입니다.

닥터 N 그럼, 이제 처음에 말한 휴게 시간으로 돌아가 당신의 반려동물과 놀던 이야기를 계속합시다. 당신은 여우 같은 야생동물도 데리고 있을 수 있습니까?

영 그 여우가 집에서 사육할 수 있게 길들여져 있을 경우에만 그렇게 할 수 있지요.

닥터 N 그 점에 대해서 설명해줄 수 있습니까, 키모에?

영 (집중하고 있는 중에 얼굴을 찡그린다.) 그렇게 동물들과 함께 있는 것은 어떤 생명체를 연구하는 데 자발적이고 생산적인 것을 장려하기 위한 것입니다. 지구에 있을 때 내가 기르던 개는 나의 영적인 땅, 즉 내가 집과 정원을 만들어놓은 데만 있게 됩니다. 거기에 있는 것이 가장 자연스러워요. 우리는 연이 닿는 놀이 친구고 그 개가 나에게 소속되어 있으니까요. 우리들의 상호적인 사랑과 존경, 지구에서 있었던 그 인연이 재현된 것은 그게 아주 좋은 일이었기 때문입니다. 우리가 서로에게서 아름다운 것을 볼 수 있었으니까요. 아마 그래서 이런 재결합이 허용되었을 것입니다.

닥터 N 지구에 있을 때 집에서 길들여진 동물의 영혼과 야생동물이었던 짐승의 영혼을 구별할 수 있습니까?

영 그럴 수 있을 것 같습니다. 왜냐하면 동물의 영혼은 인간의 그것보다 훨씬 단순하니까요. 가축은 인간이 필요로 하는 사랑과 관심을 보이지만, 야생동물은 그런 점이 결여되어 있고 인간의 영혼을 잘 이해할 수 없지요. 그리고 거의 대부분 한곳에 잡아둘 수 없기도 하고요. 하기야 같은 환경을 공유하고 있다고 해서 그럴 필요는 없지요.

닥터 N 야생동물이 더 많은 자유를 가져야 한다고 생각합니까?

영 아마 그럴 것입니다. 하지만 모든 생물의 영혼들이 다 그래야되지요. 특별히 인간의 영혼이 그렇습니다. 표현의 자유를 가져야 하지요. 집에서 기르는 동물의 영혼은 인간과 가까워져서 사랑을 받고 애정과 보호를 받기 위해 스스로 자유를 포기하기도 합니다. 반려동물을 키우는 데는 조화로움이 있지요.

닥터 N 키모에, 당신은 길들여진 동물들이 지상에서 인간들에게 봉사를 하기 위해 있는 것처럼 묘사하는군요.

영 이미 말씀드린 것같이 그것은 서로 이익을 교환하는 것입니다. 지상에서 동물을 사랑하는 사람들은 우리들이 기르는 동물들과 소소하게나마 의사소통을 할 수 있다고 생각하지요. 우리가 영혼의 세계에 와서 순수한 영혼의 상태에서 다시 우리의 동물을 만나게 되면 그런 점이 더 확실해집니다.

닥터 N 영계에 있는 모든 영혼들이 동물의 영혼에 대해 당신처럼 생각합니까?

영 나같이 동물을 사랑하는 사람은 많지 않습니다. 영계에 있는 영혼의 친구들 중에서 지상에서 동물을 키우던 영혼들이라 할지라도 동물의 영혼과 교류하려는 친구들은 없어요. 휴게 시간에 그들은 다른 일을 합니다. (잠깐 멈추었다가 다시 말한다.) 그들 자신이 손해를 보게 되는 거지요.

동물을 돌보는 영혼은 영계에서 활동하는 전문가인 것 같다. 그 전공이 영혼들 사이에서 인기 있는 것은 아니지만, 동물 애호가들 사이에서 고맙게 여겨지는 직업임에는 틀림없다. 동물원에서 일하는 사육사와는 별개의 개념이다.

언젠가 나는 그런 분야에 대해서 잘 아는 영혼에게 우리 집 애견이었던 바셋하운드 소크라테스에 대해 물어본 적이 있었다. 내가 했던 질문의 내용은, 영계에 갔을 때 내 영혼의 마음이 집을 짓게 되고 나도 실체가 있는 인간의 형태로 살 수 있게 된다면 우리 집 개 소크라테스도 그 모습으로 함께 살 수 있을까 하는 것이었다. 그때 그 전문가 영혼은 이렇게 대답했다.

만약 당신이 에너지를 창조하는 데 숙달이 되었다면 그렇게 하는 것이 가능할 것입니다. 하지만 당신이 그럴 수 있더라도 당신의 개는 전문가들이 할 수 있는 것만큼 실제적 도움은 주지 못할 것입니다. 동물을 보살피는 전문가들은 소크라테스와 함께 죽지 않았던 영혼 에너지의 광맥을 찾아서 당신의 개를 지상에 있을 때와 똑같이 재생시켜주는 기술을 지니고 있지요. 당신의 소크라테스는 당신을 알아볼 수 있고 당신이 원한다면 함께 놀기도 할 것입니다. 그리고 그는 떠나게 될 것입니다.

알고 보면 지구와 관계된 동물 전문가 영혼들은 어떤 저급 생물의 본질을 찾아 재구성하는 데 뛰어난 솜씨를 가졌다. 나는 그들을 창조적인 영혼들이라고 생각한다. 그들은 지구에 사는 생물들을 사랑해 마지않은 나머지 영혼의 세계에서도 그런 생물들이 살아 있을 수 있도록 하는 능력을 지녔기 때문이다.

우리들이 지구에서 동물과 맺게 되는 인연은 전생에서 유래하는 업적인 면이 있기도 하다. 그런 점 때문에 영혼의 세계에서는 동물을 다루는 영혼들이 필요하다. 나를 찾아오는 피술자 중에는 동물의 권리를 적극적으로 주장하는 여자가 있었는데, 그녀는 16세기 오스트리아에서 살았던 인생 때부터 동물들의 괴로움을 덜어주는 데 애써온 영혼이었다. 오스트리아에서 살았던 인생에서 푸줏간 집 아들이었던 그 피술자는 가족들이 도살해야 했던 소나 돼지 같은 동물들을 보고 마음에 상처를 받았다.

오늘날 여자로 태어난 그녀는 모든 동물들을 '나의 아이들'이라고 부른다. 인생을 살 때나 영계로 돌아가 있을 때, 그녀의 영혼은 틈이 생길 때마다 동물들과 함께 시간을 보낸다. 그녀의 영혼은 또 '변형의 공간'이라는 곳에서 그들의 에너지와 융합하기도 한다. 그러한 융합은 동물들의 의식을 알아내는 데 도움이 되었다. 키모에를 시술할 때 그녀의 영혼도 "동물들의 에너지가 프로그래밍 되어 있는 그 방으로 들어가면 나는 그들의 느낌을 감지할 수 있었어요."라고 똑같이 말했다. 또 그로써 지구에 있는 동물들에 관한 통찰력을 얻었다고 했다. 이 두 피술자의 활동은 휴식이기도 했고 학습이기도 했다.

변형의 공간

오랜 견습과 훈련의 기간을 통해 영혼들은 많은 기술과 예술을 배우고 실천할 기회를 갖게 된다. 그중 한 곳은 앞서 발간한 《영혼들의 여행》에서도 언급되었던 '변형의 공간'이다. 어린 영혼이나 앞서가는 영혼이나 관계없이 그 공간에서는 영계에서 대부분의 영혼들이 많은 것을 배운다.

어린 영혼들에게 그곳은 그들이 좋아할 만한 기술을 배우는 곳이고, 앞서가는 영혼들은 이미 획득한 것을 더 연마하는 곳이 될 것이다. 나는 그곳을 사람들에게 설명할 때 텔레비전 연속극 〈스타트랙〉에 나오는 우주선의 홀로데크(holodeck)에 비유한다. 하지만 그런 유사점에도 불구하고 변형의 공간에서는 더 많은 것을 얻을 수 있다.

또 그곳은 영혼이 동물의 에너지를 보고 느끼기만 하는 곳이 아니다. 그곳에서 영혼은 살아 있거나 또 그렇지 않은 물체라 하여도 친숙한 모든 것이 될 수 있다. 지상에 존재하는 모든 살아 있는 것이나 그렇지 않은 것의 본질을 알기 위해 영혼들은 많은 것과 융합할 수 있다. 그런 점은 불과 가스 그리고 액체에도 작용된다. 그곳에서 영혼들은 어떤 상태에 이르기 위해, 또 어떤 느낌이나 감정과 융합하기 위해 전적으로 무정형의 상태에 이르기도 한다.

내가 이 변형의 공간을 휴가의 장에서 언급하게 된 것은, 보통 영혼들이 이 공간을 에너지 변형을 즐기는 공간으로 사용하기 때문이다. 하지만 나와 함께 작업한 피술자의 영혼들은 영계에 실재하는 다른 연수의 장소에서 단련하는 것을 선호한다. 그에 대한 자세한 내용은 다음 장에서 언급될 것이다. 이미 말한 바와 같이 그 모든 활동은 대부분의 영혼들에게 휴양이나 오락을 넘어서는 의미를 지닌다.

다음 케이스는 변형의 공간이 정신을 단련시키는 데 있어 어떻게 영혼의 마음을 굳세게 만들어주고 참을성을 가르치는지를 설명한다.

케이스 51

닥터 N 왜 당신은 변형의 공간으로 오게 되었습니까?

영 내가 속하는 영혼 그룹에서 떠나 있을 때가 있습니다. 그럴 때 나는 그 방에서 무엇을 배울 수 있는지 경험해보는 것이지요. 나는 이곳의 에너지 막으로 들어가 나의 에너지를 연민의 정에 빠져들게 하지요. 나는 이 에너지의 흐름에 휩쓸립니다. 그 흐름은 나의 영혼의 일부입니다.

닥터 N 그 에너지의 흐름에 대해 설명해주십시오.

영 그들은 정화된 에너지의 특수한 구역입니다. 나는 그중에서 연민의 구역에 섞이게 됩니다.

닥터 N 변형의 공간에서 그 특수한 구역을 누가 당신을 위해 만들어줍니까?

영 나도 모르겠습니다. 다만 그곳으로 가서 내가 원하는 것을 위해 정신을 집중하면 원하는 것이 이루어지지요. 그런 연습을 많이 할수록 그 에너지는 점점 더 효력을 발휘하게 되고, 나는 더 많은 것을 얻게 됩니다.

닥터 N 지구로 가면 얼마든지 연민을 경험할 수 있는데 왜 여기에 와서 배워야 하는지 알 수가 없군요.

영 그야 그렇지요. 하지만 이런 것도 아셔야 합니다. 내가 지구로 가서 다른 사람들을 치유하는 데 에너지를 쓰게 되면, 내 인생이 끝날 무렵에는 그 온전함이 많이 상실됩니다. 그 이유는 아직도 내가 완벽한 치유사가 되지 못해서지요.

닥터 N 그렇습니까? 만약 그런 회복을 위해 여기에 왔다면, 변형의 공간에서 하게 되는 일을 예를 들어 확실하게 설명해주십시오.

영 (깊이 숨을 쉰다.) 나는 고통을 다룰 수 있습니다. 하지만 인체가 겪는 고통을 덜어주려면 내가 그 고통을 흡수해야 합니다. 그러다 보면 그다지 효력이 없어지기도 합니다. 나는 빛의 거울이 되는 대신 스펀지가 되고 마는 것이지요. 하지만 여기서는 나의 기술을 연마할 수 있습니다.

닥터 N 어떻게 하면 그렇게 됩니까?

영 나는 고통을 흡수하는 대신 나의 에너지를 작용시키는 것을 배우게 됩니다. 연민의 에너지 벨트는 액체로 된 풀장 같은 곳인

데 나는 그곳에서 헤엄치며 감정의 일부가 됩니다. 그 경험은 너무나 주관적인 것이어서 정확히 설명할 수가 없습니다. 그것은 역경 속에서도 침착함을 유지하도록 도움을 주지요. 참으로 놀라운 것입니다…. 그것은… 살아 있어요.

변형의 공간에 관한 이야기를 들으며 그 경험이 희열을 준다는 인상을 받았다. 영혼을 얼마 동안 변신하게 하는 것 같은 그 농축된 에너지의 정신적 풀장이 실제의 것인지 또는 그것을 설명하는 영혼이 유사한 예를 든 것인지는 명백하지 않다. 그 이유는 피술자들의 영혼이 영계를 궁극적 현실로 보면서도 변경될 수 있는 현실로 생각하기 때문이다. 하지만 나는 그런 생각을 마음속에서 구별하는 데 도움이 되는 어떤 일정한 기준을 알고 있다. 궁극적으로는 죽음에 이르는 현실의 일들은 일시적이고 환영에 불과하다. 그 모든 진행을 분석하고 평가하는 피술자의 영혼에게 영계는 영원한 의식의 현재인 것이다. 변형의 공간은 영혼의 발전을 위해 마련된 곳이다.

춤, 음악 그리고 게임

영적인 춤과 노래가 그들의 삶에 중요한 역할을 하는 민족이나 부족들이 아직도 지구의 외딴곳에 존재하고 있다. 오래전에 나는 라후(Lahu) 원주민들이 춤과 노래로 행하는 의식에 참여한 적이 있었다. 그들은 미얀마와 태국의 경계를 이루는 산맥 깊은 곳에 사는 원주민이었다. 그때 나는 서구인으로 구성된 작은 그룹의 일원으로서, 고립되어 살던 그 부족을 처음으로 찾아온 외부인이기도 했다. 그곳으로 가는 길은 쉽지 않았다. 밀림과 산맥을 거쳐 가야 하는 험난한 여정이었다. 하지만 그 경험은 신비로운 것이었다.

피술자들의 영혼이 영계에서 내면의 존재를 음악과 춤으로 표현한다는 말을 들으면, 나는 라후족을 생각하게 된다. 라후족은 자연에 존재하는 모든 것에 영혼이 있고 개개의 영적 힘에 의해 작용한다고 믿는 애니미스트(animist)들이다. 오늘날 주류를 이루는 많은 종교들이 형성되기 전에 고대에 살았던 사람들은 그런 신앙을 지니고 있었다. 내가 대화했던 피술자들은 영혼들의 노래와 춤에는 언제나 성스러운 원천을 축복하는 의식이 깃들어 있다고 말했다. 지구에 존재하는 고대나 현대의 문화와 마찬가지로, 영혼들은 그러한 표현들이 강도를 높이는 수단이라고 생각한다. 함께 춤을 추고 노래하는 것은 지구, 다른 세계 및 영계 자체의 기원에 대한 영혼의 기억을 불러일으킨다.

영혼들이 이러한 오락의 영향에 대해 설명할 때면, 그들이 영적인 기쁨 속에 파묻혀 있는 것 같기도 하다. 그들은 하프나 수금, 종의 음률들이 영혼의 본성을 나타낸다고 말한다. 어떤 영혼의 이야기는 내가 보았던 라후족, 모닥불을 둘러싸고 북과 피리에 맞추어 춤추던 그 부족을 상기시키기도 했다. 그 영혼은 이렇게 말했다.

우리들은 둥근 원을 이루며 춤을 추고 있었습니다. 경쾌한 노랫가락을 중얼거리면서 모닥불 주위를 우아하고 자유로운 화합과 조화를 이루며 맴돌고 있었습니다. 우리들의 에너지는 원을 이루며 선회하고 있었습니다. 기분이 바뀌면 운율도 바뀌었습니다. 우리들에게 있어 그 춤은 몇 천 번의 생애를 함께한 데서 오는 긴밀한 유대를 존중하는 행위였습니다. 우리들은 그러한 유대를 확인하기 위해 그런 춤과 노래에 참가합니다. 또 그런 행위는 우리들의 집단적인 예지에 공명하는 것이기도 합니다.

또 다른 피술자의 영혼은 영계에서 추는 춤에 대해 다음과 같이 말했다. 처음에 그 춤의 목적은 속력을 내는 것인 듯했다. 하지만 그 춤은 또 다른 것으로 변해갔다.

우리는 원을 이루며 돌고 있었습니다. 그런데 그 속도가 점점 더 빨라졌습니다. 우리들은 그 모든 힘을 모아서 앞으로 밀어내었습니다. 그리하여 우리들은 밀착되어 도는 회오리바람처럼 보였지요. 그러자 춤은 사라지고 소란한 폭포 같은 소리로 대체되었습니다. 그 소리는 영혼들이 합쳐지는 소리였지요. 우리들의 동작이 느려지자 에너지가 풀려나가면서 서로가 갈라지는 것을 볼 수 있었습니다. 그 춤이 끝나갈 무렵에 우리들은 서로의 진동 에너지가 지닌 세밀한 양상의 차이를 경험하게 되었습니다.

어떤 영혼은 앞에 묘사된 장면이 들판을 굴러다니는 회전초 게임 같다고 말하기도 했다. 그러한 설명은 영적인 춤과 게임이 매우 흡사하다는 느낌을 갖게 했다. 그런 춤과 게임은 제각기 그 설명이 달랐는데 또 하나의 예는 다음과 같았다.

우리들이 춤을 출 때면 보통 미국 배 같은 기다란 모양의 에너지를 초
승달 같은 모양으로 바꿉니다. 함께 춤을 추는 사람들의 수에 따라 우
리들은 두 방향 또는 사방에서 서로를 향해 춤추며 다가가지요. 상대편
에 있는 영혼과 짝을 지어 움푹 들어갔다 불쑥 나왔다 하는 모양을 되
풀이하고 숟가락처럼 섞였다 빠른 속도로 갈라집니다. 짝 짓는 춤처럼
안으로 밖으로 율동적으로 움직이며, 우리의 에너지를 늘렸다가 서로
얽히게 하기도 하지요.

다음과 같은 영혼의 말처럼 그들의 춤은 때때로 곡예의 형태를 띠기
도 한다.

우리들 그룹은 특별히 곡예를 즐깁니다. 우리들은 인체가 하는 것 같은
체조를 하지 않습니다. 다른 영혼들은 더러 그렇게 하기도 합니다만,
우리들은 어디까지나 순수한 에너지의 형태인 타원이나 긴 모양의 에
너지를 그대로 간직합니다. 릴레이로 공중제비를 할 때 쓰는 트램펄린
을 닮은 에너지 장을 만들어놓지요. 그곳에서 춤도 추지만 그 춤을 묘
사하는 것은 쉽지 않습니다. 하지만 모두 아주 즐겁게 많이 웃으며 재
미로 하는 것만은 사실입니다. 오랜 시간 동안 하는 그 동작으로 우리
들을 좀 더 친밀해집니다.

그러한 오락 시간의 행동들이 희극적인 촌극과 섞인다는 것도 알게 되었다. 그러한 여흥에 참가하는 영혼들은 서로 농담을 잘 주고받는다. 하지만 나는 아직도 영혼들이 하나의 온전한 연극을 상연했다는 이야기는 어느 영혼한테도 들어본 적이 없다. 그 이유는 전생을 되돌아볼 때 유머는 있어도 좀 더 신중하게 역할을 담당해야 하기 때문인 것 같다. 대부분의 영혼들에게 있어 그런 경험은 극장에 가는 것 이상인 것 같다.

예술이나 작곡 같은 다른 여가 때의 일들은 개인적으로 조용히 행해진다. 음악 연습이나 조각 같은 것은 개인적으로 하거나 집단적으로 행해지기도 한다. 구조적인 것을 디자인하기 위해 에너지를 조각하거나 작은 생명체를 창조하는 일 같은 것은 여가 때의 일로 간주되지 않는다. 우리가 이미 살펴본 바와 같이 여가 때 하는 일들과 겹칠 때도 있지만, 그런 작업은 목적과 임무를 가진 학습의 장소에서 빠질 수 없는 중요한 부분이다.

음악이 특별한 부류에 속한다는 것은 모든 영혼들이 한결같이 하는 말로 알 수 있다. 적지 않은 사람들이 악기를 다룰 줄 모르거나 노래를 잘 부를 수 없는 지구의 형편과 달리, 영혼들은 그 모든 것을 쉽사리 할 수 있는 것 같다. 영혼들은 여가를 위한 공간이 아니더라도 음악이 들려온다고 말하기도 했다. 휴게 시간에 음악을 직접 즐길 수 있고 연극이나 춤, 게임을 할 때도 미묘하게 섞여 들어가 들을 수 있다.

나는 그동안의 연구를 통해 음악이 어떤 매체보다 더 영혼을 고양시킨다는 것을 알게 되었다. 그들의 음악은 지구에서 아는 것보다 더 많은 음정을 지니고 있는 것 같다. 영계에서는 음악을 작곡할 때 어떤 제한도 없는 무한한 음을 사용하고 있는 듯하다. 피술자의 영혼들은 음악적인 사유가 영혼의 언어라고 말한다. 작곡과 화음의 전달은 영혼 언어의 형성과 발표와 연관되는 것 같다. 나는 영적인 화음은 음악적 소통뿐 아니라 에너지 창조와 영혼 통일의 초석인 것을 알게 되었다.

많은 영혼들이 영계에서 노래하는 것을 즐긴다는 것은 이미 알고 있었지만, 그곳에서 음악을 지도하고 있는 영혼을 만난 것은 오랜 세월이 지난 뒤였다. 다음 케이스는 환생할 때마다 음악에 관한 일을 해온 영혼에 대한 것이다. 그는 최근의 인생을 1930년대에 이탈리아에서 오페라 가수로 살았다.

케이스 52

닥터 N 영계에서 여가 때 당신은 주로 무엇을 합니까?

영 음악을 창조합니다.

닥터 N 악기로 작곡을 하는 것입니까?

영 아, 악기는 항상 있습니다. 어떤 악기라도 원한다면 바로 공기 속에서 뽑아내어 연주할 수가 있지요. 하지만 저는 아직 합창단을 만드는 것보다 더 만족스러운 것을 찾지 못했습니다. 인간의 소리는 가장 아름다운 악기니까요.

닥터 N 하지만 당신은 이제 오페라 가수의 목소리를 가지고 있지 않은데 어떻게 노래를 한다는 거죠?

영 (웃으며) 당신이 영혼이었을 때가 그렇게도 오래되었습니까? 이곳 사정을 그렇게 모르시다니! 인간의 육체가 필요 없는 곳 아닙니까? 사실 이곳에서는 지구에서보다 가볍고 더 넓은 범위의 음을 창조할 수 있지요.

닥터N 모든 영혼들이 높은 음이나 낮은 음을 발성할 수 있습니까?

영 (신이 나서) 물론이지요. 우리들은 모두 동시에 바리톤과 소프라노가 될 능력을 지니고 있습니다. 영혼의 가수들은 높은 음과 낮은 음을 정확하게 잘 내기 때문에 필요한 것은 그들을 통솔하는 지휘자뿐입니다.

닥터N 어떤 일을 하는지 설명해줄 수 있습니까?

영 (조용히, 자랑하지 않고) 나는 영혼들의 음악을 주관합니다. 합창단을 지휘하지요. 그 일은 나의 열정입니다. 나의 능력이며, 내가 다른 영혼들에게 무엇인가 줄 수 있다는 기쁨입니다.

닥터N 지난 환생 때 오페라 가수였던 당신의 재능이 다른 영혼들보다 그런 일을 더 잘해 나가게 합니까?

영 하기야 그런 사실이 서로 도움이 되지요. 하지만 아무나 다 나처럼 음악에 집중하지는 않습니다. 합창단에 속하는 어떤 가수는 악보에 전혀 관심을 쏟지 않기도 해요. (미소 짓는다.) 영혼들이 넓은 음역대를 지니고 있기 때문에 그 대가들의 실력을 적절히 발휘하게 하는 감독이 필요한 겁니다. 결국 알고 보면 노래한다는 것은 영혼들에게 있어 여흥이니까, 그들은 아름다운 음악을 만드는 것과 동시에 재미도 느끼고 싶어 합니다.

닥터 N 그래서 당신은 오케스트라를 지휘하는 것보다 합창단을 지휘하는 것을 즐긴단 말입니까?

영 네. 하지만 우리들은 노래가 조화를 잘 이루도록 악기와 배합합니다. 영혼들이 목소리를 악기에 잘 맞추어 노래를 부르면 참으로 훌륭한 음악이 되지요. 소리가 흐트러지는 법이 없습니다. 음악의 에너지가 이루는 화음의 그물이 영혼의 세계에 형용할 수 없는 소리로 퍼져나가지요.

닥터 N 그렇다면 그 합창은 지구에서 하는 것과 많이 차이가 있겠군요.

영 비슷한 점도 있긴 하지요. 하지만 이곳에는 음악적 재능이 너무나 풍부합니다. 모든 영혼들이 완벽한 음을 낼 수 있는 능력을 가지고 있으니까요. 영혼들은 노래하기를 좋아하는데, 더 훌륭한 동기가 있기도 하지요. 지구에서 노래를 사랑했지만 개구리 같은 소리밖에 낼 수 없었던 영혼일수록 더더욱 노래하기를 좋아합니다.

닥터 N 다른 그룹에 속하는 영혼들도 그 천상의 합창단에 참가하러 옵니까?

영 네. 하지만 많은 그룹의 합창단들이 서로 맞서서 노래하며 어느 쪽이 더 참신한지 경쟁하기도 하지요.

닥터 N 영혼들이 지니는 깊은 원동력을 두고 생각할 때, 영계에서 음악이 왜 그렇게 중요한 것으로 다루어지는지 설명해줄 수 있습니까?

영　음악은 새로운 정신의 단계로 데려다줍니다. 에너지를 움직여
　　서… 수많은 다른 영혼들과 화음으로 어울리게 해주지요.

닥터 N　어떤 규모의 합창단을 지휘합니까?

영　나는 약 20명으로 구성된 작은 그룹을 선호합니다. 하지만 원
　　한다면 다른 그룹에서 모여든 수백 명의 영혼으로 구성된 합창
　　단도 지휘할 수 있습니다.

닥터 N　대규모의 합창단을 지휘하는 것은 보람 있고 도전적인 경
　　험이겠군요.

영　(깊은 숨을 쉬며) 그들의 범위는 놀랍습니다. 진동이 사방으로 퍼
　　져나가고… 영혼들은 예고도 없이 더 높은 음과 저음을 울려
　　대고… 나는 지휘하느라 애를 쓰지만 그런 것은 순수한 환희
　　입니다.

　영혼들의 휴양에 관한 것을 설명하는 이 장을 영계에서 하는 가장 인
기 있는 게임들을 소개하는 것으로 끝낼까 한다. 영혼들의 사교에 있어
좀 더 가벼운 쪽을 예로 드는 것은 그룹의 공부와 휴양의 차이를 밝히기
위해서다.

　앞서 나는 어떤 영혼들의 당파적이고 편협한 태도에 대해 언급한 적
이 있다. 하지만 독자들이 영혼들의 그러한 태도를 지구에서 흔히 보게
되는 배타적인 편 가르기 현상으로 오해하지 않기를 바란다. 영혼들 사
이에는 질투나 불신, 편견은 존재하지 않는다. 어린 영혼들은 자신의 훈
련 그룹을 중심으로 수련을 받게 되어 있지만, 그런 사실이 다른 그룹과

의 차이를 의식하게 하지는 않는다. 영혼의 세계에서는 외부인을 꺼리는 현상을 볼 수 없다. 많은 그룹에서 온 영혼들이 게임을 함께 하는 광경을 설명함으로써 영혼들의 품행에 대해서 말해줄 수도 있다.

하지만 그럼에도 불구하고 나는 강연을 할 때면 게임에 대해 소상히 언급하는 것을 피해야 할 필요성을 느낀다. 청중 속에는 사후의 일들이 너무 엄숙하여 그런 경솔한 것들이 끼어들 여지가 없다고 생각하는 사람이 있기 때문이다. 적지 않은 사람들이 영혼들의 휴양에 관한 이야기들이 앞으로 들을 영혼에 관한 이야기에 도움이 되지 않는다는 말까지 했다. 그러한 부정적인 의견에도 불구하고 나는 영혼의 세계가 너무나 지루하고 엄숙하여 재미도 없는 그런 곳이 아니라는 것을 아는 것이 더 중요하다고 생각한다.

내가 알게 된 영계의 게임은 주관하는 영혼의 엄한 명령으로 진행되거나 팀장이 이끌어가는 것이 아니었다. 사실 그 법칙은 느슨하게 적용된다. 지구에서 행해지는 스포츠에서 보는 것 같은 감정적 공격성이 결여된, 재미를 위한 시합이었다. 또 그들의 게임은 어느 쪽이 이기고 지는 것을 문제 삼는 것이 아니었다. 하지만 그들이 하는 게임은 자유로우면서도 활기찬 것이었다.

영혼의 안내자들은 에너지의 활동과 기민성 또 그룹의 생각을 전달하는 데 익숙해지기를 바라며 게임에 참가할 것을 권한다. 하지만 나는 게임에 참가하지 않는 그룹에 속하는 영혼도 만났다. 그렇게 분리된 행동일지라도 항상 존중되었다. 다른 형태의 에너지 관리에 종사하고 있는 앞서가는 영혼들의 경우에 특히 더 그러했다. 게임을 하는 것이 그들의 일에 방해가 될 경우에도 그러했다. 피술자들의 영혼들이 묘사하는 게임은 놀라울 정도로 일관성이 있었다. 이것은 나의 생각이지만, 우리들이 지구에서 한 게임의 기억을 영계로 가져갈 수 있듯이 영계에서 시작된 게임이 지구로 옮겨지고 육체적으로 할 수 있게 무의식의 기억이 조정한 것이라는 생각도 든다. 독자들은 다음에 묘사되는 글을 통해 그 게임이 어떻게 시작되었는지 판단할 수 있을 것이다. 술래잡기 같은 게임으로부터 시작하여 자주 하는 몇 가지의 게임을 소개하겠다.

우리는 서로를 잡으려고 쫓아다닙니다. 직선으로 빨리 흐르면서 그 같은 속도로 갑자기 급하게 커브를 틉니다. 기동성이 있는 영혼은 잡히지 않게 빠르게 뒤로 젖히고, 멈추었다가 또 재빨리 출발합니다.

술래잡기나 또 다른 게임을 단순하게 응용한 것을 음악이나 춤과 맞추어 하는 게임도 있다. 그런 경우 어린 영혼들은 개인적인 놀이터로 알려진 곳으로 서로를 쫓아가게 된다.

나는 그 초원을 사랑합니다. 기어오를 나무가 있고 서로를 잡으러 다니거나 뒹굴 수 있는 키 큰 풀이 있는 그곳을 말입니다. 우리는 또한 게임을 즐겁게 하기 위해 원하는 것으로 물건의 모양을 바꾸기도 합니다.

내가 자주 듣게 되는 게임은 피구를 연상하게 하는 것이었다. 그 게임은 많은 영혼들이 서로 마주 본 채로 줄을 서서 대응하며 에너지의 전광을 서로를 향해 던지는 것이었다. 또 빠른 위치 조정과 민첩성을 필요로 하는 '번개 강타'라고 불리는 게임은 배구와 공 뺏기 게임의 요소가 느껴졌다.

우리들이 번개 강타 게임을 할 때면 서로 마주 보고 두 줄로 섭니다. 그리고 에너지로 공을 만들어 상상의 높은 줄 너머로 던집니다. 또 탄알로 만들어 바로 쏘거나 상대의 낮은 궤도로 쏘게 됩니다. 우리들은 번개를 떨어뜨리지 않고 주고받기 위해 제한된 곳에 머물러야 합니다. 처음에는 번개를 만들면서 해야 되기 때문에 동작이 빗나가기 쉽습니다. 그러다가 속도가 빨라지고 게임장은 우박이 쏟아지는 것 같게 됩니다. 날아다니는 번개들을 교묘하게 피하거나 다시 붙잡아 던집니다. 잘 피하지 못하여 번개에 맞아도 게임이 끝난 것이 아닙니다. 번개에 맞은 사람은 게임을 그만두지 않습니다. 다만 조금 더 기민해지려고 노력을 더 할 따름입니다. 우리는 우리를 강타한 번개에 실려 있는 각각의 영혼의 복합성을 느끼기도 합니다.

또 다른 고속 게임은 레드로버(red rover)나 범퍼카와 유사한 것이었다. 그 게임에서 영혼들은 서로 마주 서서 사각을 이루었다. 그리고 서로의 방벽을 헤치기 위해 레드로버처럼 한 명씩 보내는 대신 영혼들은 한 덩어리가 되어 서로 다가가게 된다. 어떤 영혼은 이렇게 말했다.

"이것은 충돌 게임입니다. 그 게임을 할 때 우리는 소용돌이치는 에너지의 연쇄 작용 속에서 서로 뛰어오르게 되지요."

그 게임의 목적은 농축된 에너지를 다량으로 만드는 것 같았다. 그런 게임을 하는 다른 영혼은 이렇게 말했다.

우리 모두에게서 흘러나온 에너지로 풀장을 이루게 합니다. 그리하여 게임에 참가한 영혼들은 고조된 의식을 다른 영혼들로부터 받게 되지요. 그것은 참으로 유쾌한 게임입니다. 그 게임을 통해 우리의 에너지가 확대되고 통일됩니다. 이윽고 충전된 에너지가 소비되면 우리는 모두 잠잠해져서 일종의 포크댄스 같은 것을 추게 되지요.

영혼들이 설명하는 데 어려움을 겪는 미묘한 게임도 많았다. 하지만 적지 않은 영혼들로부터 들은 게임 중에 젬볼(gemball)이라는 게임이 있었다. 그 게임은 구슬치기와 잔디에서 하는 볼링에 6장에서 이미 설명한 보석의 상징성을 합친 것 같았다. 케이스 53에서는 개성을 나타내는 에너지의 색상이 원로들의 의회에서만 보게 되는 것이 아니라는 것을 알게 될 것이다.

케이스 53

닥터 N 모든 그룹에 속하는 영혼들이 게임에 관심을 보이고 즐기게 됩니까?

영 그렇지 않습니다. 내가 속하는 그룹의 영혼들은 노는 걸 좋아해서 교실에 오래 머무는 것을 좋아하지 않습니다. 다른 영혼들 중에는 우리 그룹 멤버들이 좀 거칠고 절제가 결여되어 있다고 생각하는 영혼도 있지요. 우리들 그룹에는 네 명의 점잖은 영혼들이 있는데, 함께 행동하지 않아서, 다른 그룹에서 선택한 영혼과 팀을 구성하지요.

닥터 N 영혼들이 지구에서 즐기던 모든 게임을 영계로 가져올 수 있다는 것은 사실입니까?

영 (주저하다가) 글쎄요. 그러기도 합니다만, 그 모든 것을 볼 수는 없습니다.

닥터 N 왜 볼 수 없습니까? 볼 수 없는 게임의 예를 들어보십시오.

영 골프를 볼 수 없지요. 그 게임은 좀 자기중심적이고, 많은 경우 자기 자신을 대상으로 하는 게임이니까요. 테니스는 좀 낫지만 그것도 잘 볼 수 없습니다. 그것은 둘만이 할 수 있는 게임이라 제한이 있지요.

닥터 N 그렇다면 축구는 영계에서 자주 하는 게임인가요?

영 음… 그렇지도 않습니다. 우리들은 쿼터백이나 팀의 주장 같은 스타들과 함께 게임을 하지 않습니다. 축구는 고르지 못한 게임이지요. 포지션이 너무 다양해서 말입니다. 뭐, 그래도 축구는 나은 편이지요. 설명하기가 좀 곤란합니다. 우리들은 모두가 동등한 입장에서 같은 방법으로 움직이는, 많은 영혼들이 함께할 수 있는 그룹 게임을 즐깁니다.

닥터 N 나는 수영을 좋아하는데 그런 운동도 보기 힘들겠네요.

영 (웃는다.) 그렇게 생각하는 건 옳지 않습니다. 수영을 하기 위해 영혼으로서 지구로 가길 원치 않는다면 물과 유사한 것을 만들어낼 수도 있지요. 또 골프장도 만들어낼 수 있습니다. 무엇이든지 행복했던 기억을 되살릴 수 있는 것을 만들어낼 수 있지요. 하지만 다른 영혼들과 함께 게임을 하려면 좀 더 집단적인 것을 해야 합니다.

닥터 N 그래서 개인적인 게임과 단체로 하는 휴가 때의 게임에 차이가 있군요.

영 네, 그렇습니다.

닥터 N 좋습니다. 그렇다면 우리들이 말하던 경기 같지 않은 게임이 있다면 말해주십시오. 너무 왕성하고 자유분방하지 않은, 그래도 운동으로 간주되는 것이 있다면 말입니다.

영 (생각에 잠기어) 아… 그것은 쉬운 일이지요. 젬볼 게임이 바로 그런 것입니다. 많은 영혼들이 광장에 모여들어 큰 원을 이루며 앉습니다. 그리고 제각기 테니스 공만 한 에너지 볼을 만듭니다. 그 에너지 공은 수정 같은 보석처럼 보이지요.

닥터 N 그 공들은 어떤 특별한 의미를 지닙니까?

영 물론이지요. 그 공들이 지니는 색상은 각자의 성격을 드러내는 것입니다.

닥터 N 게임은 어떻게 진행됩니까?

영 공을 쥐고 있다가 누군가 '시작'이라는 말을 하면 부드럽게 공을 굴리며 원 중심을 향해 나아갑니다.

닥터 N 구슬치기에서 그렇듯 서로 부딪히기도 합니까?

영 그럴 수도 있겠지요. 그 공들은 사방으로 빛을 방사하고 서로 부딪히지만 정지하지 않고 계속 굴러갑니다. 우리들이 그렇게 움직이게 만들지요.

닥터 N 나는 잘 이해가 되지 않는데요. (피술자의 영혼이 끼어들어 말을 계속한다.)

영 드디어 공 하나가 당신을 향해서 옵니다. 게임을 한 번 하는 동안 만약 자기적 인력이 있다면 교신하는 대상이 내가 보낸 공을 갖게 되지요.

닥터 N 만약 당신이 상대방이 보낸 공을 받을 수 없었다면 어찌 됩니까?

영 그런 일은 자주 있습니다. 그럴 때 우리는 다른 큰 그룹에 속하는 영혼들과 다시 그 게임을 하게 됩니다. 언젠가는 공 하나가 내 무릎으로 굴러오게 마련이지요.

닥터 N 두 사람이 서로의 공을 주고받아야만 됩니까?

영 아닙니다. 젬볼은 계획된 게임이 아닙니다. 어떤 일이 일어날지 모르지요.

닥터 N 다른 사람을 향해 가던 공을 받게 되면 어떻게 됩니까?

영 그렇게 된다는 것은 그 공을 보낸 영혼과 어떤 연이 있다는 것을 의미합니다. 젬볼은 기대와 믿음의 친밀한 게임이지요. 어떤 공을 받게 되는지 어디로 공이 가게 되는지 결코 알 수 없으니까요.

닥터 N 공을 받고 나면 어떻게 합니까?

영 (웃는다.) 다가오는 공을 손바닥으로 받아들이지요. 젬볼은 당신에게 특별한 방법으로 연관되어 있을지도 모르는 영혼의 개인적인 면을 알게 해줍니다. 나는 그 게임을 통해 미래에 사귈 영혼에 대한 많은 결정을 내리기도 했습니다.

처음 연구를 시작했을 무렵, 나는 영혼의 게임에 그렇게 여러 종류가 있는지 몰랐다. 그 게임들은 모두 제각기 다른 특성으로 영혼들에게 즐거움을 주었다. 영혼들의 게임에 관해 좀 더 많이 알게 되자, 피술자들의 영혼은 영계에서 자기들이 즐겁게 보내는 여가 시간에 관한 이야기를 좀 더 자세히, 편안하게 알려주었다. 어떤 게임이 어떤 특수한 성격을 지닌 영혼에게 어울리는지도 알게 됐다. 그리고 어떤 게임이 훈련과 연결되며, 많은 그룹에서 온 영혼들이 그런 게임에 끌려서 모여든다는 것도 알게 되었다. 그런 점을 상기할 때 떠오르는 게임이 있다.

나는 술래잡기 게임이 다음 장에서 언급할 미래의 탐험가 영혼들과 특별한 관련이 있다는 것을 알게 되었다. 그 게임은 관심 있는 영혼들과 관련된 공간적 구조를 가르치는 데 여러 숙달된 능력을 부여했다. 내가 그 게임에 주의를 기울이게 된 것은 게임이 좀 더 복잡해지면 코치가 나온다는 말을 듣게 된 뒤였다. 피술자의 영혼은 그들을 게임 키퍼라고 불렀다. 그들은 다른 차원으로 여행하는 모험적인 영혼들을 단련시키는 특별한 훈련사들이다. 다음은 그런 여행을 하길 바라는 매우 앞서가는 영혼이 한 말이다.

영계에서 술래잡기 게임은 어둠과 밝은 곳을 오가는 운동으로 시작됩니다. 어린 영혼의 경우, 우리는 떨어진 곳에서 우리들의 에너지를 충전시킵니다. 어린 그들이 우리들이 있는 쪽으로 오면, 충전된 에너지를 깜빡이며 내뿜습니다. 그리고 동시에 시각적, 정신적 에너지를 혼합하기 위해 정신 감응적 에너지를 열었다 닫았다 합니다. 처음에 우리는 에너지의 기둥 속에 빛의 출구를 마련했습니다. 에너지의 기둥은 평행이나 수평으로 장치할 수 있는 그늘진 판벽입니다. 뒤에 우리들은 그것을 엇갈리는 기하학적 문양으로 만들기도 했지요. 대부분의 어린 영혼들은 문 사이를 급히 오가는 우리들을 찾는 데 무척 어려움을 겪어야 했습니다. 하지만 그때까지만 해도 그것이 게임인 것으로 알았던 그들은 재미있게 그 일을 했지요.

어떤 영혼은 너무나 그 게임을 잘하게 되어 더 이상 속일 수 없게 된 적도 있습니다. 시간이 지나면 게임을 계속 하길 원하는 영혼들은 수련생이 되어 차원 사이에 존재하는 놀이터로 이동합니다. 그곳은 에너지 장벽과 진동 맥박수로 나누어져 있는 곳입니다. 이것은 쉬운 일이 아닙니다. 왜냐하면 수련생들은 제각기 다른 차원에 존재하는 서로의 에너지를 다른 파장의 배열에 적응해야 하고 또 빨리 통과할 수 있도록 에너지의 속도를 맞추어야 하기 때문입니다. 그러한 지점에서 가장 많은 영혼 수련생들이 그 이상 계속하길 바라지 않고 떠나가는 것을 보게 됩니다. 그곳에서 수련하는 것은 유리로 된 홀에서 일하고 있는 것 같습니다. 그 일을 좋아하기 때문에 중단하길 바라지 않는 나 같은 영혼들은 이제 구조나 형태 없이 정신적 차원을 알아내야 합니다. 그들은 육체적 차원 속에서 진공 상태처럼 존재합니다. 나의 일부는 아직도 그 수련을 휴양이라고 생각합니다. 그 게임은 너무나 마음을 사로잡는 것이어서, 나는 빨리 집으로 돌아가 친구들과 함께 그 놀이를 하는 것이 기다려집니다.

8
나아가는 영혼들

졸업

언젠가는 원래 속하던 영혼 그룹을 떠나야 될 때가 오게 마련이다. 다음 케이스는 지구에서 수천 년의 환생을 통해 수련을 거듭한 뒤 레벨 3에 이르게 된 영혼의 경우다. 최면을 통해 피술자는 영계에서 최근에 있었던 그런 사실을 알게 되어 흥분하고 있었다. 영계의 학습 방법에 관한 상징적인 묘사는 이제 독자들에게 낯선 것이 아닐 것이다. 현생에서 그녀는 학습 장애를 가진 아이들을 가르치는 특수 교육에 종사하는 선생이다.

케이스 54

닥터 N 의회에 선 당신의 모습이 대단히 기쁘게 보입니다.

영　네. 나의 몸에 지녔던 마지막 갑옷을 벗어던져 버렸거든요.

닥터 N　갑옷이라니요?

영　네, 나를 보호하던 갑옷, 다치지 않으려고 입은 무장 말입니다. 그들 자신의 노여움 때문에 내 마음을 상하게 하던 사람들과 마음을 털어놓고 믿게 되는 데는 몇백 년의 수련이 필요했으니 까요. 그런 것이 나에게 남았던 마지막 장애물이었지요.

닥터 N　왜 그 일이 그토록 어려웠습니까?

영　나는 그런 일들을 너무나 감정적으로 받아들였지요. 내 영혼의 힘을 믿는 대신에 말입니다. 그 때문에 나보다 강하고 유식하 다고 생각되는 사람들과의 관계에 자신이 없었습니다. 하지만 알고 보면 그들도 실제로 나보다 강하지도 현명하지도 않았습 니다.

닥터 N　만약 그 주된 장애물이 자기 정체성에 관한 일이었다면, 그 런 변화가 생긴 현재의 자신에 대해서는 어떻게 생각합니까?

영　드디어 나는 꽃으로 만든 그네를 타고 상처와 고통의 심연을 건넜어요. 나는 이제 불필요하게 나의 에너지를 낭비하지 않 습니다. (침묵하다가) 육체적, 정신적 어려움은 스스로 갖게 되는 자기 정체성 때문이지요. 지난 1,000년 동안 수많은 환생을 거 듭하면서 나는 역경 속에서도 나를 발전시켜 왔습니다. 또 누 구도 나를 업신여기지 않도록 처신하여 왔습니다. 그리하여 이 제 그런 것을 성취하기 위해 무장할 필요를 느끼지 않게 되었 습니다.

닥터 N 당신을 돕는 원로들은 그렇게 긍정적이 된 당신의 자의식을 어떻게 생각합니까?

영 내가 그 어려운 시련을 이겨낸 것에 만족하고 있습니다. 많은 인생을 거치는 동안 겪어야 했던 역경 속에서도 굴하지 않고 진실한 자아를 지켜온 것을 말입니다. 인내와 근면함으로 나의 가능성을 높은 수준으로 올리게 된 것을 흡족하게 생각하고 있지요.

닥터 N 지구에 환생할 때마다 왜 그렇게 어렵게 살아야 했는지 그 이유를 알 수 있습니까?

영 나 스스로 불 속에서 단련되지 않고서 어떻게 다른 사람들을 가르칠 수 있겠습니까?

닥터 N 그렇군요. (피술자가 나의 말을 가로챈다. 앞에 내가 한 질문 때문에 마음속으로 떠오르는 것이 있는 것 같다.)

영 아! 놀라운 일이 있어요. 아, 나는 정말 행복해요.

이 순간 피술자는 기쁨의 눈물을 흘린다. 마음에 펼쳐지는 장면들에 감격과 기대에 차서 흘리는 눈물인 것 같다. 나는 휴지를 꺼내어주고 계속 진행했다.

닥터 N 계속하십시오. 그리고 무엇이 그렇게 놀라운지 말해주십시오.

영 (흥분해서) 졸업식 때입니다. 우리는 사원에 모여 있습니다. 나의 안내자 아루가 의회의 의장과 함께 와 있습니다. 지도하는 스승들과 학생들이 여러 곳에서 모여들고 있습니다.

닥터 N 조금 더 상세히 이야기해줄 수 있습니까? 몇 명의 스승과 학생들이 그곳에 있습니까?

영 (바쁘게) 아… 아마 열두 명쯤 되는 스승들과… 마흔 명 정도의 학생들이 모인 것 같습니다.

닥터 N 그중 몇 명이 당신의 기본 그룹에서 왔습니까?

영 (침묵) 세 명입니다. 다른 그룹에서도 자격을 갖추게 된 학생들이 와 있습니다. 하지만 그들 대부분이 초면입니다.

닥터 N 무엇인가 좀 주저하고 있는 것 같은데, 기본 그룹에 속하던 다른 영혼들은 어디에 있습니까?

영 (주저하며) 그들은 아직 자격을 갖추지 못했지요.

닥터 N 주위에 있는 영혼들의 주된 색상은 어떤 것입니까?

영 밝은색, 노란빛입니다. 아, 여기까지 오는 데 얼마나 오랜 시간이 걸렸는지 당신은 모를 거예요.

닥터 N 아마도 그렇겠지요. 어떻든 지금 진행되고 있는 것을 좀 설명해주십시오.

영 (깊이 숨을 쉰다.) 성년식 때처럼 모두 즐거운 분위기에 젖어 있어요. 우리들은 줄을 지어 떠가지요…. 그리고 나는 앞줄에 앉을 것입니다. 아루는 자랑스럽게 나를 바라보며 웃고 있지요. 몇 분의 스승들이 축사의 말을 합니다. 우리들이 얼마나 열심히 노력했는지 치사를 합니다. 그리고 우리들의 이름이 불립니다.

닥터 N 한 명씩 말입니까?

영 네… 나의 이름이 불리고 있습니다. 아이리…. 나는 내 이름이 적힌 두루마리를 받으러 떠갑니다.

닥터 N 그 두루마리에는 이름 이외에 또 무엇이 쓰여 있습니까?

영 (겸손하게) 그건 좀 사적인 것이지요. 가장 오랜 시간이 필요했던 성취에 관한 것, 그리고 내가 어떻게 그것을 성취했는가 하는 것이 적혀 있습니다.

닥터 N 그러니까 그것은 단순한 졸업장이 아니라 당신의 노력을 증언하는 기록이군요.

영 (부드럽게) 그런 셈이지요.

닥터 N 모든 영혼들이 모자를 쓰고 가운을 입고 있습니까?

영 (재빨리) 아닙니다. (그제야 웃으면서) 오… 알아요. 지금 나를 놀리고 있군요.

닥터 N 아마 조금…. 아이리, 식이 끝나고 나면 어떤 일을 하게 됩니까?

영 우리는 어우러져서 앞으로 하게 될 일들을 의논해요. 나는 나와 같은 전공을 수련한 영혼들과 만날 기회를 갖습니다. 우리들은 새로운 교실에서 다시 만나서 우리들이 배운 것과 능력을 마음껏 발휘할 것입니다.

닥터 N 아이리, 당신이 맡을 첫 임무는 어떤 것입니까?

영 아주 어린 영혼들을 양육하게 될 것입니다. 그 일은 마치 꽃씨를 심어 꽃을 피우는 일과 같습니다. 부드러움과 이해로 돌봐야 하지요.

닥터 N 그렇다면 그 어린 영혼들은 어디서 온다고 생각합니까?

영 (말이 없다가) 성스러운 알에서… 태내에서… 비단실처럼 풀려 나왔지요. 보모들이 돌보다 우리들에게로 데리고 옵니다. 그들을 돌보는 것은 참으로 신나는 일이지요. 우리들은 의욕과 책임감을 가지고 그 일을 합니다.

중간 레벨로의 진전

레벨 3 그룹에 다가가고 있는 영혼들을 시술하게 될 때, 그들이 왜 자기들이 원래 속하던 기본 그룹에서 주기적으로 떠났다 돌아오는 일을 되풀이하게 되는지 처음에 혼란스러워할 때가 있었다. 최면을 걸 때면 모든 사람들이 쉽게 마음으로 어떤 장면을 떠올리고 그것을 영혼 생활 전반에 관한 영화로 발전시키지 않는다. 최면을 거는 사람이 해야 되는 일은 느리게 진행하면서 자연스럽게 모든 장면이 떠오르게 하는 것이다. 자신이 속한 기본 그룹에서 완전히 떠나지 않았지만 떠날 준비를 하고 있는 어느 영혼은 이렇게 말했다.

"나는 가족들과 좀 멀어져가고 있는 것 같습니다. 전에 보지 못했던 새로운 영혼들을 주위에서 자주 보게 됩니다."

한 영혼과 그가 속하는 그룹과의 관계는 영원한 것이다. 어느 영혼이 그 기본 그룹을 떠나게 되더라도 그들은 결코 그 유대를 잃지 않는다. 기본 그룹에 속하는 영혼들은 태어날 때부터 함께 시작하여 수많은 환생을 겪으면서 늘 긴밀한 유대를 갖게 된다. 영혼들 중에는 5만 년 동안이나 기본 그룹과 함께 있다가 중간 레벨로 옮겨간 경우가 있는가 하면, 훨씬 적은 비율이 5,000년 이내에 그 수준에 도달한 경우도 있었다. 하지만 일단 레벨 3에 도달하면 영혼들은 좀 더 빠르게 성장하기 시작한다. 영혼들은 제각기 다른 재능을 발휘하면서 제 나름의 속도로 성장해간다. 나는 영혼이 휴가와 사교에 시간을 덜 쓰면, 일을 더 많이 하고 우주 의식의 힘에 공헌할 수 있는 특수한 기능을 연마하는 데 더 집중하게 된다는 것을 깨달았다.

레벨 3에 도달한 영혼들은 그 행동에 변화를 갖기 시작한다. 그들은 이제 행동 영역을 원래의 그룹에서 떨어진 곳으로 넓히기도 한다. 나아가는 영혼들은 이전에 알고 있던 모든 것을 무시하지 않는다. 다만 새롭게 하는 수련에 너무 열중한 나머지, 성취하는 데 온통 정신을 빼앗기고 있는 것이다. 그런 영혼들은 자신들이 할 수 있는 일들에 놀라워하며 더욱더 숙달되기를 바란다. 그들의 성장 단계가 레벨 4에 다가갈 무렵 그런 과도기가 끝나게 된다.

과도기를 거쳐가면서 최근에 레벨 3에 이른 영혼들은 그들이 이제 한 교실에만 가지 않는다는 사실을 알게 된다. 그들의 오랜 친구들도 그런 변화를 알지만 그들이 함께 배우던 교실에서 자리를 비우더라도 궁금해하지 않아야 된다는 것을 서로 이해하고 있는 듯하다. 나는 독자들이 케이스 32에서 보았던 영혼 라바니의 경우를 참고하길 바란다. 과도기에는 모든 영혼의 양상에서 보듯이 무한한 정성을 들여야 하기 때문에 느리게 진행된다. 전공 그룹의 지정은 여러 가지를 고려한 뒤에 비슷한 생각을 가진 영혼들로 이루어진다. 영혼의 전공 선택에 있어 내가 알고 있는 세 가지 기본적인 요소는 재능과 지난날의 업적, 그리고 개인적 소망이다. 내가 생각하기에 영계에 필요한 존재가 되는 것도 중요한 요소가 될 것 같으나 그런 것에 대한 정보는 들을 수 없었다.

영혼이 중간 레벨의 단련에 도달하면 회합 같은 것을 만들기도 할 것 같다. 하지만 내가 말하는 모임은 비밀 훈련 학교로 불리었던 중세의 길드 조직 같은 것이 아니다. 그런 모임은 까다롭고 비밀스러운 회원들만이 참석할 수 있는 조직체였다. 특수한 단련을 위해 선택된 영혼들의 경우, 사적인 요소가 없는 것은 아니었지만 엘리트 의식과 관여된 것은 아니었다. 포부를 지닌 신참자는 전문가들의 그룹에서 환영을 받았다.

좀 더 특수한 영혼들로 이루어진 그 모임은 처음에 느슨한 형태를 이루기도 한다. 나는 그들을 독립된 공부 그룹으로 정의를 내리고 싶다. 그들의 배움은 처음에 주기적으로 천천히 시작된다. 여러 가지 분야의 전문가들로 구성된 스승에게 배우게 되는데, 이때 스승들은 제자가 된 영혼들을 평가하는 기회를 갖는다. 적성에 맞지 않은 영혼들이 그 그룹을 떠나게 되면, 또 다른 유망한 후보자들이 빈자리를 채운다. 그런 특수 그룹의 관습은 오랜 세월을 두고 머무는 기본 그룹과 반대의 형상을 이룬다.

새로 만들어진 그룹의 멤버들이 주어진 과제를 잘 해나갈 수 있는 것을 알게 되면 가르침은 좀 더 치열해진다. 기본 그룹과 완전히 유대를 끊지 않은 초기 단계에서 영혼들은 원래의 안내자와의 관계를 유지하고 기본 그룹의 행사에도 참석한다. 독립된 공부 그룹에서는 영혼들이 그들의 문제를 스스로 해결하는 것에 중점을 둔다. 그런 경향은 그들이 레벨 4나 레벨 5의 능력을 갖추게 되면 더 현저해진다.

앞에 기록된 장들에서 몇 가지 영혼들의 전공에 대해 언급한 바 있다. 쉽게 설명하기 위해 꿈의 마스터, 잃어버린 영혼들을 되찾는 구제 마스터, 중립을 지키는 자, 에너지 복원 마스터, 아이들을 돌보는 영혼, 도서관 사서, 동물을 돌보는 영혼, 음악 감독, 그리고 게임 키퍼로 묘사했다. 하지만 어떤 전공은 겹치기도 하는 것 같다. 예를 들면 게임 키퍼는 여행을 하면서 가르치게 될 때 휴식과 여흥을 위한 새로운 장소를 발견할 수도 있고, 또 좀 더 진지하게 천체적 에너지 훈련을 하는 데 좋은 장소를 발견하는 탐험가 영혼이 될 수도 있다. 이 장에서 나는 영혼 전문가들의 예를 더 들게 될 것이다. 나는 독자들이 어떤 전문 분야가 자신들의 기호에 어울리는지 알게 될 거라고 믿는다.

장차 의회로 가서 원로의 의석에 앉을 영혼이 되는 특별한 길은 없는 것 같다. 많은 다른 분야의 전공을 배경으로 하는 영혼들이 원로가 되는 것 같다. 흔히 사람들은 스승-안내자들이 원로에 이르는 내면의 길을 알고 있을 거라고 여길 것이다. 물론 보통 생각으로는 안내자의 위치가 아주 높은 자리라고 여겨질 것이다. 하지만 나는 그런 생각은, 모든 영혼들이 안내자는 알고 있으나 다른 전공을 가진 앞서가는 영혼들을 만나보지 못했던 이유에 기인한다고 본다. 또 다른 전공이 영혼들에게 주어졌다 하더라도 피술자들이 그것을 설명할 수 없는 경우도 있을 것이다.

강연을 할 때 그런 전공에 관한 것이 화제가 되면 흔히 사람들은 모든 영혼들이 스승-안내자가 되기 위해 교육받으리라 생각했다고 말한다. 나도 연구를 처음 시작했을 무렵에는 그렇게 생각했다. 하지만 시일이 지나면서 가르친다는 것이 영계에서 으뜸가는 전공이기는 하지만 그렇다고 해서 모든 영혼들이 위대한 스승이 되는 것은 아니라는 것을 알게 되었다. 그럼에도 가르친다는 것은 영혼들에게 대단히 중요한 일이므로 나는 전에 언급한 적이 없는 이 분야에 관해 먼저 설명하겠다.

전공 분야

양육소의 선생들

나는 《영혼들의 여행》에서 신참 또는 고참 안내자들이 하는 일에 대해 언급한 적이 있다. 피술자들은 이 책에서 자신의 영혼을 통해 알게 된 그들과 안내자들의 역할에 대해서도 알려주었다. 그러나 선생이 되는 훈련을 받고 있는 앞서가는 영혼들에 대한 정보는 별로 듣지 못했다. 그들은 양육소의 선생이라든지 또는 아이들을 돌보는 영혼이라고 불린다. 왜냐하면 그들이 돌보는 어린 영혼들은 아직 환생을 경험해본 적이 없기 때문이다.

5장 케이스 26에서 나는 지구로 온 매우 어린 영혼이 한 말을 인용했다. 그는 어린 영혼이 창조된 후 바로 육체를 갖게 되는 환생의 세계로 보내지지 않는다고 했다. 지구는 어려운 훈련을 하는 곳이므로, 모든 영혼들은 실체가 없는 존재로 천체의 생활을 하면서 적응하는 시간의 여유를 갖게 되는 것이다. 그런 사실은 어느 영혼에게서 들은 다음과 같은 말로 잘 표현된다.

나는 매우 어릴 때 두 명의 친구들과 함께 처음으로 지구로 왔을 때를 기억합니다. 영혼으로서 우리들은 안내자와 함께 떠돌아다니면서 우리들의 수용력과 적응력을 알아보았습니다. 그때 우리는 이 천체의 자력 진동을 모아 우리의 것과 어울리게 하는 것을 배웠습니다. 우리는 지구에서 육체를 지니고 살게 되는 것이 어떤 것인지 알아야 할 필요가 있었습니다.

이것은 나의 생각이지만 피술자의 영혼들은 대부분 안내자가 되기 위한 지도를 받기를 원하는 것 같다. 자기들의 현재의 진보에 큰 영향을 미친 안내자들을 존경하고 본받고 싶어 하기 때문이다. 물론 영혼이 현재 원하는 것과 미래에 갖게 될 전공은 일치하지 않을 수도 있다. 스승은 유능한 전달자여야 한다. 하지만 어린 영혼을 잘 이끌 수 있는 숙달된 전달자라 할지라도 영혼이 깃들어 있는 육체가 지닌 에고와 융합하려는 영혼의 마음을 도울 능력이 없을 수도 있을 것이다.

매우 어린 영혼들을 위해 양육소에서 일하는 선생들 중에서도 많은 이유로 해서 일반 영혼들의 안내자가 되는 길을 선택하지 않는 경우도 있다. 어린 영혼들을 위해 일한다는 것은 강한 의욕을 가져야 되는 일이기도 하다. 왜냐하면 많은 어린 영혼들이 환생의 길로 가지 않고 부족한 것을 바로잡는 가르침을 받아야 하기 때문이다.

케이스 28은 선생들과 어린 영혼들의 영적 배경에 대해 언급한 것이다. 그것을 나는 케이스 55에서 좀 더 넓게 전개해볼까 한다. 앞서가는 영혼들을 대할 때 나는 조심스러워진다. 영혼의 색깔을 물어 알게 되는 것은 큰 도움이 되기도 한다. 케이스 55에서 만난 영혼은 그 능력이 레벨 4에 이른다. 그리고 세 명으로 구성된 그의 그룹의 영혼 색깔이 노랗고 파란 빛이라고 지금 막 이야기했다. 질문을 하나만 더 묻고 다음으로 옮겨가려 했을 때 생각지 않았던 새로운 상황이 전개되었다.

케이스 55

닥터 N 이 근처에서 보이는 색상은 그것뿐입니까?

영 아닙니다. 열한 명의 어린 영혼들이 있습니다. 그들은 흰빛을 띠고 우리 왼편에 한 덩어리로 모여 있습니다. 그들의 에너지는 작습니다. 짧은 에너지 무늬로 흩어져 있기도 하지요. 어린 영혼들은 원기가 왕성합니다.

이 시점에서 그는 매우 흥분되어 있었다. 영혼 중 한 명이 그의 현생의 아이라는 것을 알게 되었기 때문이다. 나는 그에게 그 순간을 즐기게 하고서 다시 질문을 시작했다.

닥터 N 열한 명의 영혼 중에서 빛의 강도가 다른 영혼이 있습니까?

영 별로 없습니다. 매우 순진하고 겁이 많은 어린 영혼은 희미한 빛을 띱니다. 하지만 지금 여기에는 그런 영혼이 없습니다.

닥터 N 그 열한 명의 어린 영혼들과는 어떤 관계가 있습니까?

영 다른 그룹에서 왔기 때문에 별로 잘 알지 못하는 두 동료의 도움으로 어린 영혼들을 가르치고 있습니다.

닥터N 처음으로 가르치게 되는 이 임무를 수행하기 위해 당신들 셋은 지구에서 같은 일을 하고 살았습니까?

영 글쎄요. 우리들은 지구에서 선생이었고, 성인(聖人)이었고, 치유사 같은 역할을 했지요. 그런 일을 하려면 감수성과 많은 인내심을 가져야 합니다. (잠깐 말이 없다가 생각난 듯이 말한다.) 아시다시피 선생들이 제자에게서도 배우는 것이 있지 않습니까?

닥터N 그것은 사실입니다. 지금 당신들과 어린 영혼들은 영계에서 어떠한 곳에 있는지 알려주십시오.

영 우리는 어린 영혼들을 가르치기 위해 중립적인 곳으로 보내졌습니다. 왜냐하면 보통 교실 근처에서 가르치면 금지해야 할 일이 너무나 많으니까요.

닥터N 지금은 어떤 일이 일어나고 있습니까?

영 (웃는다.) 윙윙 소리를 내며 온갖 방향으로 날고 있습니다. 뭘 배우기보다 서로 짓궂은 장난을 치기 바쁘지요. 하지만 그들이 환생을 하면 모든 것이 바뀌게 됩니다.

다음은 처음으로 환생을 시작하게 된 영혼들을 가르치는 여자와 영혼이 했던 말을 축약한 것이다.

나는 지금 일곱 명의 멍청이들을 돌보느라 바쁩니다. 그들은 인간으로 태어나면 건달이 되길 바라는 영혼들입니다. 그들은 영원히 아이로 머물고 싶어 하고 인생을 신중하게 생각지 않습니다. 지상적인 향락을 너무나 좋아하고 어려운 일은 전혀 하지 않으려 합니다. 그들의 주된 관심은 지구에서 살 때 아름답게 보이는 것입니다. 나의 선배 안내자인 울란트는 그들을 나에게 맡기고 떠났고, 나는 그를 자주 만날 수 없습니다. 내가 그들을 돌보는 방법이 매우 관대하다는 것을 나도 알고 있습니다. 나는 많은 사랑과 부드러움으로 그들을 돌보고 있습니다.

다른 선생들은 내가 너무 잘해주어 그들을 망친다고 합니다. 나는 잠재력을 가진 학생들에게 좌절감을 표현하고 엄하게 대하는 선생들을 압니다. 원로들의 의회는 나의 학습 방법에 흥미를 느끼고 있습니다. 그들은 어린 영혼들에게 정신적 질타를 하기보다 허용하는 제 수업 방법을 실험하고 싶어 합니다. 가르침에 대한 나의 개념에 따르면 이 아이들의 영혼이 일단 발전을 시작하면 좀 더 빨리 성숙함에 이르게 될 것으로 생각합니다. 왜냐하면 그들은 너무 어려운 공부나 너무 빠른 실패로 자신감이 흔들리는 일이 없었기 때문입니다.

윤리 전문가

나는 영계에서 윤리의 가르침은 독립되어 있는 것이 아니라 모든 가르침의 일부라고 오랫동안 생각해왔다. 다음에 소개하는 케이스는 디트로이트에서 온 27세 되는 청년에 관한 것이다. 그의 영혼은 레벨 5에 속하고 영혼의 이름은 앤더래도다. 처음 나는 그가 나를 만나러 오는 것을 만류했다. 나는 대체로 30세 이하의 사람들을 피술자로 받아들이지 않는다. 인생에 있어서 중요한 분기점을 겪을 나이가 되지 않았기 때문이다. 태어날 때 갖게 되는 기억상실도 아직 견고히 버티고 있을 때다. 또 최면요법을 할 때도 업의 길을 너무 일찍 알아서는 안 된다고 생각하는 그들의 안내자들 때문에 방해받을 가능성이 크다. 앤더래도는 예외의 경우였다. 나는 그가 나의 걱정을 뒤엎어주어 기뻤다.

앤더래도는 나에게 편지를 보내왔는데 거기에는 이렇게 쓰어 있었다. "저의 불멸한 신원을 알고 싶습니다. 저는 오랫동안 제 나이에 어울리지 않는 일들을 알고 능력을 발휘할 수 있다는 것을 느껴왔습니다."

나는 그러한 말을 적지 않은 젊은이들한테 들어왔으나, 시술이 끝난 뒤면 그들의 발전 단계가 다른 젊은이들과 아무런 차이가 없는 것으로 판명되었다. 하지만 이 피술자의 경우는 그렇지 않았다. 처음 앤더래도를 만났을 때 나는 그의 집중력과 민감함, 그리고 과묵함에 놀랐다. 그런 태도는 그 또래 나이의 젊은이들에게서 보기 힘든 현상이기도 했다.

시술이 진행되면서 나는 앤더래도가 처음으로 지구로 온 때가 바빌로니아 건국 무렵이라는 것을 알게 되었다. 내가 생각하기에 파란빛을 띤 영혼치고는 비교적 늦게 지구에 환생을 한 것 같았다. 그는 그의 첫 번째 환생이 어둡고 고요한 세계에서, 비록 감정은 없지만 지적인 생명체들이 종족으로서 죽어가고 있는 곳에서 시작되었다고 했다. 그곳은 이성과 논리에 충실한 세계였다. 이윽고 앤더래도는 좀 더 밝고 감성적으로 살 수 있는 곳으로 옮겨지기를 바랐고, 그래서 지구로 보내졌다고 했다.

영혼의 배움터에서 겪은 일들을 되돌아보는 동안, 나는 앤더래도가 어떤 세계의 지적 행동에 영향을 주는 천체적 자력 에너지에 흥미를 느끼고 있다는 것을 알았다. 그가 맡았던 마지막 과제는 작은 고양잇과 동물의 뇌세포를 만드는 것이었다. 앤더래도는 이렇게 설명했다.

"나는 격자 모양을 한 에너지를 화면에 올려서 행동과 반응의 양상을 조사합니다. 나는 12볼트 전지를 6볼트 체계에 연결시키지 않도록 조심해야 합니다."

나는 그가 설계 전문가가 되기 위한 공부를 하는 줄 알았다. 그러나 그것은 틀린 생각이었고 기대하지 않았던 사실을 알게 되었다.

케이스 56

닥터 N   앤더래도, 우리는 영계에서 학생들을 가르치는 당신의 일에 관해서 이야기했습니다. 또 당신은 하등생물이 사고하는 과정에 관한 당신의 에너지 창조 연구에 대해서도 설명했습니다. 그런 것을 알고 나니 당신이 교육이나 설계 계통의 전문가가 되는 길을 닦고 있다는 생각이 들기도 합니다만.

영   (웃는다.) 둘 다 틀렸습니다. 나는 윤리 전문가가 되는 훈련을 받고 있지요.

닥터 N   아, 그렇다면 앞에 말한 그 두 분야의 연구는 무엇 때문입니까?

영   그것들은 좀 더 유능한 윤리 전문가가 되기 위해 예비지식으로 거쳐가야 하는 것이지요. 지적인 존재의 도덕규범을 다루는 일에 저는 열정을 갖고 있습니다.

닥터 N 하지만 도덕과 가치, 그리고 모범적 행위는 가르치는 안내자들의 기본이 아닙니까?

영 그렇습니다. 하지만 객관적 가치를 위한 도덕적 원칙은 인간 발전을 위해 없어서는 안 되는 것이기 때문에 그 분야를 전공하기도 하지요. 모든 원로들의 의회에는 윤리 전문가가 있습니다.

닥터 N 왜 당신은 지구로 오기 전에 다른 천체에서 그렇게 많은 시간을 보내야 했습니까?

영 다른 지적인 사회의 윤리에 대해 숙달하는 것도 좋은 공부와 훈련이 됩니다.

닥터 N 그렇군요. 앤더래도, 영계에서 당신이 소명에 따라 일을 하게 되었을 때 지구에서 온 몇 명의 영혼들을 가르치게 되었습니까?

영 처음에는 두 명 정도였지요.

닥터 N 그렇게 가르치게 된 영혼들은 매우 어린 영혼 같은 생각이 드는데요?

영 네, 그랬습니다. 하지만 지금은 열여덟 명의 중간 레벨의 영혼들을 지도하고 있습니다.

닥터 N 당신은 아직도 지구로 환생하는 수양을 끝내지 못하고 있는데, 어찌하여 레벨 3의 영혼들을 지도하게 되었습니까?

영 그런 사정이 바로 지금 하는 일을 하게 된 동기입니다. 나는 다루기 어렵고 발전이 덜 된 영혼들을 지도하는 경험이 부족합니다. 그래서 아직 어려운 케이스는 나에게 배당되지 않습니다. 내가 좀 더 성숙한 영혼들을 담당하여 도울 수 있는 것은 내가 바로 얼마 전에 그들과 같은 입장에 있었기 때문이지요.

닥터 N 당신은 가르치는 학생들이 영계에 있을 때나 지구에 있을 때 모두 가르치게 됩니까?

영 (확고하게) 그들이 지구에 환생하고 있을 때는 제가 하지 않습니다. 그때의 일은 그들의 안내자의 특권이니까요. 나는 그들이 영계에 있을 때만 가르칩니다.

닥터 N 인간 사회에서 윤리가 어떤 역할을 한다고 생각합니까?

영 무엇보다 먼저 생각하여야 할 것은 인간들이 도덕적인 행위에서 멀어져가면서 자신의 그릇된 행위를 쉽게 합리화한다는 것입니다.

닥터 N 일반적으로 사람들이 독단적이어서 개별적인 성공이 중요하다고 결론을 내린다는 뜻인가요?

영 그렇습니다. 그리고 그런 점 때문에 사람들은 결국 모든 인류가 구제받는다는 보편구제설에 반대하는 것이지요.

닥터 N 인간들의 태도에서 보게 되는 지나친 개인주의와 보편구제설의 대립을 해결할 수 있는 방법이 있을까요?

영 더 나은 세상을 만들기 위해 노력하다 보면 결국 나와 다른 사람들에 대한 편협함이 사라질 게예요. 그러나 개인적 지위와 엘리트주의의 욕구는 행복과 동일시되어 갈등만을 불러올 뿐이죠.

닥터 N 당신은 인간 사회의 딜레마가 개인적인 행복을 위한 욕구와 그런 개인적 욕망을 인류의 고난 완화를 위한 일보다 앞세우는 데서 오는 갈등 때문이라고 생각하는 건가요?

영 이 지구에서는 이기적인 것에서 오는 딜레마가 가장 많습니다.

닥터 N 조금 더 자세히 설명해줄 수 없겠습니까? 인간은 그 본성에 있어 평등주의자가 못 되고 자비심이 없다는 말인가요?

영 보통 사람들은 그런 딜레마를 갖고 있습니다. 그중 적지 않는 사람들이 자기중심적인 것이 문제가 된다고 생각지 않지만 말입니다. 그런 점이 지구로 오는 영혼들에게 커다란 시련의 과제가 되기도 하지요. 그 때문에 내가 이곳에서 일하는 데에 많은 어려움이 있는 것이고요. 지구에서 도덕이나 윤리에 관해 배우는 일은, 생존을 위해 욕심을 부리는 본성을 가진 몸에 영혼이 깃들어 있어야 한다는 것입니다. 그런 사람들에게 곤경에 처해 있는 다른 사람들의 일들은 이차적인 것이지요.

닥터 N 영혼의 양심에 연결되어 있는 인간의 천성적인 선함을 인정하지 않는단 말입니까?

영 물론 그 선함을 인정하지요. 그런 선한 요소를 발전시켜서 지상에서 일어나는 어려움을 자연스럽게 대응하게 하는 것이 나의 주된 일입니다.

닥터 N 지구에서는 자립을 위한 욕구가 타인에 대한 배려와 대치되는 것입니까?

영 만약 인간들이 영혼의 옳은 마음을 자신의 중추적인 힘으로 만들 수 있다면, 개인적 이상이나 가치가 사회 전체를 위한 행복을 가져올 수도 있지요.

닥터 N 당신이 가르치는 제자들이 지구로 환생할 때, 가장 도움이 되는 충고는 어떤 것입니까?

영 (웃는다.) 그들은 경주하는 말 같기도 하지요. 그래서 나는 그들에게 인내심을 갖고 천천히 하라고 충고합니다. 인간의 몸을 조종하는 에너지는 조심스레 분배되어야 하지요. 그들은 지금 윤리적 행위의 세밀한 균형을 배우는 단계에 이르고 있습니다. 그들이 지구같이 인구 밀도가 높은 곳에 가서 자신의 능력을 잃지 않으려면 너무 주위에 동화되지 말아야 합니다.

　

그 피술자의 영혼과 대화를 끝낸 뒤 나는 원시적인 근원에서 시작된 인간의 감각 체계가 지나치게 발달했다고 믿는 생물학자가 몇 명이나 될 것인가 하고 생각했다. 공격적이거나 회피하는 행위는 석기시대부터 인간의 생존을 위한 방법으로 채택되었다. 인간 진화의 과정에서 우리는 아직도 우리들의 육체를 완벽하게 조종할 수 있는 뇌를 갖지 못했다. 감정적인 충격이 심할 때면 우리는 이성을 잃기 쉽다. 융은 이렇게 말했다.

"이성과 비이성은 짝을 이루고 있어 건강한 사람들은 그 속에서 가치 기준을 깨달아야 할 것이다. 대부분의 인간들은 많은 어리석은 잘못을 저지르다 죽을 때가 가까워지면 좀 더 현명해진다."

되풀이되는 환생의 의미는 언젠가 우리들이 생산적인 인생을 일찍 영위할 수 있도록 하는 데 있다. 그것을 추구해야 하는데도 불구하고, 인간은 에고의 노예가 되어 자신에게 좋은 것이 타인에게도 좋다는 것을 잊고 만다. 유감스럽게도 철학자 칸트가 한 말은 옳았다.

"만약 우리가 신성한 원천에서 창조된 영혼의 불멸성을 믿는다면 그 것은 도덕적 행위를 포함되지 않은 자유의지를 전제로 한다."

지구는 윤리를 전공하는 영혼들을 많이 필요로 한다. 일부 사람들의 행동이 나쁜 결과를 초래하는 이유는 미숙한 영혼이 혼란스러운 인간의 뇌와 공존해서라고 한다. 그러한 조건 때문에 올바른 선택을 하려는 인간들의 자유의지가 더욱 억제되었던 것이다. 나는 영계에 있는 영혼들이 그러한 주장을 육체를 입은 상태에서 감정을 조절하지 못한 것에 대한 변명으로 삼지 않는다는 것을 설명하려고 했다.

우리 모두의 발전을 위하는 길은 현재의 자신보다 더 나아가기 위한 진화의 과정과 더불어 있는 것이다. 우리들을 지도하는 안내자들도 그들이 현재의 상태에 이르기 전에는 우리들과 같은 입장에 있다. 우리의 영혼은 많은 육체 속에 깃들었지만 그 모든 생애는 불완전했다. 한 생애밖에 존재할 수 없는 육체에 연연하기보다 영혼 자체의 진보에 관심을 집중시키고 영혼의 힘에 의지하여야 할 것이다. 그렇게 함으로 다른 사람과 연결되는 능력이 향상될 것이다. 그리고 언젠가는 영혼 앤더래도가 언급했던 도덕관의 딜레마를 극복할 수 있게 될 것이다.

화합하게 하는 영혼들

이 전공은 많은 분파로 나누어진 영혼 그룹을 폭넓게 아우르고 있다.

하지만 많은 영혼들과의 대화를 통해 나는 모든 영혼의 전공이 어떤 연관성을 지니고 서로 의존하고 있다는 것을 알게 되었다.

일반적으로 화합하게 하는 영혼들은 인간으로 태어날 때 여러 방면으로 통신하는 역할을 맡는다. 그들이 영계로 돌아오면 지구상에서 망가진 에너지를 복원시켜 주는 역할을 한다는 사실을 이야기한 영혼이 있었다. 화합하게 하는 영혼들이 환생을 하면, 정치가나 예언자, 영감을 전달하는 전도사, 교섭가, 예술가, 음악가, 작가로서 활동을 하게 된다. 전형적으로 그들은 인간관계에 관한 행사가 있을 때 에너지의 균형을 이루는 일을 하게 된다. 그들은 세계적인 일들이 벌어질 때, 무대 뒤에서 공적으로나 사적으로 그런 일에 참여하기도 한다. 그런 영혼들은 개별적인 치유를 도모하는 전통적인 방법으로 일하는 치유사라고 말할 수 없다. 왜냐하면 화합을 돕는 영혼들은 부정적인 에너지를 무산시키는 큰 규모의 일에 종사하기 때문이다.

첫 번째 책《영혼들의 여행》에서 나는 어떤 현자들에 관해 언급한 적이 있다. 그들은 매우 앞서가는 영혼들인데, 스스로의 발전을 위해 환생을 계속할 필요가 없어도 지구로 오는 영혼들이다. 그들은 뛰어난 언어학자들이며 사람들의 심금을 울리는 능력을 가진 영혼들이라는 말을 들었다. 그런 현자들이 지구로 오는 것은 그들이 육신을 지니고 직접적으로 인류에게 도움을 베풀어야 하기 때문이다. 그들은 아무 일에나 함부로 참견하지 않으며 군중들의 관심도 끌려 하지 않는다. 내가 들은 바에 의하면 지구에 와 있는 현자들의 수는 많지 않다고 한다. 우리 사이에 있는 그런 현자들은 이 세상에서 일어나는 일들을 적극적으로 관찰하고, 특별한 관심을 기울일 필요가 있는 인간사에 관해 보고를 한다고 했다. 그러한 이유 때문에 나는 그들을 화합을 돕는 영혼들로 분류하는 것이다.

피술자들의 영혼들은 현자들이 영계에 있는 또 하나의 화합을 돕는 그룹인, 감시자라고 불리는 그룹과도 연관을 갖고 있음을 알고 있다. 감시자에 속하는 영혼들은 환생을 하지 않고 여러 곳에서 지구나 또 다른 천체의 상태에 관한 정보를 보고받는다. 나는 그들에 관한 소중한 정보를 조금 갖고 있을 따름이다. 내가 알게 된 사실들은 화합을 돕는 영혼으로 훈련을 받고 있는 영혼들에게서 들은 것이다. 추측하자면, 감시자는 화합을 돕는 영혼들에게 도움이 되는 정보를 보내 지구를 파괴하는 사회적, 물질적 영향력을 완화시키는 것 같다. 다음은 화합을 돕는 영혼이 되는 훈련을 받고 있는, 레벨 5에 속한 영혼 래리언의 사례.

케이스 57

닥터 N 래리언, 화합을 전공하는 그룹에서 어떤 일을 하고 있는지 설명해줄 수 있습니까?

영 나는 초보자에 불과합니다. 하지만 질문에 응하도록 노력해보겠습니다. 나는 지금 사람들을 위해 지구의 파괴된 에너지를 조화시키는 것을 배우고 있습니다.

닥터 N 강풍이나 불, 지진 같은 지구의 물리적 요소에 관한 것 말입니까?

영 내 친구가 그런 분야의 일을 맡고 있습니다만, 그 분야는 나의 전공이 아닙니다.

닥터 N 그렇군요. 그렇다면 당신이 하는 일에 관한 것을 알기 전에 친구가 배우고 있는 일이 어떤 것인지 설명해주십시오.

영 천체를 복구시키는 영혼들은 자연적으로 발생한 물리적 힘이 일으키는 많은 양의 부정적인 에너지를 삭감시키는 일을 합니다.

닥터 N 그렇다면 왜 영계에 있는 힘은 애초부터 그런 자연적인 재해가 지구에서 일어나지 않도록 방지해서 사람들로 하여금 깊은 비탄을 느끼지 않도록 도와주지 않는 것입니까?

영 (머리를 흔든다.) 그렇게 된다면 그 모든 것은 지상 생활의 한 조건으로 의도된 자연적 재해가 되지 않을 것입니다. 천체적인 조화를 이루려는 영혼들은 그런 힘을 방해하려 들지 않습니다. 만약 그들이 그런 능력을 지니고 있다 해도 그렇지는 않을 거라고 생각합니다만.

닥터 N 그렇다면 그들이 하는 일은 어떤 것입니까?

영 혼돈에 빠져 있는 곳에 일관된 에너지의 씨를 뿌리는 것이지요. 부정적인 힘이 널리 퍼져 있는 것을 중화시키기 위해서 말입니다. 그들은 인류의 회복을 위해 극성과 자력의 힘으로 일을 하지요. (웃는다.) 우리는 그들을 진공청소기라고 부릅니다.

닥터 N 그렇다면 래리언, 그런 일들 중에서 당신이 하는 일은 어떤 것입니까?

영 나는 사람들이 직접 일으킨 재난에 도움이 되는 일을 하고 싶습니다.

닥터 N 당신이 속하는 부서에서 훈련받고 있는 영혼은 몇이나 됩
니까?

영 네 명입니다.

닥터 N 당신이나 함께 일하는 영혼들은 전쟁을 끝낼 계획을 갖고
있습니까?

영 (당황해서) 당신은 내가 설명하려는 것을 잘 이해하고 있는 것
같지 않군요. 우리들이 배우는 것은 사람들에게 괴로움을 겪게
하는 인간들의 마음을 다루는 것이 아닙니다.

닥터 N 왜 그런 일은 하지 않습니까? 화합을 돕는 영혼으로서 당신
들은 히틀러 같은 사이코패스가 선동하는 파괴를 그냥 내버려
둔다는 말입니까?

영 사이코패스의 정신은 이성에 닫혀 있지요. 나는 세계에서 일어
나는 일들에 영향을 미칠 침착한 두뇌들이 긍정적인 에너지를
보유할 수 있도록 도울 것입니다.

닥터 N 그렇게 하는 것은 원인과 결과, 자유의지, 자연적으로 발생
되는 카르마의 영향을 좌우하는 일이 아닙니까?

영 (잠시 말이 없다가) 그 상태는 이미 인과응보의 시작일 수 있습니
다. 우리들은 적절한 사람들에게 긍정적인 에너지의 전파를 보
내어 좀 더 합리적인 생각을 갖도록 하지요. 우리는 결심을 고
무하지 않습니다. 다만 대화를 위해 조용한 분위기를 제공할
따름입니다.

닥터 N 래리언, 내가 보건대 당신은 경계선 앞에 서서 형세를 관망하고 있는 사람 같군요.

영 그렇다면 당신은 아직도 나를 이해하지 못하고 있는 것입니다. 현재 내가 하고 있는 일을 더 설명하면 이해할 수 있을지 모르겠습니다. 나는 나의 에너지 광선을 지구에서 매일 일어나는 부정적인 에너지에 방사하고 재정리하는 것을 배우고 있지요. 그것은 마치 저 아래로 펼쳐진 들판을 비옥하게 하기 위하여 댐의 수문을 열어서 필요한 물을 보급하는 것과 같은 것입니다.

닥터 N 아직 완벽하게 이해된 것 같지는 않지만 계속 설명해주십시오.

영 (인내를 가지고) 나는 내가 속한 작은 그룹의 멤버들과 함께 커다란 돔으로 연습을 하러 갑니다. 알렛이 우리들을 기다리고 있지요. 그녀는 우리들을 가르치는 선생입니다. 대단히 앞서나가는 영혼이기 때문에 우리들이 잘못하면 당장 알아차립니다. 그곳에서 우리들은 진동의 부조화를 이겨내는 기술을 배웁니다. 그리하여 언젠가 지구에 존재하는 파괴적인 에너지 덩어리를 제거할 수 있게 될 것입니다.

닥터 N 돔에서는 어떤 일이 일어납니까?

영 많은 사람들 속에서 일어나는 생각들의 고르지 못한 파장을 그대로 모방한 특정 진동과 간격에 기하학적 기초를 제공해줍니다. 그런 현상은 우리들의 공부를 위해 의도적으로 만들어지는 것이지요. 우리들은 그런 현상을 교정하게 됩니다.

닥터 N 조화로운 생각의 표현을 발전시키기 위해서 말입니까?

영 네, 생각과 전달이지요. 우리는 또한 말소리를 연구해서 그 의미를 분석합니다. 부정적인 생각이 아닌 것이면 모두 연구하게 되지요. 우리는 스스로를 도우려는 사람들을 도와주려 합니다. 하지만 직접적인 관여는 아니지요.

닥터 N 그렇다면 래리언, 당신이 화합을 돕는 영혼으로서 숙달되면 어떠한 힘을 지니게 됩니까?

영 우리는 싸움에 환멸을 느끼게 된 군중에게 회복을 위한 에너지를 보내는 일을 합니다. 화합을 돕는 영혼들의 음률은 지구로 향한 회랑을 통해 좀 더 좋은 일이 있을 거라고 속삭입니다. 우리는 희망을 전달하는 심부름꾼입니다.

몇몇의 화합을 돕는 영혼들의 설명을 들은 뒤, 나는 우리가 지구라고 부르는 이 혼돈의 연구실을 설계한 영혼의 스승들이 일을 시작하고 나서 그냥 떠나지는 않았다고 믿게 되었다. 우리의 생존을 염려하고 돌보는 더 우월한 존재가 우리를 지켜보고 있다. 솔직히 말하면, 나는 오랫동안 그런 사실을 믿지 않았다. 화합을 돕는 영혼들과 대화를 나눌 때면 그들이 한결같이 하는 이야기가 있다. 그들은 할 수 있는 한 인간들이 스스로를 도울 수 있는 수단을 제공하려 한다. 하지만 그들은 인간의 양심이 아니고, 인간의 자유의지를 제지하려고 하지도 않는다.

인간은 창조되어 지구로 보내졌다. 어려운 환경 속에 살면서 지적인 삶의 테두리 속에서 문제를 해결해야 하는 임무가 있다. 그런 사명에는 괴로움도 따르지만 적지 않은 아름다움과 희망도 있는 것이다. 우리는 일상생활을 영위하면서 그런 균형을 깨달아야 할 것이다. 중국의 옛날 격언에 이런 말이 있다.

"우리는 불행을 줄줄이 늘어놓고 딱하게 생각하지만, 축복은 별로 생각 없이 받아들인다."

설계의 명장들

이 전공 분야 역시 다방면으로 작용을 하지만 내 생각에는 주된 두 분야의 영혼들이 이 분야에 속하는 것 같다. 지구물리학적인 환경 속에서 구조적인 것을 설계하는 영혼들과 그 속에서 사는 생물을 창조하는 영혼들이다. 나의 제한된 경험에 의하면, 설계의 명장이 될 영혼들은 물리학적 우주에서 일하게 되는 것 같다. 그리고 별들 속에서 생성된 지 얼마 안 되어 아직도 냉각 기간에 있는 아무것도 살지 않는 천체에서 일을 한다. 또 생명을 창조하는 영혼들은 새로운 생명체가 진화를 거듭하는 곳에서 일하게 되는 것 같다.

먼저 구조적인 것을 설계하기 위해 수련하고 있는 영혼들이 하는 일을 살펴보겠다. 그 영혼들은 천체의 지질을 설계하는 데 쓰일 에너지의 사용법을 배우고 있었다. 나의 생각에 그 영혼들은 지형학을 전공하는 건축가로서, 천체의 표면층을 형성하는 성분을 연구하고 있는 것 같았다. 예컨대 산이나, 물, 공기나 기후 같은 것을 취급하는 것이다. 구조적인 것을 연구하는 영혼들은 조경이나 나무들, 생물들에 정성을 바치는 영혼들과 함께 일을 하지만, 그들이 하는 일은 설계의 다른 부문에 속한다. 구조적인 설계에 종사하는 영혼들은 영계에서 일을 하게 될 때, 자기들이 인생을 살 때 잘 알았던 물건들을 만드는 것으로 일을 시작한다.

케이스 58

닥터 N 원래 당신이 속하던 그룹에는 몇 명의 영혼들이 있었습니까?

영 처음에는 스물한 명이었지요. 이제는 모두 헤어지게 되었지만.

닥터 N 그렇다면 이제는 원래 속하던 그룹의 동료들과 자주 만나지 않는다는 말입니까?

영 (깊이 생각하는 태도로) 아닙니다. 그렇지는 않습니다. 다만 우리들은 뿔뿔이 흩어지게 된 것입니다. 대부분의 동료들은 이제 함께 일을 하지 않습니다. (표정이 밝아지며) 하지만 옛 친구들을 이따금 만나곤 하지요.

닥터 N 옛 그룹의 동료들 중에서 함께 일하게 된 영혼이 있습니까?

영 세 명 있었습니다만 이제는 둘밖에 남지 않았습니다.

닥터 N 새로 가게 된 그룹에는 몇 명의 동료가 있습니까?

영 여덟 명 있습니다. 또 한 명 온다는 말을 들었습니다.

닥터 N 나는 당신의 노력의 결과로 오는 그 변화가 어떤 것인지 알고 싶습니다. 원래 속하던 그룹에서 떠나야 했던 느낌은 어떠했습니까?

영 (한참 말이 없다가) 글쎄요. 처음에 다른 안내자가 우리의 수련장에 참여하는 것을 보게 되었습니다. 우리는 그의 이름이 바타 크라는 것을 알게 되었지요. 그는 우리의 안내자인 아이로의 초대로 와서 한참 동안 우리를 관찰했습니다.

닥터 N 바타크는 아무 때나 와서 당신들이 수련하고 있는 것을 관찰했습니까?

영 아닙니다. 그는 구조에 관한 공부를 할 때만 왔습니다.

닥터 N 그렇다면, 그때 당신이 하던 구조를 위한 공부는 어떤 것이었습니까?

영 아, 아시지 않습니까? 구조적인 배합을 위해 에너지를 쓰는 것 말입니다. 나는 실용적인 디자인을 좋아합니다.

닥터 N 알겠습니다. 그럼 그 문제는 뒤에 더 이야기하기로 하고, 바타크가 원래 당신이 속하던 그룹을 방문할 때면 수련에 참가하기도 했습니까?

영 아닙니다. 그는 다만 방관자에 불과했습니다. 그는 우리가 구조를 공부할 때 침착하게 지켜보았습니다. 이따금 그는 우리가 하고 있는 일이 어떻게 진행되고 있는지, 또 적성에 맞는지 묻곤 했지요.

닥터 N 지금 당신이 바타크에 대해 느끼는 것과 또 그가 당신을 대하는 태도에 대해 말해주십시오.

영 나는 그를 쉽게 받아들일 수 있었습니다. 내가 진실로 우리가 하는 일을 즐기고 있다는 것을 그가 알아차린 것 같습니다.

닥터 N 바타크와 당신 사이에는 어떤 일이 있었습니까?

영 얼마 안 되어 (세 번 이상의 환생을 겪은 뒤) 몇몇 동료들과 함께 그가 새로 만들고 있는 그룹으로 갔지요. 그때 나는 하이안스가 함께 가기를 바랐던 기억이 있습니다. 함께 있기를 바랐거든요.

닥터 N 하이안스는 당신에게 있어 소중한 사람입니까?

영 네, 그렇습니다. 나의 영혼의 짝이지요.

닥터 N 그렇다면 그녀는 새로운 그룹으로 당신과 함께 갔습니까?

영 아닙니다. 하이안스는 구조적인 과제에 치우쳐 있던 그 그룹을 좋아하지 않았습니다. 그래서 새로 만들어지고 있던 다른 그룹으로 갔습니다.

닥터 N 하이안스가 당신이 속한 새 그룹을 마다한 이유는 무엇이었습니까?

영 이렇게 설명하는 것이 좋겠군요. 나는 에너지를 깎아 조형을 하는 것을 즐깁니다. 건축 자재로 쓰이는 기하학적인 물체와 설계도의 관계를 실험해보는 것을 좋아하지요.

닥터 N 그렇다면 하이안스는 어떻습니까?

영 (자랑스럽게) 하이안스는 인생을 살 때 즐길 수 있는 아름다운 환경을 설계하는 것을 좋아합니다. 그녀는 조경을 잘합니다. 내가 산맥을 만들려고 하는 동안, 그녀는 그 산에서 자랄 풀이나 나무들을 생각하고 있지요.

닥터 N 잠깐만요. 알고 싶은 것이 있는데요. 그래서 당신은 바로 물리적 세계로 가서 산을 만들게 되는 것입니까? 하이안스의 경우는 나무같이 살아 있는 것을 만드는 데 집중하고요?

영 아닙니다. 우리는 이제 막 형성되고 있는 물리적 세계를 위해 일을 하게 됩니다. 앞으로 산이 될 지질학적 힘을 작동하게 하는 것이지요. 내가 하는 구조적 과제에는 생명이 필요하지 않습니다. 또 하이안스는 생명이 있는 세계에서 성장한 나무들로 이루어진 숲을 창조하지 않습니다. 그녀와 함께 일하는 영혼들은 앞으로 그들이 원하는 나무로 자랄 세포를 설계합니다.

닥터 N 그렇다면 하이안스의 그룹과 당신이 속하는 그룹이 떨어져 있다는 말입니까?

영 (깊은 한숨을 쉬며) 아닙니다. 그녀가 속하는 그룹은 근처에 있습니다.

닥터 N 새로 만들어진 그룹에 속하는 느낌은 어떠합니까?

영 옛 그룹에 속하는 동료들과 영원히 헤어지는 일이란 없을 것입니다. 우리는 많은 것에 있어 서로를 보충하게 됩니다. 수천 년 동안을 우리는 서로를 도왔지요. 하지만 이제 새로운 영혼들과 어울리는 것은 좀 이상하기도 합니다. 우리 그룹에 있는 새로운 동료들은 모두 그런 느낌을 옛 그룹에 가지고 있습니다. 우리는 모두 다른 배경과 경험을 지녔습니다. 익숙하게 될 때까지 시간이 좀 걸릴 것 같습니다.

닥터 N 새로운 그룹의 멤버들 사이에 경쟁이 일어난다고 말할 수 있겠습니까?

영 (웃는다.) 아닙니다. 그렇지 않습니다…. 우리는 모두 서로를 돕고 공헌하려는 같은 뜻을 지니고 있지요. 서로 놀리고 농담하는 옛 그룹의 풍습은 이제 거의 다 사라졌습니다. 모든 영혼들이 신중해졌지요. 우리 모두는 제각각 재능을 가지고 있습니다. 각자의 이상과 방법에 따라 하는 일이 있습니다. 우리는 이제 바타크가 우리를 통합시키는 것을 보게 됩니다. 우리는 서로의 능력을 지켜보는 것을 배우고 있습니다. 새로운 그룹에 속하는 것은 명예로운 일입니다. 하지만 우리는 모두 아직도 약점을 지니고 있지요.

닥터 N 당신의 약점은 무엇입니까?

영 나는 나의 힘을 시험하는 것을 두렵게 생각하고 있습니다. 나는 편안한 장소에서 일하기를 좋아합니다. 그런 곳에서는 무엇인가 완벽한 것을 설계할 수 있으니까요. 하지만 새로 사귄 동료 한 명은 나와 반대되는 성향을 지니고 있습니다. 그는 천체에 관한 아주 훌륭한 것을 만들어내다가도 곧바로 어떠한 생물도 호흡을 할 수 없게 대기층을 엉망으로 만드는 것 같은 정신 나간 일을 벌이지요. 또 그는 자기의 능력으로 해결할 수 없는 복잡한 계획을 세워 엉망진창을 만들어버립니다.

닥터 N 수련장에서 구조학적인 설계를 어떻게 시작하는지 설명해 줄 수 있겠습니까?

영 첫째로 내가 원하는 것을 심상으로 떠올리지요. 마음속에서 그 모든 것을 조심스럽게 다루어 확실한 청사진을 만듭니다. 새로 참가하게 된 그룹에서는 큰 규모의 작업을 위해 적절한 에너지를 어떻게 사용해야 하는지 배우고 있지요. 이전의 안내자 아이로와 부분적인 일을 했지만, 바타크는 전체적으로 연결되는 모든 것을 합니다.

닥터 N 그래서 서로 연결되는 에너지의 요소가 당신의 작업에서 형태와 균형을 위해 중요한 것이겠군요.

영 물론이지요. 가벼운 에너지가 진행을 시작합니다. 하지만 설계에는 조화가 있어야 하지요. 그리고 실용적인 용도도 있어야 하고요.(큰 소리를 내면서 웃는다.)

닥터 N 왜 웃습니까?

영 하이안스와 함께 한 건축이 생각나서 그럽니다. 휴게 시간에 하이안스와 나는 서로 잘났다고 떠들어대고 있었지요. 그녀는 나에게 도전해왔어요. 어느 환생 때(중세 프랑스) 우리가 결혼했던 우아한 교회를 소규모로 지어보라고 했지요. 그때 나는 석공이었습니다.

닥터 N 그 도전을 받아들였습니까?

영 (여전히 웃으며) 네, 그녀가 나를 도와준다는 조건으로 받아들였지요.

닥터 N 그래도 괜찮습니까? 그녀는 구조 전문가가 아니잖습니까?

영 물론 아니지요. 하지만 하이안스는 그녀가 사랑했던 색유리와 조각을 재현하는 것에 동의했습니다. 그녀는 아름다운 것을 원했고 나는 실용적인 것을 원했지요. 하지만 엉망이 되었어요. 나는 처음에 평평한 에너지 광선을 이용하여 벽과 연결된 활 모양의 휘어진 통로를 잘 만들었습니다. 그러나 둥근 천장과 돔이 형편없게 만들어졌지요. 나는 바타크를 불러야 했고, 그가 와서 모든 것을 잘 마무리해주었습니다.

닥터 N (자주 하는 질문) 하지만 그 모든 것은 환상에 불과하지 않습니까?

영 (웃으면서) 그렇게 생각하십니까? 하지만 그 건물은 우리들이 원하는 만큼 오랫동안 그곳에 서 있을 겁니다.

닥터 N 그 뒤엔 어떻게 됩니까?

영 사라져버리지요.

닥터 N 천체 연구는 어떻게 되어가고 있습니까?

영 큰 천체 규모의 바위를 이루는 에너지 입자를 만드는 일에 참여하고 있지요.

닥터 N 지금 당신의 관심은 그 일에 집중되고 있습니까?

영 아닙니다. 나는 아직도 많은 소규모의 지형학적 모델을 가지고 물질의 모든 요소가 어떻게 전체적인 통합을 이루게 되는지 실험하고 있지요. 많은 실수를 저지르고 있지만, 나는 그 공부를 좋아합니다. 다만 너무 느리게 배우고 있지요.

영혼들이 물질을 취급하는 힘은 누가 주는 것인가? 내가 대화한 영혼들의 말에 따르면, 그들은 아직 완전히 발전되지 않은 가능성을 가지고 있으며 그런 가능성은 스승들에 의해 직접적으로 양성된다고 했다. 그리고 스승들이 갖게 되는 힘은 좀 더 높은 존재로부터 온다고 믿고 있었다. 하지만 보통 레벨에 속하는 영혼이라 할지라도 그 위대한 힘의 부분적인 양상을 드러내기도 한다.

나는 설계하는 영혼들에게서 들은 우주에 관한 토막 지식을 토대로 하여 창조에 대한 의문을 풀어보려 했다. 그리하여 얻어낸 결론은 지적인 에너지의 파동이 물질의 아원자 입자를 만들고 그 전파의 진동 주파수가 물질을 원하는 대로 작동시킨다는 것이었다. 천문학자들은 빈 공간을 팽창시키는 중력에 반하는, 우주의 전체 밀도에 가해지는 알 수 없는 형태의 에너지가 있다는 것을 신비하게 생각하고 있다. 나는 지적인 에너지 파동의 음악적 공명이 우주론에서 중요한 역할을 하고 있다고 보고한 적이 있다. 내가 대화를 나눈 많은 영혼들은 모든 고주파가 비율이 있고 균형이 잡힌 에너지 음과 관련되어 있다고 설명했다. 또 어떤 영혼은 그런 설계가 신축성 있는 문양으로 떠도는 기하학적 형태의 형성과 연관되어 있다고 말했다. 또 그런 것은 살아 있는 우주를 이루는 요소가 된다고 했다. 공간의 기하학은 케이스 44의 영혼과의 대화에서 예를 든 바가 있다.

설계의 명장들은 창조에 큰 영향을 미친다고 한다. 또 그들은 시작도 끝도 없는 같은 우주들을 연결시키는 능력을 가졌다는 말을 들었다. 헤아릴 수 없이 많은 환경 속에서 정확하게 자기들의 목적을 완수하면서 그런 일을 한다는 것이다. 논리적인 결론을 말하자면, 그런 명장들이나 더 높이 성취한 명장들은 우리 우주에 별들과 천체들 그리고 생명을 만들어내게 될 은하에서 선회하고 있는 가스 구름을 창조하는 능력까지 있다는 말이 되겠다.

우주에서 형성되는 모든 생명 있는 것과 없는 것은 더 높은 섭리에 의한 것이라고 생각한다. 그런 결과는 그들이 지닌 가벼운 에너지를 착안하고 설계하고 생물의 세포 구조와 분자를 완성된 형태로 원하는 물체에 작용시키는 영혼들에 의한 것이기도 하다. 앞에 언급했던 케이스에서 예술적인 설계 영혼인 하이안스는 완성된 나무가 적절한 것인지 알아보기 위해 크게 성장한 나무를 영계에 만들었다. 그리고 다시 씨를 심어 나무의 세포를 완성시키는 일을 했다. 이러한 방법은 유용하게 쓰이는 물체를 만드는 방법의 하나다. 나는 케이스 35에서 쥐를 만들고 변화시키는 방법에서 그러한 에너지 훈련의 사례를 들었다.

다음 케이스는 살아 있는 유기체에 관한 일을 하고 있는 영혼들의 이야기다. 여기에 언급하는 설계 영혼들은 영계의 생물학자이고 식물학자들이다. 그들은 지구권 밖에도 수십억 개의 행성에 외계 생명체가 있다고 말했다. 나는 다른 세계로 환생한 영혼들에 관한 기록을 많이 갖고 있다. 또 영계로 돌아간 뒤 공부와 휴가를 위해 여러 색다른 세계를 여행한 영혼들의 기록도 적지 않게 가지고 있다.

케이스 59

이 케이스는 칼라라는 이름을 가진 설계 영혼에 관한 좀 특별한 사례다. 시술실에서 대화를 진행하고 있을 때, 영혼 칼라는 최근에 담당하게 된 천체의 과제에 대한 이야기를 했다. 칼라가 하게 된 일은 진화적인 적응으로도 교정할 수 없는 환경 정화 방식에 관한 것이었다. 이 케이스에 관한 이야기를 듣기 전에 나는 영혼들이 현실에 존재하는 환경을 변경하기 위해 돌아오리라는 생각은 못 하고 있었다. 그것은 그들의 설계에 오류가 있음을 인정하는 것이기 때문이다. 잘 제어된 실험을 통해 현존하고 있는 생물을 분자화학적으로 개조하는 칼라의 경험은 나에게 새로운 공부였다.

영계에 있는 영혼들이 다른 세계에 있는 생명체를 대할 때의 경험을 말할 때, 나는 그 천체의 크기, 궤도, 연관되는 별과의 거리, 대기층의 구조, 중력, 지형도 등이 알고 싶어진다. 아마추어 천문학자로서의 나의 경력이 그런 소상한 것을 알고자 하는 동기가 되기도 했다. 하지만 대부분의 영혼들은 그런 질문을 꺼렸다. 그런 천문학적인 의문이 심란하고 부적절한 질문이라고 생각했다.

우주에는 1,000억 개에 달하는 은하가 존재한다. 그 은빛 나는 섬들은 몇 광년이나 가야 도달할 수 있는 머나먼 거리를 두고 떨어져 있고, 어두운 공간의 우주 바다를 항해하며, 헤아릴 수 없이 많은 태양과 생명을 부양하는 그 비슷한 천체를 지니고 있다. 그러나 그러한 천상에 관한 나의 지식은 피술자의 영혼들에게는 별로 의미가 없다. 그리고 그들이 말하는 세계는 지구의 사분면(四分面)에서 너무 떨어져 있어서, 나는 시술을 방해하기보다 그냥 넘어가는 경우가 많다.

칼라는 그녀가 속한 창조 설계 그룹이 지구와 가깝지 않은 천체로 갔다는 것을 설명하려 했다. 그녀는 그 천체의 이름을 재스피어라 불렀다. 그 천체는 연성(連星) 구조인데 근처에 있는 뜨거운 황색 별과 좀 더 먼 곳에 희미한 붉은빛을 띤 큰 별을 거느리고 있다 했다. 그녀는 재스피어가 지구보다 좀 더 크지만 바다는 작으며, 그곳의 기후는 아열대성이고 위성이 네 개 있다는 말을 하기도 했다. 좀 더 부추기고 격려하자 칼라는 지구 동물들과 유사점이 있는 이상한 생물에 관한 그녀의 연구에 대해 설명했다. 보통 다른 천체에 대한 경험을 가진 영혼들은 그들이 특권이라 생각하는 그런 경험에 대한 언급을 기피한다.

나는 이와 비슷한 말을 다른 연구에서도 한 적이 있다. 영혼들은 그들에게 전달된 사실을 함부로 알려서는 안 된다고 했다. 또 자기들이 살고 있는 현실의 세계에서 그런 사실들이 밝혀지지 않아야 한다는 말을 하기도 했다. 그런 태도는 익숙하지 않은 이방의 문화를 대할 때 더욱더 그랬다. 그들이 당신이나 나나 다 그런 것에 관해 알 필요가 없다는 말을 듣는 것은 안타까운 일이었다. 나는 칼라에게 그녀의 능력을 알게 되는 것은 서로를 위해 얼마나 소중한 일인지를 설명했다. 단지 호기심 때문에 그녀에게 그 모든 질문을 하는 것이 아니라고도 했다.

다른 천체 세계에 관한 정보를 말하지 않으려는 영혼들의 완고한 태도를 누그러뜨리는 또 다른 효과적인 방법은 이렇게 질문하는 것이다.

"당신의 마음을 사로잡았던 낯선 세계를 본 적이 있습니까?"

그런 질문은 일이나 휴식을 위해 여행을 하는 영혼들에게는 실토하지 않기 어려운 유혹이 될 수도 있다.

닥터 N 칼라, 당신이 말했던 재스피어에 관한 것을 좀 더 알고 싶은데요. 그러면 당신의 전공에 대해서도 잘 알게 될 것 같아서 말입니다. 재스피어에 관한 프로젝트가 어떻게 주어졌는지, 훈련 수업부터 시작해주면 좋겠습니다.

영 처음 여섯 명의 동료들이 선배님들(설계의 명장들)과 일을 시작했지요. 왕성하게 퍼져가는 식물들이 작은 육지 동물들의 식량을 위협했기 때문에 그 문제를 다루기 위해서입니다.

닥터 N 그러니까, 기본적으로 볼 때 재스피어의 문제는 환경 문제와 관련이 있군요?

영 그렇습니다. 그 굵은 줄기… 게걸스러운 포도 줄기 같은 덩굴이 너무 왕성하게 자라서 다른 식물들을 죽이고 있었지요. 그리하여 재스피어에는 작은 동물들이 먹을 풀이 자랄 곳이 없어지고 말았습니다.

닥터 N 그 동물들이 덩굴을 먹고살 수는 없었습니까?

영 없었지요. 그랬기 때문에 우리는 재스피어로 가야 했습니다.

닥터 N (너무 빠른 반응으로) 오, 덩굴을 없애기 위해서 그곳으로 갔단 말입니까?

영 아닙니다. 그 덩굴은 그 천체에 토착적인 것이라 그럴 수 없었습니다.

닥터 N 그렇다면 어떤 일을 하러 갔습니까?

영 덩굴을 먹어 없애는 동물을 만들려고 했지요. 그래서 다른 식물들을 못 자라게 하는 덩굴의 번식을 조절하고자 했습니다.

닥터 N 어떤 동물 말입니까?

영 (웃으면서) 리누쿨라라는 동물이지요.

닥터 N 재스피어 토착종이 아닌 동물로 어떻게 그런 일을 할 수 있었습니까?

영 그곳에 이미 존재하고 있던 네발짜리 동물에 돌연변이를 일으
켜 빨리 성장하게 하지요.

닥터 N 칼라, 당신들은 DNA 유전 정보를 바꿈으로서 한 동물을
다른 동물로 바꿀 수 있습니까?

영 나 혼자서는 그런 일을 할 수 없습니다. 하지만 같이 훈련받은
영혼들이 에너지를 합치면 돼요. 또 그 의무를 완수하기 위해
동행한 두 선배 영혼의 능숙한 도움으로 그 일을 해낼 수 있었
습니다.

닥터 N 당신들의 에너지로 자연도태를 방지하기 위해 한 조직체의
분자식을 바꾼다는 말입니까?

영 한 무리의 작은 동물들의 세포에 방사를 하지요. 이미 존재하
고 있던 작은 동물을 크게 돌연변이시켜서 생존력을 강하게 만
듭니다. 자연도태를 기다릴 여유가 없기 때문에 그 네발 가진
동물의 성장을 촉진하지요.

닥터 N 리누쿨라의 출현을 촉진하기 위해 돌연변이의 속도를 빠르
게 하는 것입니까, 아니면 그 동물의 성장을 촉진시키는 것입
니까?

영 그 두 방법을 다 합니다. 리누쿨라가 크게 자라기를 바라지요.
그리하여 한 세대가 끝나기 전에 변이가 일어나기를 바라는 겁
니다.

닥터 N 지구의 시간으로 계산하면 그런 변화는 몇 년이나 걸리게
됩니까?

영 오… 한 50년 정도 걸리지요…. 하지만 우리에게는 하루 정도로 느껴집니다.

닥터 N 리누쿨라로 변이한 작은 동물에게 어떤 일을 했습니까?

영 우리는 다리와 털이 난 몸뚱이는 그대로 두었지요. 물론 몸체는 크게 해서 말입니다.

닥터 N 그럼 완성된 형태를 설명해주십시오. 실제로 리누쿨라는 어떤 모습을 하고 있습니까?

영 (웃으면서) 입까지 길게 휘어진 코, 큰 입과 큰 턱… 거대한 이마… 그리고 발굽이 있는 네 다리로 걷습니다. 말만 한 크기의 동물이지요.

닥터 N 원래 있던 몸체의 털은 그대로 두었다고 하지 않았습니까?

영 네, 그렇습니다. 그 털은 리누쿨라의 몸체를 온통 뒤덮고 있지요. 붉은빛을 띤 긴 갈색 털이에요.

닥터 N 그 동물의 뇌는 어떻습니까? 말의 뇌보다 큰가요, 작은가요?

영 리누쿨라는 말보다는 영리합니다.

닥터 N 닥터 수의 아이들 책에 나오는 짐승 같군요.

영 (웃는다.) 그렇기 때문에 그 동물에 관해 이야기하는 것이 재미있지요.

닥터 N 리누쿨라는 재스피어에 변화를 가져왔습니까?

영 네, 그랬습니다. 원래의 몸체보다 몇 배나 커지고 또 다른 변화, 즉 턱이 커지고 체력이 강해졌기 때문에 그 동물들은 굵은 덩굴을 잘 먹어치웠지요. 리누쿨라는 유순한 데다 천적이 없고, 원래 그랬던 것처럼 게걸스러운 식성을 지닌 동물입니다. 선배 영혼들이 원한 동물이 바로 그런 것이었지요.

닥터 N 번식은 어떠했습니까? 리누쿨라는 빨리 번식하는 동물입니까?

영 아닙니다. 번식을 느리게 하는 동물입니다. 그래서 우리가 원하는 유전적인 성질을 설정한 뒤 꽤 많은 수의 리누쿨라를 만들어야 했지요.

닥터 N 그 실험이 어떻게 끝났는지 아십니까?

영 재스피어는 이제 좀 더 균형 잡힌 초식동물들의 세계가 되었습니다. 우리는 다른 동물들도 함께 번식하길 바랐지요. 그 덩굴은 이제 더 문제가 되지 않습니다.

닥터 N 언젠가는 재스피어에도 높은 지능을 가진 생물이 나타나도록 설계를 하고 있습니까? 그러기 위해 그 모든 일을 하는 것입니까?

영 (막연히) 아마 선배들이 그런 일을 생각하고 있는지도 모르지요. 하지만 그런 것을 나는 알 수 없습니다.

탐험가

영계로 돌아간 뒤 영계 밖에 있는 다른 환경에서 경험을 쌓는 영혼들을 탐험가 영혼들로 간주한다. 그들은 개별적인 발전을 위해 다른 세계에서 깊은 경험을 하는 영혼이거나 또는 단순히 휴가를 보내기 위해 여행하는 영혼들일 것이다. 내가 대화한 영혼 중에는 일시적인 직업 때문에 여행을 떠난 경우도 있었다. 훈련을 받고 있는 탐험가 영혼들은 우리가 속하는 우주 속에 있는 물리적 또는 정신적인 세계로 여행을 하고 또 다른 차원의 세계로 여행을 하기도 한다.

내가 들은 바에 따르면 탐험가 영혼들은 고도로 전문화되어 있고 환생을 하지 않은 존재이며, 경험이 부족한 영혼들의 훈련을 위한 적합한 장소를 찾고 언젠가는 그곳으로 데리고 가는 존재로 그려진다. 그들이 맡은 일은 정찰하는 것과 비슷하다.

아직도 지구에 환생을 하고 있는 영혼들이 영계에서 다른 곳으로 옮겨갈 때, 그 여행은 한 지점에서 다른 지점으로 바로 옮겨가고 도중에서 쉬는 일이 없었다. 피술자의 영혼들은 그들이 다른 곳으로 여행할 때 그 여행이 길다거나 짧다는 생각을 하지 않는다고 했다. 그런 점은 다음과 같은 영혼들의 이야기에서 설명될 것이다.

영계에서 물질계로 갈 때면, 문이 열리며 벽이 보이고 복도나 관 같은 것이 양쪽으로 소용돌이치며 스쳐가요. 그리고 또 하나의 대문 같은 문이 열리면서 목적지에 도달해요.

내가 다른 차원의 정신적 세계로 갈 때면 나는 TV 화면을 통해 순수한 생각으로 구성된 자장 영역으로 흐르는 정전기 조각 같아요. 빈 공간은 맥박이 치는 커다란 에너지의 장으로 구성되어 있어요. 나는 물질계로 갔을 때보다 영계에 있을 때 그 에너지의 힘을 더 느끼지요. 왜냐하면 쉽사리 통과하기 위해 우리의 공명 파장을 이미 존재하는 조건에 맞추어야 하기 때문이에요. 나는 길을 잃지 않기 위해 나의 에너지를 확실히 붙잡고 있어야 해요. 그런 여행은 즉석에서 일어나는 것이 아니지만 거의 그렇게 보이기도 해요.

내가 대화했던 대부분의 영혼들은 그렇게 다른 세계로 여행을 할 때 안내자들의 도움을 받았다. 또 그렇게 차원을 바꾸는 여행이 앞서가는 영혼들만 하는 것이 아니라는 것도 알게 되었다. 우리는 그러한 현상을 술래잡기 게임에서 이미 보았다. 그 게임에서 본 영혼들은 여행을 즐기고, 다른 환경에 도전하기를 좋아하며, 새로운 방법으로 자신을 표현하길 좋아하는 모험적인 영혼들이었다. 어떤 지적인 존재들이 모여 사는 곳은 밀도가 너무 높아서 마치 은이나 납으로 구성된 것 같다고 했다. 또 다른 영혼들은 크리스털 탑 속에 있는 번들거리는 유리 표면같이 보이는 영역에 대한 이야기도 했다. 그리고 여러 지적인 생활이 영위되고 있는, 불과 물과 얼음 혹은 가스로 이루어진 물질의 세계에 대해 언급하기도 했다. 탐험하는 영혼들이 가게 되는 그 모든 천체들은 옅은 파스텔 빛깔을 띠거나 어두웠지만 사람들이 대체로 연상하는 그런 어두운 분위기는 풍기지 않았다.

탐험가 영혼들은 여행을 할 때 다른 면에 관해 언급한 것만큼 빛과 어둠의 양극성을 강조하지 않는다. 그런 점은 불안정하거나 고요한 환경, 옅거나 짙은 밀도, 육체적이거나 정신적인 영역, 그리고 정화된 지성이나 거친 지성으로 표현되는 상태 같은 것에 대해서도 그러했다. 우주 의식이 다른 영역으로 여행을 하게 되는 영혼들은 그들의 에너지를 새로 가는 지역의 조건에 맞도록 결합하는 방법을 배워야 한다. 탐험하는 영혼들의 안내자는 의식을 높이기 위해 잠깐 동안 더 높은 차원의 세계로 영혼을 데리고 가기도 한다. 영혼들의 생각에 그러한 여행은 그리 길지 않게 여겨질 것이다. 이는 어린 영혼들에게 부담을 주지 않기 위한 것일지도 모른다.

앞 장에서 언급한 영계의 휴가에서 영혼들이 때때로 일을 하는 휴가를 즐긴다고 말했다. 그런 방문은 주로 물리적 세계로 가는 것이며, 지구의 시간으로 계산할 때 며칠에서 몇백 년에 이르기도 한다. 영계로 돌아간 영혼들의 휴가에 관한 이야기를 통해 나는 다른 세계에 대한 많은 정보를 얻게 되었다. 영혼들은 다음 사례에서 보듯이 휴가를 위한 여행에 관해서는 스스럼없이 많은 정보를 제공했다.

케이스 60

닥터 N 영계에서 당신이 속한 영혼 그룹 동료들과 함께 카르마에 따른 수련을 하지 않을 때면 주로 어떤 일을 합니까?

영 글쎄요… 나는 여행을 합니다만…. 아… 좀 사적인 것이지요. 그 일에 관해선 별로 말하고 싶지 않은데요.

닥터 N 말하고 싶지 않는 일을 강요하여 당신을 불편하게 만들고 싶지 않습니다. (잠시 말이 없다가) 하지만 이런 것은 물어도 괜찮겠지요? 영계에 있을 때 가게 된 다른 곳 중에 가장 즐거운 기억이 남아 있는 곳이 있는지 말입니다.

영   (크게 웃으며) 아, 있지요. 브루엘이지요.

닥터 N   (소리를 낮추어 말한다) 그곳은 당신이 환생하는 곳입니까?

영   아닙니다. 나는 영혼으로서 브루엘에 갑니다. 내 영혼을 소생시키기 위해서입니다. 그곳으로 가는 여행은 즐겁지요. 사람들이 없는 지구 같은 곳이니까요.

닥터 N   (확인하려는 말투로) 네, 그렇군요. 주로 휴양과 오락을 위해 그곳으로 가는군요. 지구에 비해 브루엘이 어떻게 조형되어 있는지 말해주십시오.

영   그곳은 지구보다 좀 작습니다. 또 춥기도 합니다. 태양이 더 먼 곳에 위치하고 있으니까요. 그곳에는 산이 있고 나무와 꽃, 맑은 물이 있지만 바다는 없지요.

닥터 N   누가 당신을 브루엘로 데리고 갑니까?

영   주무라는 이름을 가진 숙련된 조종사가 데리고 갑니다.

닥터 N   주무는 여행 전문의 탐험하는 영혼입니까, 아니면 당신의 안내자 같은 존재입니까?

영   주무는 탐험가가 분명합니다. 우리는 그를 조종사라고 부르지요. (잠깐 말이 없다.) 하지만 우리의 안내자도 원한다면 함께 갈 수 있습니다.

닥터 N   이제 잘 알겠습니다. 그런데 그곳으로 갈 때 혼자서 갑니까, 아니면 같은 그룹에 속하는 영혼 친구들과 함께 갑니까?

영   우리는 함께 갈 수도 있습니다. 하지만 조종사는 보통 다른 그룹에서 몇 명씩 데리고 오지요.

닥터 N 주무에 대한 느낌은 어떻습니까?

영 (좀 더 편한 태도로) 주무는 일상적인 활동에서 떠나 있는 우리에게 관광 가이드 노릇을 하는 것을 즐기지요. 그런 여행으로 우리가 좀 더 넓은 안목을 갖게 될 거라고 합니다.

닥터 N 참 재미있을 것 같군요. 왜 브루엘이 즐거운 곳인지 설명하고 싶겠군요. 그곳에 있는 동물에 관한 것부터 이야기하도록 할까요?

영 아… 그곳에는 물고기도 없고, 뱀도 없고, 개구리 같은 양서류도 없습니다.

닥터 N 왜 그런지 아십니까?

영 (약간 혼란스러운 듯이 말이 없다.) 나도 잘 모르겠습니다. 다만 그곳으로 가는 영혼들은 좀 특별한 육지 동물과 놀기를 좋아하지요. 그 동물은…. (말을 멈춘다.)

닥터 N (달래면서) 당신이 기억하는 동물입니까?

영 (웃는다.) 우리들이 가장 사랑하는… 아더입니다. 작은 곰과 고양이를 합친 모습을 하고 있지요. (양팔로 옆구리를 감싼다.) 아더는 멋집니다. 털이 많고, 껴안아주고 싶도록 귀엽고 사랑스러운 동물이지요. 우리들이 알던 동물과는 다릅니다.

닥터 N 무슨 의미죠?

영 아더가 대단히 현명하고 자애롭다는 말입니다.

닥터 N 인간과 비교하면 그들의 지능은 어떻습니까?

영　대답하기 좀 어려운 질문이군요. 그들의 지능이 인간보다 높거나 낮다고 말할 수 없어요. 단지 다를 뿐이죠.

닥터 N　어떤 점이 가장 다릅니까?

영　그들은 서로 싸우거나 경쟁할 일이 없습니다. 그렇기 때문에 우리가 이 평화로운 곳으로 오게 되었지요. 그들은 우리에게 더 나은 지구의 앞날에 대한 희망을 줍니다. 우리 모두가 힘을 합해 노력한다면 앞으로 지구가 어떻게 될 수 있는지 보여주는 것이지요.

닥터 N　당신과 친구들은 브루엘에서 어떻게 지냅니까?

영　우리는 그곳에서 그 어진 동물들과 함께 놀지요. 지구에서 온 휴양이 필요한 영혼들과 어떤 연관을 가지고 있는 것 같아요. 우리는 아더와의 상호작용을 위해 에너지를 사소한 방식으로 구체화합니다.

닥터 N　그 일에 관해 더 상세히 설명해줄 수 있습니까?

영　글쎄요… 우리는 투명한 인간의 형체가 그들을 껴안는다고 생각합니다. 우리가 그들의 마음으로 흘러들어요. 너무나도 진귀하고 미묘하게 말입니다. 그들은 그런 방식으로 지구같이 복잡한 물질계에서 살아온 우리를 치유해주는 것이지요. 아더는 인간의 몸으로 우리가 무엇을 할 수 있는지 알게 해주는 동물입니다.

휴양지의 배경 역시 그곳에서 만나는 동물의 속성만큼이나 휴양하러 온 영혼들을 돕는 중요한 요소다. 피술자들의 영혼은, 지구를 닮았지만 오염되지 않고 사람이 살지 않는 천체에 대해 감정이입을 하게 된다. 그들은 그런 곳을 자기들의 특별한 유원지로 생각한다. 하지만 나는 그 정신적인 세계로 가는 영혼들은 많이 만나지 못했다. 그런 현상은 자연스러운 것이다. 우리는 밝은 빛과 물질적 차원에 길들여져 있다. 다음은 오직 휴양만을 위해 간 천체에서 만난 동물과의 상호작용을 설명한 것이다.

우리는 여행자들과 함께 퀴글리가 있는 곳으로 가게 되었습니다. 그 동물은 사향쥐 정도의 크기에 살이 찌고 촉감이 폭신폭신했습니다. 이마는 만새기처럼 튀어나와 있고 크고 둥근 귀와 똑바로 뻗은 수염을 지니고 있었어요. 지능은 영리한 개와 비슷한 정도였습니다. 그들은 충성심이 강하고 우리를 사랑하는 행복한 동물들입니다. 그들이 사는 천체는 오래된 신비한 땅입니다. 부드러운 곡선을 이루고 있는 언덕과, 작고 섬세하게 생긴 나무들과 꽃이 융단처럼 깔려 있는 계곡이 있습니다. 여기에는 매우 밝고 커다란 호수가 있습니다. 우리는 완벽하게 평화로운 곳에서 쉬고 또 놀게 되지요.

만약 우리가 키 큰 거인인 꿈을 꾸거나 꼬마 요정 또는 물고기나 새였던 꿈을 꾼다면, 그런 꿈들은 다른 천체에 환생했던 무의식의 기억을 반영하는 것이다. 그러나 또 그런 꿈들은 영계로 돌아간 뒤 휴가로 방문했던 이국적인 세계에서 본 실체와 연결 지을 수도 있을 것이다. 이상한 동물들이 출현하는 신화의 내용도 알고 보면 그러한 기억에서 파생되었을 것이다. 또 하나 덧붙여야 하는 것은 많은 사람들이 꿈속에서 날 수 있었다는 것이다. 전생에서 날 수 있었던 동물이라서가 아니라 육체를 떠난 영혼으로서 떠돌아다녔던 경험이나 기억 때문일 것이다. 지상에 존재했던 영혼이 다른 형태의 생물체와 연관을 가졌던 공생적인 관계를 알기 위해 혼성 영혼이었던 어느 영혼의 사례를 참고로 들어보겠다. 독자들은 4장에서 혼성 영혼에 대해 이야기한 부분을 참고하길 바란다. 다음 인용문에서, 즐거웠던 추억을 말하면서 그 영혼은 짙은 향수를 느끼는 것 같았다. 때때로 혼성 영혼들은 영계로 돌아간 뒤 탐험가 영혼의 안내로 가게 된 곳이 처음 육체로 환생했던 세계와 비슷했다고 말했다.

영계에 있을 때면 나는 안투리움이라고 불리는 물의 세계를 찾아가곤 했습니다. 지구에서 살았던 어려운 경험 뒤에 그곳을 방문하면 편안함을 느낄 수 있었습니다. 안투리움은 아이슬란드만 한 단 하나의 땅덩어리로 이루어져 있었습니다. 나는 나처럼 물에 이끌리는 다른 영혼들과 함께 그곳으로 갔습니다. 우리를 그곳으로 데리고 간 탐험가 영혼은 그 지역을 잘 알고 있었습니다. 그곳에서 우리들은 고래를 닮은 크래텐과 합류했습니다. 그들은 텔레파시가 발달했으며 수명이 긴 족속이었는데, 우리가 가서 잠시 정신적으로 교감하는 것을 전혀 개의치 않았습니다. 때때로 그들은 어느 지점에 모여 다른 두 천체(안투리움 근처의 은하에 있는 별들)에 존재하는 지적인 수서 생물과 텔레파시로 교신을 했습니다. 내가 그곳을 사랑하게 된 것은 크래텐들과 서로 일치하고 조화되는 것을 느꼈기 때문입니다. 그런 느낌은 내 마음을 소생시키고, 내가 있었던 원래의 천체를 느끼게 하는 것이었습니다.

실제로 크래텐들은 그들의 통합된 생각의 신호로 다른 세계를 투사하는 능력을 지니고 있었다. 그들의 천체를 둘러싸고 있는 자력 에너지 벨트의 합류점을 알기 때문에 가능한 일이었다. 그 소용돌이 지역은 4장에서 설명한 지구의 레이라인(ley line)과 비슷하며 크래텐의 텔레파시 능력을 강화시키고 또 별들 간의 좀 더 나은 교신을 위해 작용한다. 이 사례와 많은 다른 사례를 통하여, 우주나 지구에 있는 모든 것은 영계로 오가는 생각의 파장과 연결되어 있다는 결론에 도달했다. 그런 사실은 지구 근처에 있는 다른 차원에 있어서도 같은 것이다. 물질의 모든 요소에 의한 지성의 복합적인 진보는 보편적인 의식의 계획에 기초한 질서와 방향의 교향악을 이루기도 한다.

앞 장에서 어떤 오락적인 게임이 탐험하는 영혼들을 단련시키는 수단으로 쓰인다고 설명했다. 그중에서도 더 숙달된 영혼들은 다른 차원으로 여행하기도 한다. 탐험 견습 중인 한 영혼은 이렇게 말했다.

"탐험가 영혼이 되려면 많은 현실적인 경험을 해야 한다는 말을 들었습니다. 물질적인 세계로 가는 여행에서 시작하여 정신적인 존재로 상승한 뒤, 다른 차원으로 여행을 하게 된다고 들었습니다."

독자들에게 차원 간의 삶을 소개하기 위해 나는 일본에서 온 좀 이상한 영혼의 사례를 들겠다. 그 영혼은 자기가 원래 다른 차원에서 왔다고 말했다. 그의 영혼의 이름은 카노였다.

케이스 61

카노는 오래전에 미국으로 학위를 완수하기 위해서 온 일본인 과학자였다. 현재 그는 연구실에서 일하는, 비교적 고립된 삶을 택한 사람이다. 그는 혼성 영혼들이 으레 그렇듯이 면역 체계가 약한 체질 때문에 고생하고 있었다. 혼성 영혼들은 인간의 몸에 익숙하지 못하다는 점과 또 너무나 많이 겪은 이방적인 체험 때문에 부정적인 영향을 많이 받은 영혼들이다. 앞에서도 말한 바와 같이 혼성 영혼들이 지구로 환생하기 전에 지녔던 에너지를 완전히 써버리기까지는 인간으로서의 수많은 환생을 거쳐야 한다.

나는 보통 하던 대로 그와 대화를 시작했다. 카노를 태어나기 전의 어머니의 자궁 속으로 되돌아가게 했다. 자궁은 퇴행치료사들이 피술자의 영혼과 대화를 시작하는 데 적절한 곳이기도 하다. 어머니의 자궁 속에서 그는 탄생에 대한 공포를 느끼고 있다고 말했다. 약 300년 전에 경험했던 인도에서의 인생 때문이었다. 나는 카노가 인도에서 죽을 때까지 퇴행을 계속한 뒤에 영계로 갔다. 그곳에서 카노가 그의 안내자 피누스를 만났을 때 한 대화부터 기록하겠다.

닥터 N 피누스는 무엇이라고 합니까?

영 그녀는 "잘 돌아왔군요. 그 경험이 마음에 들었습니까?" 하고 말합니다.

닥터 N 당신은 어떻게 대답했습니까?

영 그렇게 지독해야 했느냐고요.

닥터 N 그녀는 당신이 인도에서 살았던 인생에 내린 평가에 동의 했습니까?

영 피누스는 내가 자진해서 그런 인생을 택했다고 상기시켜 줍니 다. 나는 파괴적인 행성의 충격을 최대한으로 경험하고 싶었거 든요. 인도 빈민굴에서 가장 가난한 인생을 살았지요.

닥터 N 지구에서 처음 겪는 인생을 그렇게 고생하길 바랐습니까?

영 그 인생은 처참했고, 나는 그것을 어떻게 꾸려나가야 할지 몰 랐습니다. 아이가 없는 사람들이 내가 살고 있던 움막 주인에 게 돈을 주고 딸을 강제로 빼앗아갔을 때 나는 너무 절망하여 아무 일도 못 했습니다. (카노는 몸에 경련을 일으키면서 분노를 표출한 다.) 도대체 어떻게 되어 먹은 천체란 말인가! 사람들이 아이를 팔다니!

닥터 N (이 시점에서 나는 아직도 카노의 혼성 혈통을 모르고 옳지 않은 추측을 했다.) 지구로 온 새로운 영혼으로서는 매우 어려운 첫 환생을 한 것 같군요.

영 누가 나더러 새로운 영혼이라 했습니까?

닥터 N 미안합니다, 카노. 이번이 지구로 온 두 번째 환생이라고 해 서 그렇게 추측했을 따름이지요.

영 지구에 두 번째 온 것은 사실입니다. 하지만 나는 다른 차원에서 왔지요.

닥터 N (깜짝 놀라며) 오, 그렇다면 그 다른 차원에 대해서 어떤 이야기를 해줄 수 있습니까?

영 그곳에는 이 차원과 같은 물리적인 세계가 없습니다. 그곳에서 모든 환생은 정신적인 세계에서 이루어졌지요.

닥터 N 그 세계에서 당신은 어떤 모습을 하고 있었습니까?

영 나는 길게 늘어나서 흐르는 것 같은 몸을 하고 있었지요. 스펀지같이 뼈가 없는 구조 말입니다. 은빛 나는 투명한 형태를 하고 있었지요.

닥터 N 어떤 쪽의 성(性)을 택했습니까?

영 우리는 모두 양성을 지니고 있었습니다.

닥터 N 카노, 영계에서 당신들이 원래 있었던 차원으로 가는 것과 우리가 있는 이 우주로 오는 것의 차이를 설명해주십시오.

영 우리가 있었던 차원에서는 움직일 때 부드럽고 투명한 빛의 섬유를 통해서 가는 것 같았습니다. 당신들이 사는 우주로 오는 것은 두텁고 무거운 습기에 가득 찬 안개를 헤치며 오는 것 같았지요.

닥터 N 그러면 처음 지구로 왔을 때, 당신이 원래 있던 곳과는 어떻게 달랐습니까?

영 콘크리트를 발밑에 묶어놓은 것 같았습니다. 제일 먼저 느낀 것은 정신 세계에 비해 너무나 밀도가 높은 에너지에서 오는 무거운 무게였지요. (잠깐 말이 없다가) 무거울 뿐 아니라 거칠고 가혹했습니다. 나는 그랬던 인도의 경험 때문에 몹시 동요되었지요.

닥터 N 이제 좀 나아졌습니까? 좀 익숙해지는 것 같습니까?

영 (자신 없는 태도로) 어느 정도 그렇게 된 것 같아요. 하지만 아직도 별로 쉬운 편은 아니지요.

닥터 N 그런 점을 이해할 수 있을 것 같군요. 카노, 당신에게 있어 인간의 뇌의 어떤 점이 가장 견디기 어렵습니까?

영 (갑자기) 아, 그것은 충동적인 행동이지요. 잘 생각해보지 않고 육체적인 반응을 해버리는 것 말입니다. 잘못된 사람을 만나게 될 위험도 있지요… 배신 말입니다… 나는 그런 것을 견딜 수 없습니다.

닥터 N (카노는 이제 땀을 몹시 흘리고 있다. 다시 시작하기 전에 그를 조용히 쉬게 했다.) 당신이 있던 정신 세계에 대해 이야기해주십시오. 그곳은 어떻게 불립니까?

영 (침묵) 그 발음은 지금 나의 소리로 재생할 수 없습니다. (회상한다.) 우리는 온화한 정신적 물결 속에서 떠돌고 있습니다. 부드럽고… 놀이 같고… 지구와 너무나 다릅니다.

닥터 N 그렇다면 왜 지구로 왔습니까?

영 (깊은 한숨을 쉬며) 나는 탐험을 가르치는 스승이 되기 위해 수련을 받고 있습니다. 대부분의 동료들은 자신의 노력을 하나의 차원에 한정시키는 것으로 만족하지요. 하지만 나는 좀 더 넓은 경험을 원했기 때문에 피누스에게 완전히 다른 존재로 힘겨운 세상에서 더 넓은 경험을 하길 바란다고 했어요. 그녀는 어느 선배가 소개한 다른 차원의 세계가 있다고 했습니다. 힘차고 통찰력 있는 영혼들을 길러내는 곳으로 정평이 난 데가 있다고 말입니다. (큰 소리로 웃는다.) 만약 그 모든 시련을 견뎌낼 수 있다면 가라고 했는데, 그게 바로 지구였지요.

닥터 N 그때 다른 것을 선택할 수 있다고 느꼈습니까?

영 (어깨를 움츠린다.) 그런 상황에서 안내자들은 많은 선택권을 주지 않습니다. 피누스는 내가 지구에서 수련을 끝내면 그런 수련을 거절했던 동료들보다 훨씬 강해질 것이라고 했습니다. 또 지구가 흥미로운 곳일 거라고 해서 그 제의를 받아들였지요.

닥터 N 당신 친구 중에 함께 우리의 차원으로 온 분이 계십니까?

영 없습니다. 이곳을 선택한 영혼은 나 하나밖에 없었어요. 그리고 나는 다시 이곳으로 돌아오지 않으려고도 했습니다. 동료들은 내가 매우 용감하다고 생각하지요. 내가 만약 성공한다면 유능한 탐험가가 되리라는 것을 그들도 알고 있습니다.

닥터 N 카노, 이제 그 여행에 대해 좀 알아봅시다. 차원 사이를 여행하는 영혼으로서 당신은 우리가 속하는 물리적인 우주 주위에 한정된 수의 차원이 있다는 것을 알 것 같은데요.

영 (딱 잘라 말한다.) 그건 알 수 없습니다.

닥터 N (조심스럽게) 그렇다면 당신의 고향인 그 차원은 지구 근처에 있습니까?

영 아닙니다. 나는 다른 세 개의 차원을 지나서 이곳으로 왔습니다.

닥터 N 카노, 당신이 여행하면서 잘 알게 된 그 차원들을 지날 때 보이는 것을 설명해준다면 많은 도움이 되겠습니다.

영 처음 보이는 차원은 색깔들로 가득한 천체입니다. 빛의 난폭한 폭발, 소리와 에너지… 그 천체는 아직도 형성 중인 것 같습니다. 그다음에 있는 차원은 검은색을 띠고 있고 비어 있습니다. 우리는 그것을 쓰지 않은 천체라고 부릅니다. 그리고 다음에는 몹시 아름다운 차원이 있습니다. 그곳에는 물질과 정신의 세계가 공존하고, 온화한 감정, 부드러운 요소, 그리고 예민한 생각으로 조성되어 있습니다. 그 차원은 내가 원래 있던 차원이나 당신들이 속하는 우주보다 한층 뛰어난 곳입니다.

닥터 N 이제는 이곳도 당신이 속한 우주입니다. 카노, 세 개의 차원을 거쳐오는 그 여행에 오랜 시간이 필요합니까?

영 아닙니다. 아주 빨리 지나치게 됩니다. 공기의 입자가 여과기를 통과하듯이 말입니다.

닥터 N 영혼의 세계와 그 차원들이 어떻게 연결되어 있는지 구조적인 모양을 설명해줄 수 있습니까? 당신은 그 차원들을 천체라고 했습니다. 그 시점에서 시작해주십시오.

영 (한참 동안 말이 없다가) 자세히 설명할 수는 없습니다. 모든 것은 영계를 중심으로 원을 이루고 있습니다. 우주들은 제각기 사슬로 연결된 천체처럼 보입니다.

닥터 N (정보를 더 얻으려다 뜻을 이루지 못하고서) 지금 우리의 우주에서는 어떻게 지내고 있습니까?

영 (이마를 손으로 부비며) 좀 나아졌지요. 나는 이제 나의 에너지를 일정하게 긍정적인 흐름으로 내보내는 법을 배우고 있어요. 보유량을 많이 줄이지 않고 말입니다. 사람들을 오래 떠나 있는 것이 도움이 됩니다. 몇 번의 환생을 더 거듭하고 나면 확실히 발전되어 있을 것으로 기대합니다만 나는 지구에서 할 일을 마무리할 수 있기를 고대하고 있습니다.

탐험가 영혼에 관한 이야기를 끝내기 전에, 그런 수련에는 지적인 에너지의 조직에 관한 훈련이 포함된다는 것을 덧붙이고 싶다. 나는 정신 세계에서 활동하고 있는 그런 에너지의 소유자들을 좀 더 많이 만나지 못하는 것을 안타깝게 생각한다. 하지만 물리적 속성을 지닌 정신적 세계를 경험한 영혼들한테서 약간의 정보를 얻을 수 있었다. 다음은 그 내용을 요약한 것이다.

우리는 동화를 배우기 위해 화산 가스의 세계인 크리온을 방문합니다. 그곳은 외면적으로는 물리적 속성을 지닌 정신적 세계입니다. 우리들이 속하는 탐험가 그룹은 둥글고 작은 액체 에너지 덩어리가 되어 가스 같은 것으로 이루어진 바다를 떠돌게 됩니다. 우리는 변형이 가능하며 아주 작은 존재로 모양과 형태를 바꿀 수 있습니다. 그 작은 존재는 순수한 생각을 중심으로 삼고 있지요. 그곳은 지구와 달리 절대적인 진동의 균일성이 있습니다.

차원 사이를 여행하는 영혼들은 그들의 움직임이 구부러진 천체를 들락날락하는 것 같다고 했다. 그 천체는 어떤 구역과 연결되어 있었는데 그곳은 한 점에 모이는 고른 진동으로 열렸다 닫혔다 했다. 탐험가가 되려고 수련하는 영혼들은 그런 기술을 배워야 된다고 했다. 또한 영혼들은 등산가들이 산맥 사이에 있는 오솔길을 알아야 하듯이, 우주들이 연결되는 구역의 표면 경계에 대해서도 알아야 된다고 했다.

영혼들은 복합 공간에서 점이나 선 그리고 표면이라는 표현을 쓴다. 그것은 물리적 우주에서는 더 큰 구조적 견고성을 의미하는 것이다. 내 생각에 기하학적으로 설계된 차원에는 그것들을 유지할 초공간이 있어야 될 것 같다. 하지만 탐험가 영혼들은 너무나 빨리 움직이기 때문에 어떤 초공간에서는 속도, 시간, 방향의 개념이 확정적이지 않은 듯하다. 탐험가로 수련을 받는다는 것은 만만치 않은 일인 것 같다.

9
운명의 링

미래의 삶을 보는 영사실

미래의 삶을 선택하는 장소는 고도로 농축된 역장을 지닌 에너지 스크린이 밝게 빛나는 링처럼 보인다. 영계의 도서관에 대하여 설명할 때 이미 말한 바와 같이, 환생을 선택하는 곳은 우리들이 다음에 태어날 육신을 처음으로 겪게 되는 운명의 링과 같다. 대부분의 영혼은 이 운명의 링을 돔으로 된 천장이 있는 둥그런 극장으로 묘사한다. 바닥에서 천장까지 뻗어 있는 파노라마 같은 스크린이 그늘진 관람석에 앉아 있는 영혼을 완전히 둘러싸고 있는 그런 곳이라고 한다.

어떤 영혼은 스크린이 두 면이나 세 면으로 펼쳐져 있고 관람자는 단 위에 앉거나 서서 본다고도 한다. 그런 관람대에서 영혼은 영계에 있는 어느 것보다 큰 스크린을 바라보거나 내려다보기도 한다. 운명의 링은 미래에 일어날 장면이나 사건들, 그리고 만나게 될 사람들을 보여준다.

어떤 영혼들은 그곳에서 유년기와 소년기, 성년일 때와 노년일 때의 모습을 보았다고 했다. 또 어떤 영혼들은 그 모든 것이 한꺼번에 나타나는 것을 보았다고 했다.

그런 영사실의 구조는 관람하는 영혼으로 하여금 도서관에서처럼 그저 관람하거나 또는 참여할 수 있도록 설계되어 있다. 배움의 센터에서보다 더 많은 영혼들이 여기에서는 직접 스크린 속으로 들어가 참여하는 것 같다. 영혼들은 육체로 태어나 겪게 될 인생의 단편을 경험함으로써 최종적 결정을 내린다. 그렇게 참여하거나 관람하는 일은 영혼 스스로 선택하게 되어 있다. 영계에서는 모든 작은 장치들이 그렇듯, 링에서도 동작을 모니터하는 제어판이나 레버시설이 있었다. 영혼들은 그런 과정을 '타임라인 스캔'이라 했다. 더 앞서가는 영혼들은 그들의 마음으로 눈앞에서 일어나고 있는 일들을 제어할 수 있다고 했다. 또 미래에 일어날 일들을 좀 더 상세히 검토하고 싶은 경우가 있으면 화면을 중지시켜 조종할 수 있다고 했다.

영혼들은 그들이 도서관에서보다 링에서 스크린을 더 쉽게 제어하며, 자기들에게 유리하도록 편집되었다고 느낄 것이다. 이것은 나의 느낌이지만, 영혼들이 링에서 자신의 미래를 볼 때 유년기의 인생을 훗날의 인생보다 더 많이 보는 것 같다. 내가 피술자들의 영혼을 대할 때 유년이 이미 끝난 다음이기 때문인지도 모른다. 새로운 인생을 관망하는 주된 시기는 8세에서 20세 사이다. 20세쯤 되면 인생에 있어서 처음으로 분기점이 나타나기 때문인 것 같다. 흔히 영혼들은 미래의 인생에서 어느 한 부분만 자세히 보이고 다른 부분은 아예 보이지 않는다고 했다. 영사를 조종하는 제어판은 여기서 그다지 소용이 없는 것 같았는데, 영혼들은 그런 점에 개의치 않았다. 이것은 나의 생각이지만, 인간으로 태어난 뒤 갖게 된 건망증 때문이기도 한 것 같았다. 49세 되는 어떤 피술자의 영혼은 이렇게 말했다.

"나는 현재의 육신이 4세, 16세, 그리고 28세인 때를 보았습니다. 하지만 그 후에 본 것은 기억하지 못하게 제지당하고 있는 것 같습니다."

스크린을 보고 있을 때, 그것은 물의 막처럼 밀려왔다가 썰물처럼 빠져나가게 된다. 어떤 여자의 영혼은 그런 경험을 이런 비유로 나타냈다.

영사가 시작되어 스크린이 살아나자 그것은 삼차원의 모습을 한 수중물탱크같이 보였습니다. 인생을 바라볼 때, 나는 깊이 숨을 들이마시고 물속으로 들어가는 것 같습니다. 사람들, 장소, 사건들, 그 모든 것들이 눈앞을 스쳐가지요. 그러다 수면으로 떠오르게 됩니다. 링에서 보았던 인생을 실제로 겪게 될 때, 그것은 물속에 있었던 시간을 반영하는 것입니다.

링에서 있었던 인생 선택의 경험과 육체 선택의 기억을 되살리는 것은 여러 면에서 퇴행치료에 도움이 되고, 내가 하던 임상적 작업에 많은 도움을 제공한다. 그러한 작업을 좀 더 이해하기 쉽게 독자들에게 설명함으로써, 윤회를 통해 우리들이 택하는 각 인생의 중요성을 강조하고 싶다.

이 장에서 마지막으로 또 하나의 영혼의 전공에 대해 언급하고 싶다.

그들은 시간을 관장하는 장인들이다. 사람들과 사건들이 과거와 현재, 미래의 일들을 관리하고 조종하는 영혼들이다. 타임 마스터로 불리는 그들은 대단히 기민한 전문가들로서, 링에서 일어나는 모든 일을 연출하는 것 같은 인상을 준다. 이 타임 마스터들은 안내자, 문서 관리자, 원로들같이 영혼들의 미래를 설계하는 일에 종사하는, 그 모든 앞서가는 영혼들의 일원이다.

피술자의 영혼들은 대다수가 링에서 타임 마스터를 본적이 없다고 했다. 어떤 영혼은 링에 영사 기사와 자기밖에 없었다고 말했다. 다른 영혼은 안내자와 함께 갔다는 말을 하기도 했다. 또 어떤 경우는 그들의 선택을 도와주는 유일한 지도자였던 원로와 함께 있었다고도 했다. 영혼들 스스로가 하는 일은 다음 환생을 위한 생각을 정돈하는 것이다. 우리의 안내자나 원로들은 그런 생각들을 순화하도록 도움의 손을 뻗는 것이다. 어떤 유형의 인간이 개개의 영혼들에게 가장 잘 어울리는지를 결정하는 데 도움을 주는 것이다. 하지만 그래도 미래의 인생을 선택하는 장소에 갔을 때, 우리는 선택된 것에 대해 준비되어 있지 않다. 보통 영혼은 그런 링에서 놀라움과 불안까지 느끼게 된다.

링에 있는 타임 마스터들은 무대 뒤에 머무는 존재들이기도 하다. 이따금 영혼들과 함께 링으로 가는 안내자들의 상담을 받을 뿐인 것 같다. 만약 그들의 존재가 눈에 뜨인다 하여도 스크린에 정신이 팔려 있는 영혼들은 관심을 두지 않는다. 그렇기 때문에 다음 사례는 정형적인 것은 아니다.

케이스 62

닥터 N 당신이 환생을 선택하는 공간으로 들어갔을 때 어떤 일이 일어나는지 설명해주십시오.

영 나의 안내자 폼과 만나러 오는 두 존재가 있습니다. 폼은 그들을 잘 알고 있는 것 같습니다.

닥터 N 인생을 선택하러 올 때마다 그들을 보게 됩니까?

영 아닙니다. 다만 다음에 겪을 인생이 특별히 어려울 때… 육체 선택이 힘들 때만 보게 되지요.

닥터 N 보통 때보다 많은 선택지가 있다는 것입니까? 혹은 좀 더 복잡한 육체들을 의미하는 것입니까?

영 음… 보통 나는 두어 개의 육체에서 선택을 하게 됩니다. 고르는 것이 더 쉬우니까요.

닥터 N 폼과 말을 나누고 있는 두 전문가의 이름을 아십니까?

영 (의자에서 몸부림을 친다.) 결코 알 수 없습니다. 그런 것은 함부로 내가 알 수 있는 일이 아니지요…. 그 타임 마스터들은 쉽게 친근감을 느낄 수 있는 대상이 아닙니다. 그 때문에 폼이 같이 와 있지요.

닥터 N 알겠습니다. 그렇다면 당신이 할 수 있는 대로 그 타임 마스터들에 관해 설명해주십시오.

영 (좀 더 긴장을 풀고서) 알겠습니다. 첫째로 그는 남성적인 외모에다 태도가 엄격합니다. 그는 내가 어떤 특정한 육체를 선택하기를 바라고 있습니다. 가장 유용하다고 보는 거죠. 그 육체는 미래의 인생에서 나에게 필요한 경험을 가장 많이 하게 해줄 수 있을 것입니다.

닥터 N 아… 하지만 이제까지 내가 들은 바에 의하면, 타임 마스터들은 조용하고 참견을 잘 하지 않는 것으로 알았는데요.

영 글쎄요. 사실 그렇기도 하지만, 선택을 할 때면 항상 계획하는 영혼들이 최상이라고 생각하는 육체가 있습니다. 그렇게 선택된 것이 특별한 관심을 끌게 되지요. (침묵하다가) 그것을 내가 처음 본다는 것을 모두가 알고 있습니다. 그들은 나의 선택이 성공적이고 좋은 결과를 가져오길 바라지요.

닥터 N 잘 알았습니다. 이제 두 번째 타임 마스터에 관해 말해주십시오.

영 (미소 짓는다.) 그녀는 여성스럽고 부드럽습니다…. 더 유연하고요. 그녀는 내가 그 속에서 즐거움을 느낄 수 있는 육체를 받아들일 것을 원합니다. 또 나에게 교훈을 배우는 데에는 아직도 충분한 시간이 있다고 말합니다. 나에게 도움을 주기 위해 둘 사이에 의도적인 병치가 있다고 느껴집니다.

닥터 N 고문할 때, 어르는 사람과 달래는 사람 같은 입장 말입니까?

영 (웃는다.) 네, 아마도 그런 것이겠지요. 내 양쪽으로 변호사가 있고, 품은 중립을 지키고 있습니다.

닥터 N 그러면 품은 일종의 심판관입니까?

영 음… 그렇지 않습니다. 내가 선택을 고심할 때 폼은 관대하지도 엄격하지도 않습니다. 육체의 선택은 내가 그 육체와 살아야 하기 때문에 나 혼자서 결정해야 하는 문제라는 것이 확실해졌지요. (갑자기 웃음을 터뜨린다.) 이런, 제가 실없는 소리를 했군요!

닥터 N 네, 그렇습니다. 우리는 우리가 선택한 인생을 잘 살아야 하지요. 다른 이야기를 하기 전에 지난 인생에서 당신은 어째서 그런 육체를 택해야 했는지 말해주십시오.

영 지난 인생에서 나는 여자의 몸으로 태어나 결혼한 지 2년 만에 죽어야 하는 어려운 길을 택했습니다. 그 생애에서 나의 남편은 전생에 지은 업보 때문에 깊이 사랑하는 사람을 잃는 상실감을 체험해야 했습니다.

닥터 N 그렇다면 그 특정한 육체는 젊어서 죽을 가능성이 많은데, 문제가 되는 것은 당신이 그런 육체를 택할 것인가 하는 것이군요.

영 네, 대략 그런 것 같습니다.

닥터 N 그렇다면 그 인생에서 젊은 여자로 죽게 된 환경에 대해 말해주십시오.

영 운명의 링에서 나는 텍사스주 애머릴로 근처에 있는 목장에서 짧은 시간 차이로 겪게 될 세 가지 죽음 가운데 하나를 선택할 수 있는 것을 알았습니다. 나는 술주정꾼들이 벌인 총싸움 때문에 유탄에 맞아 순식간에 죽게 될 수도 있었고, 또 말이 내동

댕이치는 바람에 말에서 떨어져 좀 더 서서히 죽게 되거나 강 물에 빠져 죽게 되는 것 중에서 선택해야 했지요.

닥터 N   어떻게 해서든지 살 수 있는 선택권은 없었습니까?

영   (말이 없다가) 아주 조금 있었지요. 하지만 그건 내가 그 육체를 선택하는 목적에 어울리지 않는 것이었지요.

닥터 N   어떤 목적이죠?

영   나의 영혼의 짝과 목장에서 부부가 되어 살기로 결심했어요. 왜냐하면 그에게는 사랑하는 사람을 일찍 잃는 교훈이 필요했으니까요. 그래서 나는 다른 육체 선택을 거부하고 그를 도우려 했습니다.

닥터 N   링에서 그 세 가지 길을 보게 되었을 때 어떤 생각을 했습니까?

영   물론 나는 총알을 선택했지요. 죽는 방식은 젊을 때 일찍 죽는다는 것에 비해 별로 문제가 되지 않는 일이었으니까요.

독자들은 아마 카르마의 법칙이 미래의 가능성이나 확률과 어떻게 이어져 있는지 궁금하게 생각할 것이다. 카르마는 우리들의 행위에만 기인하지 않는다. 그것은 내적인 것과도 관련이 있다. 생각이나 감정, 그리고 충동에도 연관되며, 그 모든 것이 원인과 결과로 이어진다. 카르마는 다른 사람들에게 바른 행동을 해야 하는 것 이상으로 그런 '의도'를 가져야 하는 것이다.

애머릴로 여인이 총에 맞을 가능성은 높았지만 그녀의 이른 죽음은 명시되어 있지 않았다. 여기서 변수로 작용하는 것은 그 특정한 육체에 깃들인 영혼의 유형이다. 짧은 인생을 살 것을 알면서 육체를 선택한 영혼이라 할지라도, 자유의지의 요소가 있을 수 있다는 것을 알아야 할 것이다. 나는 총싸움이 벌어졌던 술집 앞으로 난 길 저쪽에 서 있다가 잘못 날아온 총알에 맞아 죽은 그 여자도 100% 그런 운명을 감수하지 않아도 되었다는 것을 알게 되었다. 그날 애머릴로로 물건을 사러 가는 것을 그만둘 수도 있지 않았느냐고 물었을 때 영혼은 이렇게 대답했다.

"네, 그럴 수도 있었겠지요. 하지만 왠지 모르게 그곳으로 가야 한다는 느낌 때문에 가게 되었지요. 하지만 또 아무것도 모르면서 가지 않을 뻔하기도 했지요."

다른 영혼이라면 아무런 이유 없이 가지 않을 수도 있었을 것이다.

적절한 시기와 육체 선택

우리가 사는 물질적 우주 밖에서는 시간이 상관없지만, 우리는 자신이나 주위에 있는 모든 것이 매일매일 나이를 먹어가는 것을 보게 된다. 우리는 연대순으로 이어진 시간 속에서 끊임없이 늙어가는 태양 주위에 있는 한 천체에서 살고 있다. 생명의 순환은 시간의 움직임에 관여되고 또 우리가 사는 차원의 현실에서 보는 적절한 시기는 앞서가는 존재들의 영향 아래 이루어지고 있다. 그 선각자들은 윤회하는 영혼들에게 과거를 배우게 하고 또 미래를 바라보게 한다. 우리는 영계의 도서관이나 배움의 센터에서 우리가 전생에 미처 하지 못했던 것을 보고 '만약 그럴 수 있었다면' 하는 가능성의 결과도 보게 된다.

자유의지의 원칙 아래서, 지나간 일들은 그때 우리가 취했던 조치보다 더 필연적이 아닐 수도 있다. 운명은 어떤 상태가 특별한 방법으로 이루어져야 한다고 선포하지 않는다. 우리는 실에 매달려 조종되는 꼭두각시가 아니다. 우리의 우주에서, 과거가 끝나면 그 모든 사건들과 그에 관여되었던 사람들은 영원한 것이 되고 영원히 영계의 도서관에 보관된다. 영계에서는 연대적인 시간인 과거, 현재 그리고 미래는 현재의 시간으로 간주되는데, 인생을 선택하게 되는 링에서는 어떻게 미래의 시간이 처리되고 있을까?

5장 케이스 30에서 나는 평행우주에서 똑같이 일어나는 사건에 대해 가정했다. 이런 가설에 따르면, 물질적인 우주에서 지구 같은 천체는 같은 시기에 복제가 되고 빛에너지의 움직이는 입자 파상으로 같은 시간권 내에 동시에 존재할 수 있을 것이다. 우주는 같은 차원 안에서 평행하고 중첩된, 공존하는 현실로서 혹은 상상할 수 없는 어떤 방법으로 비슷할 수도 있을 것이다. 공간적인 배치에 관계없이 영계의 실제 현실로부터 시간과 사건들은 행로가 정해져 있고, 전진과 후진이 지구를 관리하는 영혼들에 의해 행해지게 된다. 내가 베이스 라인(base line)으로 부르는 주된 길은 링에서 검토를 통해 선택된 육체들이 겪게 될 미래의 일들에 대한 가능성을 뜻한다.

지나간 일들의 파동은 영계의 도서실에서 목격했듯이 아직도 지워지지 않고 존재한다. 하지만 만약 영계의 '현재' 시간 속에 현재와 미래가 있을 수 있다면, 과거는 변할 수 없는데 어떻게 미래가 변할 수 있을 것인가? 불가능한 역설이 아닌가? 양자역학에서는 빛의 입자가 어느 지점에서 사라졌다가 다른 지점에 즉시 나타난다고 했다. 만약 각각의 시간에서 일어나는 일들이 개연성과 가능성의 파동 같은 물결 속에 존재한다면, 지나간 일들은 영구성을 띠는 데 비해 미래의 일은 아직도 유동성이 있고 변화가 가능한 것이 아닐까? 나는 그렇다고 생각한다.

그러나 영혼들이 자기들의 인생 선택에 관해 하는 말을 오랜 세월을 통해 듣고 난 뒤, 나는 영혼들이 미래에 갖게 될 변화가 무한하게 많은 것은 아니라고 느꼈다. 영혼들이 선택할 인생이 무한할 필요는 없는 것 같다. 선택과 가능성은 다만 영혼들의 공부에 도움이 되는 것으로 족할 것이다. 예를 들어보면 케이스 29에서 에이미는 도서관에서 지난 인생을 회고할 때 양자택일의 선택 예정이었던 자살이 가능성의 기록에서 지워졌다고 말했다.

계획하는 영혼들은 우리들 인생에 있어 '만약 그랬다면' 하는 것을 돌본다. 아직 일어나지 않은 커다란 일들도 타임 마스터나 또 다른 앞서가는 영혼들에 의해 크게 벌어질지 그렇지 않을지 알게 된다. 영혼들은 링에서 미래의 일에 대한 적절한 시기를 알고자 하지 않는다. 다만 다른 선택을 했을 때의 육체가 그런 일과 관계되는지 알고자 할 뿐이다. 그러한 육체들은 대개 같은 시기에 태어난다. 고려 중인 육체들에 연관된 일들을 바라보는 것은 영화의 예고편을 보는 것과 같다.

타임 마스터들이 권하는 특정한 장면을 보게 될 때, 어떤 영혼들은 원하는 결말을 위해 사용할 수 있는 모든 수를 아직 모르는 체스 게임을 하는 것 같다고 했다. 일반적으로 영혼들은 미래 삶의 일부를 베이스 라인에서 보게 된다.

어떤 영혼은 그 라인을 링 라인(Ring line)이라고 말했다. 링 라인은 검토 중인 육체에 가장 잘 어울리는 코스를 제시한다. 환생을 준비하기 위해 그곳에 가 있는 영혼들은 체스 하나의 움직임이나 보고 있는 게임의 조그만 변화에 따라 모든 결과가 달라진다는 것을 알고 있다. 많은 경우 영혼들이 미래에 대한 소상한 것을 알지 못하게 하는 그 방법은 호기심을 일으키는 것이기도 했다. 영혼들은 언제 어떻게 변할지도 모르는 인생의 체스 게임에서 여러 방법으로 게임을 진행시킬 수 있다는 것을 알고 있다. 솔직히 말하면 대부분의 영혼들은 그런 점 때문에 그 게임에 이끌리기도 한다. 인생의 변화는 어떤 일을 하려는 영혼의 자유의지에 따르게 마련이다. 그것은 카르마의 법칙이기도 하다. 카르마는 기회이기도 하지만, 또 불굴의 정신과 노력을 필요로 한다. 왜냐하면 게임은 개인적인 승리에 따른 손실과 퇴보도 함께 불러오기 때문이다.

피술자들의 영혼이 말하는 링의 광경은 한결같다. 그들이 모두 본 것을 확인하는 것은 놀라운 일이다. 하지만 링에서 영혼들은 곧 다가올 인생에서 깃들일 육체를 보게 된다. 그러한 것은 영혼들이 보게 되는 인생을 명료하지 않게 만들기도 한다.

이러한 영계의 관행에서 힌트를 얻어, 나는 링을 제외하고는 퇴행치료를 적극적으로 진행하고 싶지 않다. 이따금 링 밖에서 논의 중인 다른 주제와 함께 어떤 영혼은 미래에 일어날 일, 예컨대 우주선을 탄 경험 같은 것이 스쳐 지나가는 것을 느끼게 된다. 그럴 때 나는 더 많은 정보를 얻으려고 하지 않는다. 게다가 그렇게 스쳐가는 미래의 존재는 의지할 수 없기도 하다. 이러한 사건에 이르는 역사의 타임라인에 기반한 수많은 새로운 상황과 결정으로 인해 실제로 때가 오면 변경될 수 있는 단 하나의 가능성만 볼 수 있기 때문이다.

링은 다가올 인생에 대해 서약을 하는 영혼들에게는 도움이 된다. 미래에 다가올 어떤 것을 볼 수 있다는 것은 그들에게 확신을 갖게도 한다. 하지만 어떤 회의적인 영혼은 어려운 인생을 받아들이기로 했을 때 용기를 잃게 될까 두려워서, 그러한 육체를 체험하기 위해 스크린 속으로 들어가는 것을 거부한다고 말하기도 했다. 좀 더 용감한 영혼들은 링을 어떤 일을 시작하기 전에 시험할 기회와 경험을 주는 것이라고 해석했다.

신랄한 예는 동성애자의 몸을 시험하는 사례였다. 게이나 레즈비언은 생물학적인 이유 때문에 그런 것이지 사회적인 영향이나 환경 때문이 아니다. 영혼들이 그런 육체를 선택하게 되는 것은 두 가지의 기본적인 이유 때문이다. 앞서 말한 바와 같이 레벨 1이나 레벨 2에 속하는 영혼들은 75% 가량이 같은 성을 택하게 된다. 남성이든 여성이든 어느 한쪽을 취하는 것이 편하기 때문이다. 나에게 오는 게이나 레즈비언 피술자들은 그들의 인생에서 성을 바꾸기 시작하고 있다. 그런 현상은 그들의 영혼이 발전을 이루고 있다는 표식이다. 게이나 레즈비언으로 선택을 하는 것은 어떤 특정한 인생에서의 변화에 영향을 미치는 수단이다. 따라서 그들이 지니는 현재의 성은 상대의 성을 지닌 육체보다 익숙하지 않을 수도 있다. 게이의 경우, 자신이 여자의 몸속에 있는 것같이 느끼기도 할 것이다.

둘째로 더 중요한 요인으로 게이나 레즈비언이 되기를 전생에 미리 결정을 할 경우는 그들이 의도적으로 차별 당하는 사회에서 존재하기를 선택했기 때문이다. 내가 만나는 동성애자 피술자들은 일반적으로 어리거나 경험이 부족한 영혼들이 아니다. 만약 그들이 군중 속으로 나간다면, 완고한 성 관념을 지닌 사회의 문화에 역류하길 결심했기 때문일 것이다. 그들은 자기를 존중하고 자기 정체성을 밝히기 위해 대중의 박해를 이겨나가야 할 것이다. 그러기 위해서는 대담함과 강한 결심이 필요하다. 그들을 링으로 유도했을 때, 나는 그러한 그들의 결심을 보았다.

사례를 들자면, 게이인 피술자 중에서 전생에 중국의 왕비였던 남자가 있었다. 그 호화로운 권력의 인생을 산 뒤 그는 오랜 세월이 지나 다시 환생했다. 자모나라고 하는 그 영혼은 황후였을 때 몹시 아름다운 여자의 몸에 깃들어 있었다고 했다. 그녀는 많은 보석으로 치장을 하고, 지위에 어울리는 호사스러운 생활을 하고 있었다. 마음에 드는 것은 무엇이든 취할 수 있는 생활이었지만 또한 궁중의 음모나 신하들의 아첨 때문에 누구도 믿을 수 없었던 삶이었다. 현실의 삶을 택하기 전에 링에서 그는 세 가지의 다른 육체 중에서 선택을 하게 되었다. 다음은 그가 현재의 육체를 택했던 이유다.

세 가지 선택 중에 두 사람은 여자였습니다. 그리고 한 사람은 남자였는데 내면은 여성적이라는 말을 들었습니다. 한 여자는 대단히 여윈 몸 때문에 거의 병자같이 보였습니다. 그 여자는 충실한 아내와 어머니 노릇을 하며 조용히 살게 될 것이었습니다. 또 한 명의 여자는 멋쟁이였으나 좀 문란하고 장차 사교계에서 말썽깨나 부릴 여자였습니다. 그녀는 또 감정적으로 냉담했습니다. 나는 그중에서 남자를 택했습니다. 그 이유는 내가 동성애 문제와 대결해야 하리라는 것을 알았기 때문입니다. 만약 내가 사회적 수치를 극복할 수 있다면, 황후로서 추앙받는 인생을 살았던 것을 상쇄시킬 수 있기 때문이었지요.

그런 선택은 육체 선택에 있어 흔히 볼 수 있는 사례에 속하는 것이기도 하다. 매력적인 사교계의 육체를 택했다면, 그 인생은 자기중심적이고 부러움을 사는 공적인 인물이었던 전생의 반복에 불과했을 것이다. 몸이 약한 가정주부의 선택도 옳지 못한 선택은 아니었을 것이었다. 그런 선택은 자모나가 가난한 환경 속에서 인생의 어려움을 겪으면서 겸손을 배우는 절충적 선택이 되었을 것이다. 하지만 그 경우도 후보자는 여자였는데, 자모나는 여자의 성을 택했던 긴 사이클에서 헤어나길 원하고 있었다.

자모나의 말에 의하면, 보통 여자들의 경우보다 경제적으로 안정된 생활은 하겠지만, 게이가 되는 선택은 가장 어려운 것이었다고 했다. 영혼들은 그런 선택을 할 때 지도를 받지 않지만, 앞서가는 영혼들은 그들이 여러 선택 중에 어려움을 겪지 않는 쪽으로 이끌릴 수 있다는 것을 알고 있다. 자모나는 그것이 사교계 여자의 인생을 택하는 경우임을 알고 있었다. 그는 가장 으뜸가는 후보였던 게이의 인생을 택하게 된 것이 강요된 것이 아니라 그중 제일 어려운 인생이었기 때문이라고 말했다.

"나는 게이의 인생을 살아가면서 많은 사람들에게서 멸시당하고 혐오당하는 대접을 받았습니다. 하지만 나는 그런 차별 대우를 경험해야 했습니다. 불안하고 상처받기 쉬운 인생을 체험해야 했지요."

육체의 선택에 있어 한 가지 주목한 것은 앞서가는 영혼들이 주어진 시간과 선택 안에서 현명한 결정을 내린다는 것이었다. 또 덜 진보한 영혼들도 그들의 발전을 돕는 데 가장 좋은 육체를 선택하는 것을 보았다. 그들은 자신보다 선택 과정을 더 신뢰했다.

어떤 영혼은 이렇게 말했다.

"나의 경우, 새로운 육체를 선택하는 것은 상점에 걸려 있는 새 옷을 입어보는 것과 같지요. 사고 싶은데 고칠 필요가 없으면 좋겠다고 생각하면서 말입니다."

타임 마스터

타임 마스터의 영혼을 가진 피술자가 나를 찾아오는 경우는 아주 드물다. 몇 년에 한 번 정도 될까 말까 한다. 나는 그런 영혼을 알게 되면 그들이 지닌 경험을 소중히 다루게 된다. 하지만 시간에 관여하는 다른 전문가들도 있기 때문에, 시술할 때 너무 일찍 타임 마스터라고 단정하는 것은 삼가야 한다. 예를 들어 문서를 다루는 영혼들도 과거의 역사와 사건들을 교체할 수 있는 적당한 시기를 찾는 데 도움이 되기도 한다. 그렇게 그들은 역사가나 연대기 편자의 일을 담당한다. 하지만 타임 마스터들은 링에서 인생 선택을 위해 고려 중인 육체에 곧 다가올 미래를 위해 적절히 시간을 맞추는 일을 하게 된다. 다른 모든 영혼 전문가의 경우가 그렇듯, 그 분야의 많은 앞서가는 스승들이 영혼들에게 필요한 것을 돌보고 있기 때문에 여기서도 겹치는 일이 있을 것이다. 그렇기 때문에 영혼들은 이따금 계획하는 스승들을 생각할 때 개별적으로가 아니라 집단으로 묶어서 생각한다.

영혼들은 타임 마스터를 지향하는 수련생들이 아직도 모르는 일이 많다고 한다. 전문 분야의 난해한 측면을 조사할 때 실제로 영혼들이 모르고 있는 것과 내가 알지 못하게 막는 것을 구별할 필요가 있는 것 같다. 독자들은 내가 왜 그와 관련된 모든 의문 사항들을 묻지 않았는지 궁금했을 것이다. 솔직히 말하면, 그런 질문들을 해보기도 했지만 아무런 대답을 듣지 못했다. 때때로 그런 전문 분야에 종사하는 영혼과 이야기를 나누다가 무심코 화제가 그런 방향으로 향하면 그것은 눈덩어리처럼 불어났다. 오비덤이라는 이름을 가진 영혼과의 대화가 그러했다. 그 피술자는 현실의 삶에서 엔지니어로 일하고 있었다. 그의 영혼과 대화에서 기억할 만한 부분은 다음과 같다.

케이스 63

닥터 N 오비덤, 영계로 돌아갔을 때 당신이 가장 보람 있게 하는 일은 무엇입니까?

영 지구의 시간을 연구하는 것입니다.

닥터 N 어떤 방법으로 합니까?

영 나는 그 분야의 명장이 되고 싶습니다…. 적절한 시기 속에서 여행을 하면서… 물질의 세계에 사는 사람들과의 연관을 이해하고… 인생을 택하는 영혼들을 돕는 계획자 영혼들과 함께 일하고 싶습니다.

닥터 N 그 프로그램은 어떻게 진행되고 있습니까?

영 (한숨을 쉰다.) 대단히 느립니다. 나는 아직 초보자이기 때문에 많은 선생님이 필요합니다.

닥터 N 왜 그런 전공을 하도록 선발되었습니까?

영 나의 입장에서 그런 것은 말하기 쉽지 않습니다. 나는 이 분야의 일을 할 자격이 없다는 생각이 드니까요. 아마도 내가 에너지를 가지고 여러 실험을 하기 좋아하고 우리 교실에서 그런 일을 잘하는 편에 속해서가 아닐까 생각합니다.

닥터 N 글쎄요. 창조하는 교실에서 에너지를 작용시켜 무엇인가 만드는 것은 영혼들이 흔히 하는 일이 아닙니까?

영 (나의 질문에 조금 더 온화한 태도로) 그것은 좀 다르지요. 우리들은 그들과 같은 방법으로 창조를 하지 않습니다.

닥터 N 당신들이 하는 일은 어떻게 다릅니까?

영 시간의 일을 하려면 공간적인 작용을 배워야 합니다. 모델을 가지고 공부를 하다 실습을 하게 되지요.

닥터 N 모델은 어떠한 것입니까?

영 (꿈꾸듯이) 오… 거대한 증기가 채워진 풀장 같아요. 액체 에너지가 소용돌이치고… 우리들을 위해 작은 규모로 시뮬레이션되는 장면이 보이고 그 틈이 얇아져요…. 그 틈이 열리고… 빛이 오르내리는 네온관이 보여요… 진입 준비가 되어 있지요. (말을 멈춘다.) 참으로 설명하기 어렵습니다.

닥터 N 오비덤, 당신이 지금 일하고 있는 곳에 대해 말해주면 좋겠습니다. 누가 당신을 가르치고 있습니까? 그리고 타임 마스터가 되는 실질적인 기술에 대해서 말해주십시오.

영 (조용히) 시간 공부는 사원에서 행해지지요. (웃는다.) 우리는 그곳을 시간의 사원이라 부릅니다. 그곳에서 선생님들은 하고자 하는 일을 돕는 에너지의 연쇄 작용에 대해 가르쳐주지요.

닥터 N 연쇄란 무엇을 의미하는 것입니까?

영 적절한 시기란 움직이는 일들의 에너지 연쇄 작용 속에 존재하지요.

닥터 N 적절한 시기 속에서 에너지를 어떻게 작용시킵니까?

영 시간은 통일된 장에서 에너지 입자를 압축하고 늘리는 것으로 작용되지요. 고무줄을 가지고 놀듯이 말입니다.

닥터 N 과거, 현재, 미래에 일어나는 일들을 변화시킬 수 있습니까? 그런 변화를 가리켜 작용이라고 표현하는 것입니까?

영 (한참 동안 말이 없다가) 아닙니다. 나는 다만 에너지의 연쇄 작용만을 조종할 수 있습니다. 우리는 연속적으로 들어갔다 나왔다 하는 노상강도처럼 일을 합니다…. 우리는 그 연속되는 것을 길이라 생각하고 속력을 내거나 줄이거나 하지요. 우리들의 에너지를 농축하면 속도가 빨라지고 확장시키면 느리게 되는 것입니다. 노상의 어느 지점에 연속적으로 나타나게 되는 사람과 사건에 있어서도 같을 수 있지요. 우리는 아무것도 창조하지 않습니다. 우리는 방관자로서 가르칠 뿐이지요.

닥터 N 그렇다면 누가 처음으로 연속되는 시간을 만든 것입니까?

영 (화가 나서) 내가 어떻게 그런 것을 알 수 있겠습니까? 내 단계에서는 다만 시스템 안에서 내 할 일을 할 뿐입니다.

닥터 N 그저 물어본 것입니다, 오비텀. 도와주셔서 감사합니다. 타임 마스터가 되는 훈련에서 당신은 어떤 목적으로 일을 합니까?

영 우리는 한 가지 과제만 맡게 되지요…. 인간의 선택과 그에 관한 모든 일은 의미를 지닙니다. 우리가 하는 일의 실질적인 응용은 시간의 흐름에 합류하는 인간의 생각과 행동도 포함됩니다.

닥터 N 나는 그런 일을 행동의 행로나 행동의 기억으로 부르고 싶은데요.

영 찬성입니다. 에너지의 입자는 기억을 함축하지요.

닥터 N 어떻게 말입니까?

영 그런 연속성 속에서 에너지는 생각과 기억을 전달하지요. 그리고 그런 것은 절대로 망각되지 않습니다. 시간을 지각하게 하는 도관은 생각으로부터 시작되지요. 관념의 형성, 그리고 사건과 최종적으로 사건의 기억으로서 말입니다.

닥터 N 그 모든 것은 연속성 속에서 어떻게 기록됩니까?

영 제각기 기록되어 있는 에너지 입자의 진동 음색으로 기록되어 있지요. 우리는 그것을 찾아냅니다.

닥터N 모든 변형된 현실 속에서도 그 연속성은 존재합니까?

영 (잠깐 말이 없다.) 네. 서로 포개져 있고 또 짜여 있지요⋯. 그렇기 때문에 누구든지 그런 것을 찾아내는 기술이 있다면 재미나는 탐구가 되겠지요. 모든 것을 관찰하고 검색하여 연구할 수 있습니다.

닥터N 오비덤, 조금 더 설명해주세요.

영 많은 것을 이야기해줄 수 있지요. 시간 속에 사건을 있게 하는 에너지의 입자는 다양한 형태를 띤 진동 양상을 가지고 있습니다. 우리는 그 모든 인간의 역사가 미래에 환생할 영혼들을 위해 유용하게 사용되리라 믿습니다.

닥터N 사건들의 대체 가능성에 대해 어떻게 생각합니까?

영 (긴 침묵 후) 우리는 생산적인 것을 연구합니다. 좋지 않거나 더 좋거나 아주 좋은 사건들을 생산성이 다할 때까지 실험을 하게 됩니다. (깊은 한숨을 쉬며) 어떻든 나는 아직도 초보자입니다. 이미 있었던 과거의 장면을 연구하지요.

닥터N 그래서 당신은 만약 인간들이 그 존재에서 아무것도 배울 것이 없다면 시간 속에 존재했던 그 모든 것은 있을 필요가 없다고 말하는 것입니까?

영 (침묵하다가) 아⋯ 그렇습니다. 비슷한 상황에서 내린 결정은 그 해결 방법에 작은 차이를 가져오고, 이윽고 그 차이가 너무나 작아져서 연구 대상으로서는 생산적이지 않게 됩니다.

닥터N 당신의 말을 들으니 아직도 미래의 시간에 대한 연구는 하지 않은 것 같군요. 오비덤, 이런 질문에 대한 당신의 견해는 어떻습니까?

영 나는 시간 속에서 일을 하는 고고학자라고 생각합니다. 내가 연구해야 할 과제는 현재와 과거에 존재했던 사람들과 사건들 이었습니다. 하지만 미래는 어둡고… 불확실합니다…. 나는 현재 시간의 고고학자일 뿐입니다.

닥터 N 이 분야의 공부를 어디서 시작했습니까?

영 내가 속한 그룹이 수련을 위해 사원에 모였을 때였습니다.

닥터 N 당신이 속한 그룹은 몇 명의 영혼으로 구성되어 있습니까?

영 여섯 명입니다. (잠깐 말이 없다가) 모두 거기서 처음 만나는 영혼 들이었습니다.

닥터 N 오비덤, 맨 처음에 받았던 수련에 대해 이야기해주십시오. 그것은 확실히 기억하고 있을 것 아닙니까?

영 나는 갈라스의 세계로 보내졌습니다. 그것은 지구의 지형과 흡사한 물질의 세계입니다. 그 세계는 한때 훌륭한 문화와 고도로 발달된 기계문명을 가지고 있었습니다. 또 갈라스의 사람들은 다른 천체로 여행을 할 수 있었습니다. 하기야 그런 점이 그들을 몰락하게 하기도 했지만 말입니다. 이제 갈라스에는 지성이 발달한 생물체가 없습니다.

닥터 N 왜 당신이 그 죽음의 세계로 보내졌는지 모르겠군요.

영 그곳은 비어 있는 것이지, 죽어 있는 것은 아닙니다. 수련을 위해 그곳으로 갔을 때, 우리는 어떤 투명한 형체를 보고 옛 갈라스 사람들의 형체를 상상했지요. (웃는다.)

닥터 N 그들에 관해서 말해주십시오.

영 지금 막 생각하고 있었습니다만, 그들은 황록색을 띠고 있는 사람들이었습니다. 키가 대단히 크고 몸이 버드나무 같았습니다. 몸에 마디가 없는 것같이 보였지요. 크고, 곤충들같이 여러 면을 가진 눈을 하고 있었어요.

닥터 N 인간으로서 그들은 어떠했습니까?

영 갈라스의 사람들은 현명했지만… 또 우리 인간같이 어리석었지요. 그들을 자기들을 이겨낼 적이 없다고 생각했습니다.

닥터 N 그곳으로 간 목적이 무엇입니까? 모든 것이 사라지고 없는데 말입니다.

영 아직도 모르겠습니까? 시기에 적절히 맞춘 그들의 시간이 존재하고 있는 것을 말입니다. 우리는 이곳의 옛 역사를 분석하는 실습을 하려고 여기에 와 있지요. 이곳은 좀 낯선 곳입니다. 낡아빠진 우주 승강장이 아직도 천체 주위를 돌고 있지요. 지상에 넓은 지역에 퍼져 있는 집들이 이제는 모두 비어 있고 퇴락해서 쓰러져가고…. 배움의 터였던 곳에는 잡초가 우거지고, 한때의 위대한 문화가 파괴되어 썩어가고 있어요….

닥터 N 당신과 다섯 명의 다른 동료들은 그곳에서 무엇을 하게 됩니까, 오비덤?

영 우리들은 에너지의 빛을 내뿜지요. 그리고 그들의 지나간 시간의 회랑을 떠다니지요. 선생님 중 한 분이 우리의 진동이 그곳의 어느 시대와 교류하는 것을 도와줍니다. 우리는 기술이 부족하기 때문에 아직도 단편적인 것밖에 볼 수 없습니다…. 하지만 그들이 지녔던 권력의 한 장면은 선명히 드러납니다.

닥터 N 그러니까 지나간 것을 완전히 잃어버리는 것은 아니군요.

영 그렇지요. 갈라스 사람들은 이제 가고 없어도 그들이 한 일들은 어떤 의미에서 아직도 살아 있어요. 그들의 승리… 그들의 패망… 우리는 그들의 잘못을 통해 배웁니다. 나는 그곳 사람들이 했던 이야기를 재생할 수 있습니다…. 그들이 다른 민족에게 정복되어 다른 문화권에 흡수되기 전에 어떤 생각을 하고 있었는지 알 수 있지요. 갈라스 사람들은 음악적인 언어로 말을 했는데, 그런 말들이 파손된 우주선이나 황폐해진 거리에 흐르고 있습니다.

닥터 N 당신들이 지향하는 최상의 목적은 무엇입니까, 오비덤?

영 내가 숙달되면 나는 영혼들을 위해 특정한 상황을 설계하는 설계자들을 돕는 조언자가 될 것입니다…. 도서관 연구가들을 돕고… 영사실(링)에서 선택을 할 때 조정하는 것을 돕는… 그런 일들을 하게 될 것입니다.

닥터 N 오비덤, 사적인 질문이 있는데요. 만약 내가 영계에서 조금 시간이 생겼다고 할 때, 어린 시절의 고향으로 돌아가 옛날에 있던 그대로의 배경에서 나의 부모와 친구들을 만날 수 있습니까? 영혼의 세계에서 그런 것을 재현하는 것이 아니라, 당신이 갈라스에서 겪은 것과 같이 육체가 없는 상태로 지구로 돌아와 그런 일을 할 수 있겠습니까?

영 (미소 짓는다.) 물론 할 수 있지요. 진짜로 원하는 대로 되기 위해서는 재능 있는 선생님의 도움이 필요하겠지만 말입니다. 다만 원본을 손대서 수정하겠다는 생각은 하지 않는 것이 좋을 것입니다. (비꼬듯) 당신이 귀신으로서 그곳으로 간다는 것을 잊어서는 안 되니까요.

자유의지

캐나다 밴쿠버에서 강의를 하게 되었을 때, 한 여인이 일어서서 크게 소리쳤다.

"당신 같은 뉴에이지 그룹들은 우리가 인생을 마음대로 택하는 자유의지가 있다고 말하면서 또 한편으로는 전생의 카르마 때문에 이미 정해진 운명을 따르지 않으면 안 된다고 말하는데, 어떤 말이 옳은지 모르겠어요. 나의 인생에는 자유의지라는 것이 조금도 없습니다. 다만 어쩔 수 없는 힘에 이끌려 조종당하고 있을 뿐이에요. 나의 인생은 슬픔으로 채워져 있을 뿐입니다."

강연이 끝난 뒤 나는 그 여자 곁에 앉아 잠깐 이야기를 나누었다. 그때 열아홉 살이던 그녀의 아들이 모터사이클 사고로 최근에 죽었다는 이야기를 듣게 되었다.

사람들은 자유의지와 운명이 상반되는 힘이라고 생각한다. 그들은 우리의 운명이 수천 년에 걸친 수많은 인생의 결과라는 것을 자각하지 못한다. 그 모든 인생에서 우리는 자유를 가지고 있다. 우리가 겪고 있

는 현실의 인생은 좋든 싫든 간에 모든 지나간 경험을 반영하는 것이
다. 그러한 사실에 부가되는 것은 우리가 고의적으로 어떤 상황을 설정
해서 어떻게 반응할 것인지 실험해보는 경우도 있는 것이다. 그런 일들
은 의식적으로 인식하지 못할 수도 있지만, 그런 일 역시 우리들의 개
인적인 선택에 의해 이루어지는 것이다. 우리는 많은 이유 때문에 어떤
특수한 육체를 보유하게 된다. 그 어머니의 말에 의하면 젊은 아들은
모터사이클을 타고 속력을 내어 달리는 것에 보람을 느끼며 살았고, 그
런 위험한 집착을 통해 기쁨을 느꼈다고 했다.

시간에 관한 마지막 부분에서 미래의 가능성과 개연성에 대해 언급
했기 때문에, 자유의지의 세부 사항에 대해 조금 더 살펴보는 것이 좋
겠다. 모든 인생이 미리 결정된 것이라면 환생이라는 것은 아무런 의미
도 없을 것이다. 나는 타임라인에 관한 설명에서 미래는 많은 다른 현
실 속에 존재할 수도 있다는 말을 했다. 미래에 대한 예감을 지닌 사람
들이 옳을 경우도 있고 또 그렇지 않을 때도 있을 것이다. 만약 어떤 사
람이 어떤 장소와 시간에 죽게 되는 것을 보았지만 실제로 그런 일이
일어나지 않았다면, 그런 사고의 가능성은 가장 심각한 대안일 뿐이라
는 것을 의미한다.

자유의지에 반하는 결정론에 관한 논거는 하나의 근원 또는 작은 신
들의 집단이, 병과 고통과 굶주림과 공포에 시달리는 인간들이 살게 된
지구의 현실에 책임이 있다고 한다. 우리는 우리 힘으로 어쩔 수 없는
지진과 태풍, 홍수나 화재가 일어나는 세계에 살고 있다. 영혼들이 지
구가 매우 어려운 수련장이라고 했던 말을 나는 몇 번인가 한 적이 있

다. 지구에서 배울 수 있는 것은, 인생에서 지구적으로 또는 개인적으로 겪게 되는 파괴적인 힘을 이겨내는 일이고, 모든 시련을 이기려는 노력을 통해 강해지고 전진을 계속하는 일일 것이다.

크게 생각할 때, 우리는 우리 자신을 돌보는 데 필요한 것을 모두 가지고 태어난다. 카르마는 어찌 보면 처벌받는 것처럼 보일 수도 있을 것이다. 하지만 카르마 속에는 인간들이 비탄 때문에 깨닫지 못하고 있는 공정함과 균형이 깃들어 있는 법이다. 두려움은 우리가 자신을 영혼의 힘과 분리시킬 때 일어난다. 인간들은 발전을 위한 도전 방법을 적지 않게 알고 있고, 또 좋은 뜻으로 그런 방법을 실천하기도 한다. 인간들이 겪게 되는 사고는 영혼의 해석에 의하면 사고가 아니다. 케이스 62에서 총에 맞아 죽은 애머릴로의 여인처럼 나는 적지 않은 사례를 들어 그런 점을 설명하려고 했다. 우리는 진정한 자아의 순수한 힘으로 인간의 특징적인 약점을 극기할 수 있다. 특히 역경에 처했을 때는 더욱더 그런 힘이 발휘된다. 인생을 살다가 어떤 파국에 처하게 되어도 좋은 의지만 살아 있다면, 우리에게는 언제든지 그것을 바로 세울 자유가 부여되어 있다.

인생에서 우리를 시험하는 사건들보다 더 중요한 것은 그런 일에 대한 우리 자신의 태도이고 그 결과를 어떻게 다루느냐 하는 것이다. 인간으로 태어난 후 우리가 모든 전생의 기억을 잊게 되는 의식적 건망증의 가장 중요한 이유가 거기에 있는 것이다. 다가올 인생에서 일어날 모든 일들에 따를 수 있는 선택을 영혼들은 미리 알 수 없다고 나는 이미 말한 바 있다. 어떤 영혼들은 자발적으로 기억을 환기하는데, 그럼에도 불구하고 그렇게 되는 데는 이유가 있다. 기억상실은 영혼들이 링에서 본 운명적인 사건들에 얽매이지 않는 자유의지와 결심을 허용하기 때문이다. 링에서는 영혼들이 보는 미래의 장면들에 선택의 여지가 있는 데 비해, 앞으로 보게 될 사례에서는 인생이 끝나고 영계로 돌아간 뒤에 선택하게 되는 경우를 설명할 것이다. 육체에 깃들지 않은 영혼마저도 놀라게 하는 다가올 인생을 위한 갑작스런 결정을 할 수 있는 자유의지에 관한, 짧지만 매우 생생한 사례를 들겠다.

내가 다룬 피술자 중에는 1863년 새로 징병된 남부군 병사로 게티즈버그의 전쟁터에서 싸우다 죽은 영혼이 깃들어 있었던 경우가 있었다. 그의 이름은 존이었고 게티즈버그 근처의 작은 마을에서 살고 있었다. 그는 나이가 그때 열여섯에 불과했지만 애인인 로즈와 장차 결혼할 것을 의논하고 있었다. 게티즈버그에서 그 격렬한 전쟁이 일어나기 사흘 전에 남부군 장교 한 명이 그 마을로 와서 전령 노릇을 할 수 있는, 말을 잘 타는 남자를 구했다. 존은 나이가 어렸고 어머니가 생계로 삼고 있는 농사일을 도와야 했기 때문에 군대에 들어갈 생각은 하지 않고 있었다. 하지만 장교는 일의 긴급성과 중요성을 설명하며 전쟁이 끝나는 대로 존을 제대시키겠다는 약속을 했다. 말을 잘 타는 소년이었던 존은 충동적으로 그 남부군 장교의 제안에 응했다. '대단한 모험의 기회를 놓치기 싫었다'는 것이 그가 결단을 내린 이유였다. 그는 작별을 나눌 틈도 없이 갑자기 떠나야 했고, 다음 날 전사하고 말았다.

하지만 그의 영혼이 몸 위로 떠오른 뒤에도 그는 자기가 죽어서 땅 위에 누워 있다는 것을 믿을 수 없었다. 존의 영혼은 영계로 돌아간 뒤 그가 속하는 그룹으로 가서 로즈가 영계에 남겨놓고 간 분신을 만났다. 존을 보자마자 로즈는 소리쳤다.

"왜 여기로 돌아왔어? 우리는 결혼을 해야 했잖아!"

그 영혼의 짝들은 이내 존이 계획했던 인생을 갑자기 바꾸어버리는 길을 택했다는 것을 알았다. 하지만 그렇게 돌변해버린 인생길이라도 카르마의 영향은 따르게 마련이다. 존의 짧았던 군대 경험도 그런 한 사례다.

나는 존의 영혼에게 링에서 다가오는 인생을 보았을 때 게티즈버그에서 일어날 일도 보았는지를 물었다. 그때 존은 이렇게 대답했다.

"아닙니다. 나는 그곳에서 열여섯 살이 될 때까지의 인생을 보았습니다. 나는 나의 안내자의 결정을 신뢰하니까요."

소년병이었던 존은 게티즈버그에서 죽는 장면을 보지 못했고, 그런 가능성에 대해 알지 못하는 것이 전형적인 일이다. 그러나 어떤 인생에 있어서 수명을 다하지 못하고 죽을 가능성이 클 경우, 계획하는 영혼들은 미리 그런 사실을 영혼들에게 알리고 그런 경험을 통해 배우기를 바라는 지원자들에게 기회를 주는 경우는 어떠한가?

나는 나치 대학살의 희생자가 되길 자원한 슬기로운 영혼들을 만난 수많은 퇴행치료사들을 안다. 나도 그런 사례를 다룬 적이 있었다. 이유는 그 죽음의 캠프에서 이 세상을 하직하게 된 많은 영혼들이 다시 미국에 태어나 살고 있는 경우가 많기 때문이다. 영혼이 재난의 경험을 하는 데는 선택의 자유가 있는 것 같다. 그럴 때, 모진 경험을 하는 경우에는 그 인생으로 태어나기 전에 연습을 하고 오기도 한다. 다음은 어느 영혼이 그런 경우를 설명한 것이다.

계단식으로 된 큰 강당에 모여 예습을 하고 있던 한 무리의 영혼 곁을 지나친 기억이 있습니다. 그들은 스피커를 통해 들려오는 이야기를 듣고 있었는데, 그 내용은 짧은 인생을 경험하게 되겠지만 그 모든 인생이 소중한 경험이 되리라는 것이었습니다. 그 영혼들은 어떤 재난을 당하여 함께 죽게 되는 인생을 경험하려고 지원한 영혼들이었습니다. 스피커에서는 그들이 만약 다음 생에서 성장하기를 바란다면 주어진 시간 동안 최선을 다할 것을 각오해야 한다고 강조하고 있었습니다.

케이스 64

이 사례는 샌디라는 이름을 가진 피술자의 안락사에 관한 것이다. 그녀는 죽음의 장면이 다가올 인생의 주체에게 보여준 또 다른 사례를 알게 해주었다. 인생을 시작하기 전에 죽음의 장면을 보게 되는 경우가 흔히 그렇듯 자원의 형식을 취하는 것이 관례로 되어 있는 것 같다. 배경을 알기 위한 인터뷰에서 나는 샌디가 그녀의 동생인 키스와 친한 사이였고 대가족 사이에서 살았다는 것을 알게 되었다. 샌디는 어머니처럼 그 동생을 보살폈다. 성마른 성격을 지닌 키스는 십 대에 이르렀을 때 다소 거친 생활은 했다. 고속으로 차를 달리고 법에 어긋나는 일들도 하게 되었다. 그는 마치 죽음을 원하는 것처럼 살았다고 샌디는 말했다. 그런 변덕스러운 태도 때문에 적지 않은 사람들에게 폐를 끼치기도 했다. 반면 따뜻한 마음씨를 지녔고 하루하루를 충실히 살려는 의욕도 있었다고 한다.

샌디는 동생이 일찍 세상을 떠나리라는 예감이 들곤 했다. 키스는 스물일곱 살 때 ALS, 즉 근위축성 측색경화증이라는 병에 걸렸다는 진단을 받았고 그로부터 2년 후에 사망했다. 이 병은 운동신경이 퇴화되어 일어나는 것으로, 2년 내에 근육 위축을 초래하는 병이다. 말기에 이르면 환자들은 인공호흡기의 도움을 받아야 하고, 또 심한 고통 때문에 많은 양의 진통제를 투약해야 한다.

최면을 통해 샌디가 영계의 그룹으로 되돌아갔을 때 우리는 그 남매가 영혼의 동반자임을 알게 되었다. 키스는 그 그룹 동료들 중에서도 재미있게 살기를 좋아하는 장난꾸러기로서 지나간 몇 세기 동안 다른 사람들의 기분을 개의치 않는 인생을 살았다. 안내자와 동료들과 의논한 결과 그는 진보하기 위해서는 겸손을 배우는 것이 가장 중요한 일임을 깨닫게 되었다. 무모한 성격의 영혼이었던 키스는 몇 번의 인생을 걸쳐 그런 수련을 받기보다 한 생애에서 진하게 도전하길 바랐다. 그는 그렇게 가속된 수련이 얼마나 어려운 것인지 미리 경고를 받았지만, 그런 것을 받아들일 준비가 되어 있다고 말했다. 하지만 그가 링에 가서 운동선수처럼 건장한 몸이 그런 몹쓸 병으로 망가지는 것을 안다는 것은 쉬운 일이 아니었다. 샌디는 링에서 다가올 인생을 바라보던 키스의 영혼이 어느 시점에 가서는 용감한 결정을 취소하려 했다는 말을 했다. 다음은 샌디와 나눈 그 부분의 대화다.

닥터 N 그에게 주어진 육체에 대한 키스의 반응을 아는 대로 다 이야기해주십시오.

영 (엄숙하게) 그는 최악의 장면을 보았습니다. 병이 들기 전과 병에 걸린 뒤의 육체를 보게 되었지요. 그가 자립의 길을 잃고 우리에게 의지해야 될 것이며 그 병으로 인하여 일어날 그 모든 것을 하나도 숨김없이 보았습니다. 처음 병에 걸렸을 때 자멸감과 자책을 느끼다다 격렬한 노여움으로 변해가고, 그리고 그가 그 모든 것과 싸워 이겼을 때 배우게 될 것을 다 보았습니다.

닥터 N (현재의 시간과 영계를 샌디와 함께 오가면서) 그럼 그가 그 수련을 통해 배우게 되었습니까?

영 네, 물론이지요. 마지막에 이르자 키스는 조용해지면서 우리들이 해주는 것을 받아들이고 고맙게 여겼습니다.

닥터 N 키스가 그 생을 당신과 함께 설계한 데 대해서 하고 싶은 말이 있습니까?

영 (오랜 침묵 뒤 피술자의 얼굴에는 유순함이 떠오른다.) 그 일에 관해 이야기하겠습니다. 이야기해버리는 것이 좋겠습니다…. 나는 아직 아무에게도 이 이야기를 한 적이 없습니다만…. (울음을 터뜨린다. 그녀가 화제에서 빗나가지 않도록 한다.)

닥터 N 너무 고통스럽다면 계속하지 않아도 괜찮습니다.

영 아닙니다. 나는 계속하길 바랍니다. (깊이 숨을 들이쉰다.) 이 인생으로 태어날 준비를 하고 있을 때 나는 우리 가족의 첫째 아이로 태어나게 되어 있었습니다. 그래서 먼저 이 세상에 태어났지요. 내가 이 세상으로 오기 전에 우리는 긴 이야기를 주고받았습니다. 키스는 나에게 어려움을 겪을 준비가 되어 있긴 하지만 자기가 완전히 무능력해져서 그 이상 받아들일 수 없게 되면, 자기를 이 세상에 묶어두는 모든 보조기를 떼어버리고 자유롭게 해달라고 말했습니다.

닥터 N 당신은 그런 일을 병원에서 하게 될 예정이었습니까?

영 영계에서는 그렇게 하기로 했습니다. 하지만 이 세상에서는 다행히도 마지막 7주를 집에서 보내게 되었지요. 그 때문에 우리는 계획한 것을 좀 더 쉽게 실천할 수 있었습니다.

닥터 N 고통 때문이었습니까? 키스는 진통제를 처방받았을 텐데요.

영 모르핀도 한계가 있지요. 마지막 7주는 아주 힘들었습니다. 인공호흡기나 진통제가 있어도 말입니다. 폐가 완전히 망가져서 죽기 직전에는 움직이는 것도 말하는 것도 어려웠지요.

닥터 N 이해가 됩니다. 환생을 하기 전에 영계에서 당신과 키스가 생각한 계획에 대해서 이야기해주십시오.

영 (한숨을 쉰다.) 우리는 키스가 링에서 본 생명 보조기와 침대를 만들어 연습을 했습니다. 그는 모든 세부 사항에 이르기까지 치밀한 계획을 세우고 있었지요. 그래서 우리는 연습을 했습니다. 의사와 간호사들을 교묘히 따돌려야 할 필요가 있었으니까요. 나는 기계에 대한 것도 배우고 그의 병의 전조에 대해서도 알아보았지요. 연습을 하면서 키스는 그가 고통에서 헤어나고 싶을 때 나에게 보낼 신호에 대해서도 검토했습니다. 그리고 최종적으로 나에게 마음을 굳게 먹고 약속을 이행할 것을 부탁했지요. 나는 그 약속을 기꺼이 할 수 있었습니다.

샌디가 최면에서 깨어난 뒤 우리는 그녀가 동생의 죽음에 관여한 일에 대해 이야기했다. 그녀는 좀 특별한 냄새, 즉 키스의 목 근처에서 '죽음의 냄새'가 풍기게 되면 준비해야 된다고 알고 있었다고 했다. 여기서 말해두어야 할 것은 그런 신체적 표식이 나타난다 하여도 키스가 바로 죽는다는 뜻은 아니라는 것이다. 거의 생각할 사이도 없이 샌디는 동생의 귀에 입을 대고 물었다.

"키스, 이제 갈 준비가 다 되었니?"

그리고 나면 이미 정해진 신호가 오게 되어 있었다. 키스는 눈을 세 번 떴다 감는, 미리 정해둔 신호로 그렇다는 뜻을 밝혔다. 그 신호를 보고 샌디는 조용히 키스의 생명 보조기를 뗐었다. 좀 뒤에 왕진을 온 의사는 생명 보조기가 연결되어 있는 것을 보았고, 키스가 죽었다는 사망 신고를 내렸다.

그런 일이 있었던 날 샌디는 아무런 죄책감도 느끼지 않았다. 그러나 그날 밤 침대에 누워 있을 때, 그렇게 자동적으로 반응한 행동에 대한 의문이 샌디의 마음에 일어났다. 그리하여 스스로 질문을 던지면서 잠을 이루지 못하다가 겨우 선잠이 들었을 때 키스가 꿈에 나타났다. 키스는 감사를 표하는 미소를 띠며 그녀가 모든 것을 완벽하게 해냈으며, 그녀를 사랑한다고 말했다. 몇 주 뒤 샌디는 명상을 하고 있을 때 환상의 장면을 보게 되었다. 키스가 두 명의 승복을 입은 스님들과 이야기를 나누고 있다가 샌디를 보고 웃으며 말했다.

"누님, 안녕히 계십시오."

경건한 종교인들은 자신의 인생은 그 자신에 속해 있지 않고 신에 속해 있다고 믿는다. 인간의 육체가 신의 창조에 의해 마련된 것은 사실이지만 모든 사람들의 인생은 궁극적으로 그들 자신에게 매여 있다. 죽음의 권리는 법조계에서 자주 다루어지고 있는 뜨거운 논제이기도 하다. 특히 의사가 말기 환자의 안락사를 도와준 경우는 더 그렇다. 만약 죽음이 인생 극의 마지막 장에 해당된다면, 그 마지막 장이 제각기 인생의 신념을 반영하길 우리는 바란다. 우리들 각 개인은 대다수의 도덕관이나 종교관에 관계없이 그런 권리를 가질 수 있어야 한다. 그러한 생각에 반대하는 해석도 있다. 만약 인생이 신의 선물이고 우리가 관리인이라면 우리는 사적인 감정을 참고 도덕적 의무를 수행하여야 한다는 것이다. 나는 우리의 영혼이 어떻게 인생을 택하는지, 또 인생에서 자유의지로 변화를 이룩할 수 있다는 것을 알고 있다. 그러므로 나는 만약 회복이 불가능하고 뜻있게 살 수 없는 여생만이 남았다면, 우리는 죽음을 택할 권리가 있다고 믿는다. 인간성의 잘못이 계속되는 것을 지고한 창조자는 바라지 않았을 것이다. 다음은 한 생애를 통해서 볼 수 있는 보편적인 자유의지의 사례다.

케이스 65

에밀리는 40대 후반에 속하는 중년의 여성으로 인생의 목적에 관한 문제 때문에 고민하다가 나를 찾아온 피술자였다. 아이들을 기를 무렵 그녀는 비상근 비서로 일을 했다. 그 일에 만족하지 못했던 그녀는 학교로 돌아가 노인병을 전공하는 간호학을 공부했다. 수련을 받고 있을 무렵 그녀는 노인들에게 좀 더 관심을 갖게 되었다. 노인들이 자신의 신앙에 대해 스스럼없이 이야기했기 때문이다. 에밀리는 살아오는 동안 영적인 것에 이끌렸다. 그녀의 아버지는 냉혹할 만큼 엄격하고 지나치게 신앙심이 강했으므로 그녀는 오히려 좀 더 자유롭고 딱딱하지 않은 영성에 이끌렸다.

우리가 만나기 2년 전에 이미 간호사의 자격을 따게 되었지만, 에밀리는 그 새 직업에 종사하지 않았다. 그 일을 잘해낼 수 없을 것 같은 염려 때문이었다. 모든 것을 후원해주는 남편과의 행복한 결혼 때문에, 수입도, 압력도, 부담도 없는 봉사 활동에 전념할 수 있었다.

시술 초기에 행해진 재빠른 퇴행을 통해 최근에 있었던 환생을 살폈을 때, 우리는 그녀가 뉴잉글랜드에 있는 '자비의 자매'라고 불리는 수녀원에 거처했던 그레이스 수녀였음을 알게 되었다. 수녀원에서는 그녀에게 원장 자리를 제안했지만 그녀는 그 제의를 받아들이지 않았다. 지도력에 대한 두려움과 자신감 결핍 때문이었다. 그 후 보게 된 그녀의 전생들은 모두 사원에서 생활했던 신부나 수녀와 연관을 갖는 것이었다. 그녀는 이렇게 말했다.

"나는 바깥 세계의 모든 어려움에 깊이 관여하지 않고 신을 섬길 수 있었습니다."

나는 계획하는 영혼들이 특별한 이유가 있어서 우리에게 특정한 인생을 살 것을 강요하느냐는 질문을 자주 받는다. 이 사례는 우리가 더 큰 목표에 도전할 수 있는 준비가 될 때까지 우리 안내자들이 얼마나 관대하게 기다려주는지 알게 해주는 좋은 예다. 지난 500년 동안 에밀리는 인생을 모두 종교 단체에서 보냈다. 그녀는 그런 생활에 안주하면서 큰 변화가 일어나길 바라지 않았다. 그러한 과거의 인생 경험이 오늘날 그녀의 생활에 혼돈을 가져오는 주원인이 되었다.

우리의 대화는 에밀리가 수녀 그레이스로서의 전생을 끝내고 영계로 돌아간 뒤 두 번째로 원로들의 의회에 갔을 때부터 시작한다. 그렇게 의회로 가는 것은 현재의 인생을 준비하기 위해서였다. 만약 영계에 있을 때 두 번째로 의회에 가게 된다면 그 시기는 링으로 가기 바로 전이며, 나는 이때 다가올 환생이 중요한 변화를 가져오는 것이라는 사실을 알게 되었다. 의회의 형식이나 출석하는 원로들의 수는 새로 맞이할 인생이나 육체에 따라 달라지는 것 같다.

> **닥터 N** 두 번째로 원로들의 의회에 갔을 때 원로들의 수나 구성은 처음 갔을 때와 같았습니까?
>
> **영** 아닙니다. 이번에는 의장 되는 원로와 또 한 분, 그렇게 둘만 보였습니다. 다음 생애에 내게 주어질 것에 대한 특별한 흥미를 지닌 원로 한 분이 와 있었습니다.
>
> **닥터 N** 그렇군요. 그레이스 수녀로서의 인생이 끝난 뒤 가게 되었던 의회에 대해서는 이미 말한 바 있었으니 이제 링에 가기 전에 갔던 의회에 대해 좀 설명해주십시오.

영 그들은 지난 500년 동안 한결같이 비슷한 삶을 되풀이하다 이 제 인간 사회의 주된 흐름 속으로 휩쓸려 들어갈 준비가 되어 있는지를 알고 싶어 합니다.

닥터 N 당신이 다시 종교적인 생활로 되돌아간다면 그분들이 노여 워할까요?

영 아닙니다. 그들은 이런 일을 현명하게 해결합니다. 내가 만약 새로운 출발의 준비가 되어 있지 않으면 그것을 꿰뚫어 봅니 다. 그들은 저를 아주 부드럽게 대해주고 나의 절제와 믿음을 칭찬해줍니다. 또 많이 배우게 된 것도 인정해줍니다. 하지만 많은 인생을 통해 비슷한 경험을 반복하는 것은 발전을 느리다 는 것도 알려줍니다.

닥터 N 지난 500년 전, 그 모든 종교적인 인생 전에는 모험적인 인 생을 살았습니까?

영 (웃음) 저는 오랫동안 다른 인생을 살았습니다. 나는 모든 것에 있어서 지나쳤지요…. 이렇게 말하는 것이 옳을 것입니다. 독 신 생활은 나의 계획 속에 없었다고 말입니다.

닥터 N 그래서 그레이스 수녀의 생을 마친 뒤 다른 계통의 인생을 선택해서 지구 생활의 균형을 이루도록 해야 했군요.

영 네, 그렇습니다. 그래서 나는 그들에게 변할 준비가 되어 있다 고 말합니다.

6장의 의회에서 내가 사용하는 시간 변경 방법을 설명했다. 하지만 이 사례에서 나는 장면을 링으로 옮겨서 에밀리에게 더 도움이 되는 치료 체제를 마련하고자 한다. 다음 내용은 내가 사용한 인식의 재구성에 대한 것이다. 그것은 사적인 문제들을 알아내고 환기시키는 것으로 시작되었다. 피술자의 영혼의 계획자들은 그녀가 더 높은 자아로 나아갈 기회를 마련해주었다. 내가 의도하는 것은 그녀가 그것을 깨닫도록 하는 것이다.

닥터 N 우리는 지금 당신의 현재 육체인 에밀리를 처음으로 보게 되는 곳으로 와 있습니다. 당신은 지금 혼자 있습니까? 누군가 같이 있는 사람이 있습니까?

영 의회에서 보았던 그 원로와 함께 있습니다…. 또 다른 분이 있는 것 같기도 합니다만… 모습은 볼 수 없습니다. (아마 조종하는 타임 마스터인지도 모른다.)

닥터 N (간단히 다른 육체를 선택하는 것에 관해 이야기한 뒤) 왜 당신은 에밀리의 육체에 이끌렸습니까?

영 나는 에밀리의 뇌 파장을 알기 위해 스크린 속으로 들어갑니다…. 그리고 우리의 진동이 서로 어울릴 수 있는지를 알아봅니다…. 그녀의 감성과 재능은 나와 잘 양립할 수 있을 것 같습니다.

닥터 N (보강하기 위해서) 그렇군요. 계획하는 분들은 당신을 위해서 최상의 선택을 생각하고 있었군요.

영 네, 그랬습니다.

닥터 N   에밀리로서 당신의 인생에 가장 뜻깊은 것은 무엇이라고 생각합니까?

영   (긴 침묵 후) 나로서는 쉽게 대답할 수 있는 일이 아닙니다. 나는 그녀의 어려움을 압니다. 그것은 나의 어려움이기도 합니다…. 어떤 일을 하면서 또 다른 일을 하고 싶은 갈등, 나는 나를 간호사라고 생각하지 않습니다.

닥터 N   이제 간호사의 자격을 따게 되었으니까, 당신은 더 많은 것을 보여줄 수 있겠지만, 당신의 영적 기억에서 그런 세부적인 것이 아직 알려지지 않은 것은 계획하는 영혼들이 그런 중요한 갈림길에서 당신의 자유의지가 결정을 내리기를 바라고 그것을 방해하는 것을 원하지 않은 탓이겠지요.

영   아마 그럴지도 모르지요. 하지만 확실치 않습니다. (침묵하다가) 아… 우리는 직업 같은 것에 구애받지 말아야 합니다…. 어떤 특정한 육체로 사는 인생에서 그때그때의 기분이나 태도, 느낌 같은 것을 알 수 있지요.

닥터 N   좋습니다. 당신이 깃들어 있는 그 육체의 느낌들에 맞추어 가는 것이 좋겠군요. 그런데 한 인간으로서는 어떻게 성장할 수 있습니까?

영   (또다시 긴 침묵 후) 사람들을 양성시킴으로써 가능하지요.

닥터 N   그것은 당신에게 무엇을 말해주는 것입니까?

영   (생각한다. 그러나 반응이 없다.)

닥터 N   인생을 선택하는 링에서 당신이 갖고 있는 에밀리에 대한 통찰력으로 그녀의 육체에 들어가는 것을 충분히 이해할 수 있습니까? 또 인생에서 무엇인가 공헌할 수 있게 할 수 있습니까?

영 네, 그렇습니다.

시술 중 이 시점에 에밀리는 링에서 지나간 일들을 나와 함께 되살리고 자신의 생애를 변하게 할 수 있는 자유의지를 가지고 있다는 점에서 동시성의 요소가 있음을 알게 되었다. 때때로 링을 방문함으로써 다른 때보다 미래에 대한 더 많은 정보를 얻기도 한다. 에밀리는 어릴 때 엄격하고 종교적인 가정에 태어난 것이 우연이 아님을 알게 되었다. 그러한 환경 때문에 낡고 고루한 생각과 행동에서 벗어나 새로운 사고의 길로 가게 되었기 때문이다. 그녀는 새로운 선택을 할 수 있는 자유와 내적 감정에 의지할 수 있는 자유가 그녀로 하여금 새로운 인생의 길을 열어주었다는 것을 깨달았다.

인생에 있어서 불확실성은 흔히 전생의 생활양식과 집착의 연속일수도 있다. 에밀리가 전생에서 수도원장 자리를 사양했던 잠재된 망설임과 두려움은 간호사 자격을 취득했어도 취업할 수 없었던 현실의 현상에서도 볼 수 있는 것이었다. 의료 방면에 아주 적절한 길이 트였어도 그 길은 그녀를 혼란스럽게 만들었다. 왜 그 길은 옳기도 하고 또 그르기도 한 것 같았을까? 에밀리가 중년에 인생길을 바꾸려고 한 것은, 그레이스 수녀로 지냈던 전생에서 가장 뚜렷하게 나타났던 무의식적인 자아 불신감 때문에 혼란을 느껴서였다.

에밀리를 만난 뒤 약 6개월이 지났을 무렵, 나는 그녀에게서 편지를 받았다. 그 편지에는 그녀가 양로원에서 일을 하게 되었는데 일이 마음에 들고 잘하고 있다는 내용이 적혀 있었다. 그 양로원은 좀 특별한 곳으로, 의지할 곳 없고 외롭고 우울증에 걸린 노인들에게 영적인 상담을 할 수 있는 간호사를 찾던 곳이었다. 에밀리는 영적으로 충족감을 느낀다고 편지에 썼다. 에밀리의 사례는 이렇게 성공적이었지만, 나는 그녀에게 큰 도움이 되었다고 생각지는 않는다. 왜냐하면 그녀는 나를 만나러 오기 전에 이미 그녀가 바라던 것을 추구하고 있었기 때문이다. 그녀는 다만 그것을 계속 진행하기 위해 작은 도움이 필요했을 따름이었다. 50대에 이른 오늘날 그녀는 드디어 자유를 얻게 되었다.

나는 에밀리의 영혼이 500년 동안이나 수녀나 승려의 환생을 겪으면서 낭비되었다는 사실로 종교나 사원을 모욕하려는 것이 결코 아니다. 그 시기는 그녀의 영적인 수련에 도움이 되었다. 그리고 오늘날 그런 수련은 다른 분야에서 이루어지고 있는 것이다. 자유의지에 의해 미지의 길로 행로를 바꾸게 되는 변화는 카르마에 각인이 된다. 내가 누구인지 규명하는 일은 자아의 깊은 곳을 들여다볼 기회를 가지고 자기가 하는 일에 열정과 의미를 부여하는 것이다.

어린아이들의 영혼

아이의 죽음

링은 죽음과 다시 환생하는 인생의 순환을 보여준다. 영혼에 있어서 아이들은 새로 태어나는 인생에 아주 중요한 역할을 하게 된다. 이 고도로 기능이 좋은 유기체가 시작도 하기 전에 죽을 때 영적인 의미는 무엇일까? 너무 일찍 죽은 아이들을 비통하게 생각하는 부모들에게서 오는 편지들, 그런 죽음을 어떻게 해석하여야 좋을지 몰라 답장을 쓰는 데 어려움이 많다. 아이를 잃은 어떤 부모들은 옳지 못한 결론에 이르기도 한다. 그 아이의 죽음이 아이를 학대한 지난 생의 죄 때문에 그 카르마적인 빚을 갚은 결과라고 생각하기도 한다.

만약 아이가 10대에 죽었거나 그보다도 더 늦게 죽었다면, 죽음에 이르게 한 카르마의 영향은 그들 자신에게 있지 부모 때문이 아니다. 어쩌다 아이의 죽음이 부모의 카르마에 관계되는 일이 있다 하여도, 부모가 전생에 아이들을 학대해서 그런 결과를 초래했다고 함부로 말할 수 없다. 그런 어려움을 감수해야 하는 것은 또 다른 많은 이유나 간접적인 일에 기인하기도 한다. 여덟 살인 딸을 잃은 지 1년 만에 나를 찾아왔던 어느 피술자의 영혼은 이런 말을 했다.

나는 19세기에 런던에 살았던 부유한 부인이었습니다. 도시에 있던 우리 집 근처에는 집 없는 가난한 젊은이가 많았는데, 나는 그들에게 아무것도 해준 것이 없었습니다. 내 아이들이 아니었으므로 나는 그들이 곤경에 처한 것을 보고서도 아무 도움도 베풀지 않았습니다. 마음속으로 이렇게 생각했습니다. 그들은 그들의 부모나 국가가 돌봐야지 나와는 아무런 관계가 없는 일이라고 말입니다. 나는 고아원을 돕거나 역경에 처해 있는 미혼모들을 도울 수 있는 충분한 재력이 있었는데도 불구하고 모른 체했지요. 또 그런 사람들을 돕는 단체가 경영난에 처한 것을 알면서도 아무런 일도 하지 않았습니다. 영계로 돌아간 뒤 나는 그랬던 나의 얄팍함을 교정하려 마음먹었습니다. 사랑하는 자식을 일찍 잃는 괴로움을 겪어보는 것에 동의했지요. 그런데 그런 경험은 너무나 고통스러웠습니다. 하지만 이제 자비를 배우고 있지요.

짧지 않은 세월 동안 내가 알게 된 영혼과 유아의 죽음에 관한 정보는, 직간접적으로 태아를 잃은 어머니들에게 위안을 베풀기도 했다. 그런 점은 자연유산이나 인공유산의 경우도 마찬가지다. 이 사례들을 검토할 때 유의할 것은, 전생에 의한 인과응보는 부모와 아이의 관계에 따라 제각기 다르다는 것이다. 지금 내 의도는 오랜 세월 동안 피술자들을 통해 알게 되었던 사실을 독자들에게 전하고자 하는 것이다.

첫째로 말하고 싶은 것은 임신한 지 3개월 이내에 태아에 영혼이 깃든 경우를 보지 못했다는 것이다. 영혼이 잉태된 지 3개월 이내의 태아와 그 복합적인 융합을 이루지 않는 이유는 단순히 태아들이 그 단계에서 융합을 이룰 수 있을 만큼 충분한 뇌 조직을 갖지 못하는 데 있는 것같다. 나에게는 오리건에 있는 큰 병원에서 산부인과 간호사로 일하고 있는 친구가 있다. 내가 태아와 영혼에 관한 사실을 전국으로 통하는 라디오에서 방송을 하게 되었을 때, 그녀는 전화를 걸어 이렇게 말했다.

"마이클, 왜 당신은 그 어린것들에게 영혼을 부여하지 않아요?"

그녀는 태어나지 않을 태아들에게 영혼이 있느냐 없느냐 하는 논제를 주고받는 것에 대해 모순을 느끼는 모양이었다. 그런 그녀에게 나는 내가 그런 법칙을 만들지 않았으니 심부름꾼인 나를 비난하지 말아달라고 대답했다. 어린 태아들이 죽는 것을 많이 목격했던 그녀는 잉태할 때부터 영혼이 깃들게 되면 그렇지 않은 경우보다 더 영적인 위안을 받는다고 생각한 모양이었다.

나는 그녀에게 아직 태어나지 않은 모든 태아들은 우주적인 사랑의 의식에 둘러싸여 있으며 존재의 창조적인 힘은 어떤 형태의 살아 있는 에너지로부터 절대로 분리되는 법이 없다고 말했다. 태아는 불멸의 영혼이 깃들지 않아도 개별적인 존재로서 살 수 있다. 만약 어머니가 태아를 첫 3개월 만에 유산을 한다면 영적인 사랑의 힘이 근처에서 맴돌며 어머니를 편안하게 하고 아이를 돌볼 것이다. 4개월에서 9개월 사이에 일어난 유산이라 할지라도 영혼은 좀 더 직접적인 육체적 에너지로 어머니와 아이를 돌본다. 영혼은 아이가 만삭이 되어 태어날지, 태어나지 않을지 그 가능성을 미리 알고 있다.

한 임신한 여자가 7개월 안에 계단에서 넘어졌다면 그 낙상은 미리 예견한 것이 아니었다. 또 그 특정한 날에 그녀는 어느 순간 계단으로 내려가지 않겠다는 결정을 최종적으로 내릴 수도 있다. 만약 결혼을 하지 않은 젊은 여자가 임신을 하게 되어 아이를 유산시키려 마음을 먹었다면 이것은 중대한 선택이었을 가능성이 높다. 물론 앞에 말한 두 경우는 가상적인 것이다. 그럼에도 불구하고 우리의 인생에 일어날 중요한 일들의 시나리오는 우리가 링에서 어떤 육체를 선택할 때 미리 알게 된다. 그 모든 것은 우리들을 위한 카르마적인 의미와 목적을 지니고 있다. 아기들에게 영혼은 함부로 깃들지 않는다. 어떤 이유로 어머니가 아이를 잃게 되었을 때, 그 아이가 같은 어머니에게 다시 올 확률은 아주 높다. 만약 그 어머니가 다시 아이를 임신하지 않는다면 그 영혼은 다른 가까운 가족에 깃들게 된다. 그러는 게 원래의 의도였기 때문에 만약 한 생명이 짧게 살다 갔다면 영혼은 그런 생명을 '채우는 인생'이라고 부른다. 그런데 그런 인생도 부모들을 위한 어떤 목적을 지니고 있다. 한 사례를 들어보겠다.

나는 태아가 4개월 되었을 때 3개월을 같이 지내기 위해 그 몸으로 들어갔습니다. 이 기간 동안 나의 어머니는 나의 영혼의 에너지를 느끼며 생명을 주고 또 잃는 것이 대단히 심원한 일임을 알아야 했습니다. 나를 잃는 슬픔이 다시 시도할 용기를 갖지 못하게 하지 않기를 바랐습니다. 우리는 그 태아가 만삭에 이를 수 없다는 것을 알고 있었습니다. 하지만 다음 아이가 태어날 가능성이 많았고, 나는 그때 다시 그 어머니에게 깃들고 싶었습니다. 어머니는 한때 내가 그녀의 아들이었다가 이제 딸이 된 것을 모르고 있습니다. 나는 그녀의 그 두 임신 사이에 있었던 밤의 정적 속으로 편안한 생각을 보내 어머니의 안타까움과 슬픔을 달래줄 수 있을 것 같습니다.

7장의 영혼의 짝 부분에서 이미 언급한 바와 같이, 유아나 어린아이들이 죽으면 그들의 영혼은 영계로 혼자서 가지 않는다. 안내자나 어린 영혼을 돌보는 영혼, 또는 같은 그룹에 속하는 영혼들이 지상의 레벨에서 그들을 만나게 된다. 만약 부모가 아이와 함께 죽는다면 그들은 함께 행동하게 된다. 다음 내용은 그런 사실을 입증하는 것이다.

나와 아들이 산적들에 의해 죽음을 당한 뒤(스웨덴, 1842) 나는 천상으로 아들과 함께 올라가면서 그를 달래고 편안하게 해주려 했습니다. 그 애는 너무도 어렸으니까요. 그는 처음에 정신을 차리지 못하고 혼란스러워했습니다. 나는 그를 꼭 껴안고 깊은 애정을 표하면서 우리는 집으로 돌아가고 있다고 말했습니다. 함께 승천을 계속하면서 말했지요. 우리는 곧 친구들을 만나게 될 것이고 잠시 헤어지기도 하겠지만 곧 다시 함께 있게 될 것이라고 말입니다.

새로운 육체와 영혼의 합병

영혼이 태어나지 않은 태아에게 깃드는 과정에 관한 설명은 이 책에 언급한 사례들을 마무리하는 데 적절한 것이라는 생각이 든다. 영혼은 이제 희망과 기대를 지니고 새로운 환생의 모험을 위해 출발하려고 하고 있다. 한 인간을 세상으로 안내하는 육체와 영혼의 합병은 유년의 초기 적응 단계에서 순조롭기도 하고 또 흔들릴 수도 있을 것이다. 하지만 가장 중요한 것은 우리가 그 여행을 어떻게 끝마쳤는가 하는 것이다.

인생을 살아갈 때 영혼과 육체는 서로 너무 얽혀 있어서 진실한 자신이 어떤 것인지 알지 못하게 혼란을 초래하기도 한다. 육체와 영혼의 이런 복합적인 합병은 기나긴 진화의 발전으로 이어진다. 아마도 호미노이드가 살았던 후기 갱신세, 즉 지구가 영혼의 식민지로 선택되었을 때부터였을 것이다. 현대인의 뇌에서 가장 오래된 부분은 아직도 생존

메커니즘으로서 존재하고 있다. 케이스 36에서 보았던 영혼 클리데이의 경우, 처음 모태 속으로 들어갈 때 뇌의 원시적인 부분을 건드릴 수도 있다. 그 부분은 지적이기보다 충동적이고 감정적인 우리의 본능과 신체 반응을 제어하는 영역이다. 어떤 영혼들은 그들이 깃들었던 적지 않은 뇌가 좀 더 원시적이었다고 말했다.

에고는 자아라고 정의되어 왔고, 영적인 관념에 경험이 중첩된 실체로 알려져 왔다. 그런 정신을 영혼이라고 정의할 수 있을 것이다. 하지만 행동과 반응을 조절하는 감각을 통해 외부의 세계를 경험하는 뇌로 에고를 국한하는 경우도 있다. 영혼이 도착하기 전에 마련되어 있는 그 기능적인 유기체에 모체로 들어가는 영혼이 합류하여야 하는 것이다. 말하자면 두 개의 에고가 있는 셈인데, 그런 점은 내가 시술을 하면서 영혼을 링으로 데리고 가고 또 뒤에 태아에게 깃들게 할 때 확연히 드러나게 된다. 육체와 영혼의 동반 관계가 바로 그 태아에게서 시작되는 것이다.

새로 태어나는 영아의 영혼과 뇌는 두 개의 확실한 존재로 시작하여 하나의 마음을 이루는 것 같다. 어떤 사람들은 내가 말하는 두 실체론, 즉 육체와 영혼의 이중성에 대해 영혼의 불멸의 성격은 살아 있지만 육체의 일시적 성격은 죽는다는 견해를 못마땅하게 생각하기도 한다. 하지만 알고 보면 한 개인의 독특한 성격은 영혼이 육체의 마음과 협조하여 이루어지는 것이다. 영혼이 깃들어 있었던 육체는 죽게 되더라도 그 육체에 머물렀던 영혼은 어느 특정한 시공에서, 지구에서 인생을 겪는 경험을 가능하게 해주었던 몸체를 잊는 법이 없다. 우리는 많은 사례를 통하여 영혼들이 과거에 깃들었던 육체들을 상기하는 것을 보아왔다.

모든 육체는 제각기 독특한 설계와 개념을 지니고 있다. 인간의 마음에서 일어나는 견해나 판단은 그 육체에 깃들어 있는 영혼과 연관된다. 나는 이 책의 3장과 4장에서 어떤 영혼과 육체의 화합이 더 효과적인가 하는 것을 설명하려 했다. 생리학자들은 격렬한 감정이 어떤 사람의 경우에는 왜 불합리한 행동을 초래하고 또 어떤 사람의 경우에는 논리적인 행동을 초래하는지 알지 못한다. 하지만 나는 그런 점이 영혼에 의해 결정된다고 말하고 싶다. 피술자들의 현실에서 태아와 영혼이 결합을 이루고 있을 때, 나는 태아의 뇌 회로가 잘 정리되어 있다든지 또는 혼란하다는 표현을 영혼에게서 들었다. 다음과 같이 레벨 5에 속하는 영혼이 태아 속으로 들어가는 과정을 묘사한 것은 그런 연결을 이해하는 데 도움이 될 것 같다.

어떤 뇌도 똑같게 만들어진 것은 없다. 내가 처음으로 어머니의 모태 속으로 들어갈 때 나는 태아의 뇌를 부드럽게 만져본다. 그리고 나는… 찾고… 탐색하면서 흘러든다. 그것은 마치 삼투하는 것 같다. 나는 그 뇌와 더불어 일하는 것이 어려울 것인지 잘될 것인지 단번에 알게 된다. 나의 어머니가 될 사람의 임신 기간 중, 나는 그녀의 감정적인 면을 이성적인 면보다 더 느끼고 그를 통해 그 임신이 원했던 것인지 아닌지를 알게 된다. 그런 점은 영아의 인생 출발에 영향을 미친다. 어머니가 원하지 않았던 아이의 태 속으로 들어가게 되더라도, 나는 그 아이와의 에너지 연결을 긍정적인 것으로 만들 수 있다. 내가 어린 영혼이었을 때는 소외감에 휩쓸려 태아와도 분리감을 느꼈다. 하지만 헤아릴 수 없이 많았던 환생을 통해 나는 많은 태아들과 함께 어울려왔다. 그래서 어떤 태아와 만나게 되더라도 서로 잘 어울리고 함께 잘해나갈 자신이 있다. 나는 인생에서 할 일이 너무나 많기 때문에, 나에게 잘 어울리지 않는 육체 때문에 일이 지연되는 것은 용납하지 않는다.

영혼이 레벨 3에 도달하게 되면 대부분 태아 속에서 빠르게 적응하게 된다. 어떤 영혼은 무뚝뚝하게 이렇게 말하기도 했다.

"대단히 진보한 복합적인 영혼이 느리고 게으른 뇌와 짝을 짓게 되면, 그것은 경주용 말에다 밭가는 말을 연결시켜 놓은 것 같지요."

하지만 일반적으로 영혼들은 몸에 대한 감정을 좀 더 다른 태도로 말한다. 모든 영혼과 육체의 연결에는 업보적인 이유가 따르게 마련이다. 또 높은 IQ는 앞서가는 영혼의 표식이 아니다. 경험을 덜 쌓은 영혼들에게 문제가 되는 것은 낮은 IQ가 아니다. 불안하고 이성이 결여되어 있다는 점이 바로 그들이 겪게 되는 문제의 원인이 되는 것이다.

영혼이 깃들 육체의 선택은 여러 인생 설계를 위해 신중하게 이루어진다. 링에서 행해지는 육체 선택은 영혼 발전을 위해 불리한 것은 용납하지 않는다. 말하자면 그 육체를 선택하는 곳인 링은 물건을 팔기 위해 바겐세일을 하는 백화점이 아닌 것이다. 계획하는 영혼들은 순진한 영혼들을 함부로 질이 낮은 육체 속으로 밀어넣는 일 같은 것을 하지 않기 때문이다. 모든 영혼과 육체의 결합 뒤에는 서로의 에고를 위한 목적이 있다. 사람의 몸은 육체적이고 정신적인 표현으로 영혼을 기쁘게 할 수도 있지만 또한 커다란 고통도 느끼게 할 수 있는 것이다. 앞으로 언급할 내용은 어떤 육체와 영혼이 화합하려고 노력하는 수련에 관한 것이다. 그런 협동을 위한 두 가지 사례를 들어보겠다.

나는 성격이 급하고 변덕스러운 영혼입니다. 그래서 내게 어울리는 성격과 공격적인 육체를 가진 태아를 원합니다. 우리는 그렇게 거울에 비친 것같이 흡사한 성격의 결합을 '더블더블(double-double)'이라고 부릅니다. 나는 좀이 쑤셔서 가만히 있을 수가 없습니다. 도전적이지 않은 마음을 가진 조용한 육체가 나를 침착하게 해주는 것을 모르는 것은 아닙니다. 하지만 그렇게 되면 나는 매우 게을러지고 자기만족에 빠지게 됩니다. 나는 감정적으로 차가운 육체의 소유자와 함께 있는 것이 편안하게 느껴집니다. 나는 또 분석적인 마음을 아주 좋아합니다. 무슨 결정을 내리기 전에 시간을 충분히 가질 수 있으니까요. 제인 속에 깃들어 있는 것은 마치 롤러코스터를 타고 있는 것 같지요. 그녀는 너무도 무모해서 함부로 아무 데나 뛰어듭니다. 그녀를 만류하려 했지만 말도 잘 듣지 않고 일을 저질러 많은 고통을 가져오지요. 하지만 적지 않은 기쁨도 있습니다. 모든 것이 당황스럽고, 참으로 거칠고 아슬아슬하지요.

어떤 육체와의 결합은 욕구불만을 가져오고 어려운 문제를 일으키기도 한다. 하지만 내가 만났던 그 많은 영혼들 중에서 다만 두 사례만이 깃들게 된 태아의 성격을 견뎌낼 수 없어 바꾸어주기를 바랐다는 말을 했다. 그 두 사례는 다른 영혼이 태아가 8개월이 되기 전에 대신 깃들게 되었다고 했다. 태아가 태어나기 전에 영혼이 바뀐다는 것은 극히 드문 일이다. 왜냐하면 그런 일이 없도록 인생을 택하는 장소인 링이 있기 때문이다.

사람들이 저지르게 되는 잘못을 다루었던 3장에서 영혼이 육체와 화합을 이루지 못하는 경우에 대해 설명했다. 또 나는 태아에 깃드는 어떤 영혼도 악하지 않다고 했다. 그렇다고 해서 영혼의 경험이 백지 상태에서 태아에 합류하지는 않는다. 영혼의 영구한 성격은 뇌의 모든 특질과 성격에 영향을 받는다. 그리하여 뇌는 영혼의 성숙함에 도전하는 것이다.

어떤 뇌는 부정적인 영향을 좀 더 쉽게 받아들인다고 말한 적이 있었다. 이 책에 쓰여진 많은 사례들은 영혼들이 상반되는 뇌와 씨름을 하거나 또는 육체와 조화로운 관계를 이루는 것에 관한 것이다. 지배력을 발휘하려는 영혼은 싸우기를 좋아하는 육체의 에고와 잘 어울리지 않을 것이다. 그와 반대로, 조심스럽고 낮은 에너지를 갖고 있는 영혼은 수동적이고 내성적인 성격을 지닌 육체를 택해야 자기의 소신을 펼칠 수 있을 것이다.

영혼이 새로 태어난 영아에게 깃드는 동반 관계는 영혼의 결점과 이 영혼을 필요로 하는 육체의 마음에 의해 이루어질 것이다. 계획하는 영혼들이 우리를 위해 선택하는 육체는, 어떤 특수한 성격 조합을 만들어 내기 위해 영혼의 성격적 결함에 특정한 신체 기질을 엮어놓은 것이다. 시술을 받으러 온 의사들과 심리학자들을 통해, 나는 발달 중인 태아의 뇌 속으로 영혼이 깃드는 것에 대한 간략한 해부학적인 해석을 듣게 되었다. 케이스 66은 그 한 예다. 최면이 끝난 뒤의 암시 작용으로 그런 전공을 가진 피술자들이 최면 상태에서 설명하고자 했던 것을 간략한 그림으로 나타냈는데, 그 그림은 내 작업에 도움이 되었다.

케이스 66

닥터 N 처음으로 태아 속으로 들어갈 때의 경험이 언제나 같은지 알고 싶군요.

영 아닙니다. 그렇지 않습니다. 인생 선택을 하는 링에서 엑스레이로 투시하듯 아기의 마음을 꿰뚫어 보아도 그 속으로 들어가는 것은 여전히 힘난한 일입니다.

닥터 N 최근에 겪었던 가장 어려웠던 경우를 말해주십시오.

영 세 번째 전생 때 나는 매우 뻣뻣하고 잘 받아들이지 않는 뇌에 깃들게 되었지요. 그 뇌는 나의 합류를 침략적인 것으로 느끼는 것 같았어요. 그런 현상은 좀 비정상적입니다. 다른 생애에서 깃들었던 육체들은 나를 순조롭게 받아들였어요. 통상적으로 나는 새 룸메이트처럼 받아들여졌지요.

닥터 N 그럼 그 경우는 육체가 당신을 배척해야 할 이물질처럼 느꼈단 말입니까?

영 아닙니다. 그렇지는 않습니다. 그 상태는 오히려 밀집한 에너지로 이루어진 둔감한 마음이었습니다. 내가 들어가는 것은 정신 활동이 결여된 상태를 방해하는 것이었습니다…. 뇌의 구획 사이에⋯ 교류에 대한 저항이 있었습니다. 무기력한 마음이 나에게 더 많은 부담을 줍니다. 그들은 변화하지 않으려 저항하지요.

닥터 N 어떤 변화 말입니까?

영 내가 그 태아의 공간에 있게 되는 것, 그러한 사실 때문에 요구되는 어떤 반응 같은 것 말입니다. 나는 그 태아의 뇌가 생각하도록 이끌었지만, 그 마음은 호기심이 결여되어 있었지요. 나는 자꾸만 신호를 보냈지만 태아의 뇌는 나의 부름에 대답하길 원하지 않았습니다.

닥터 N 당신은 어떤 것을 기대했습니까?

영 링에서는 내가 어른이 된 뒤의 결과적인 양상만을 보았습니다. 하지만 그때는 태아일 때, 그 마음이 새로운 것이었을 때 일어날 수 있는 모든 어려움을 보지 못했지요.

닥터 N 그랬군요. 그렇다면 태아의 뇌는 당신의 개입을 위협으로 생각했단 말입니까?

영 아닙니다. 다만 귀찮게 느꼈을 것입니다. 하지만 시간이 지나면서 나는 받아들여졌고, 태아와 나는 서로 적응을 하게 되었지요.

닥터 N 좀 전에 말한 신호를 보낸다는 사실에 대해 좀 알고 싶은데요. 당신이 선택한 태아의 경우, 그러한 절차는 무엇을 의미하게 됩니까?

영 내가 발달을 계속하고 있는 태아의 뇌로 들어가게 될 때면, 대개 임신 4개월쯤 되었을 때 들어가게 됩니다. 우리의 안내자는 그런 기간에 관해서 선택의 자유를 주기도 하지요. 하지만 나는 6개월이 지난 뒤에 들어가지는 않습니다. 내가 모체의 자궁 속으로 들어가게 되면 밀집된 에너지로 된 붉은빛을 만듭니다. 그 빛으로 태아의 척추를 훑어 내려갔다 올라갔다 하지요. 그 다음에는 뇌 신경망을 훑지요.

닥터 N 왜 그런 일을 하게 됩니까?

영 그렇게 함으로써 생각 전달, 즉 감각을 보내는 능력을 알게 되기 때문이지요.

닥터 N 그럴 때 어떤 일을 하게 됩니까?

영 나의 그 붉은빛으로 경막… 뇌의 바깥쪽 막을 비춰주지요… 부드럽게….

닥터 N 왜 붉은빛입니까?

영 그렇게 함으로써… 태아의 육체적인 느낌에 특별히 예민해지게 됩니다. 나는 나의 따뜻한 에너지를 태아의 회청색 뇌에 스며들게 합니다. 내가 도착하기 전에 태아의 뇌는 잿빛으로 보였지요. 내가 하는 일은 중앙에 나무가 있는 어두운 방에 등을 켜서 밝히는 일입니다.

닥터 N 이해가 안 되는데요. 나무에 대해 좀 설명해주십시오.

영 (열심히) 나무는 줄기입니다. 나는 뇌의 좌실과 우실 사이에 머뭅니다. 그 뇌가 어떤 작용을 하는지 알아보는 데 가장 좋은 자리를 차지한 셈이지요. 그리고 나서 나는 나무의 가지들로 옮겨 다니며 회로를 조사합니다. 시상 주위에 있는 대뇌 피질의 회백질 층을 둘러싸고 있는 섬유질의 에너지 밀도가 어떠한지 알고자 하지요…. 그 뇌가 어떻게 생각하고 사물을 감지하는지를 배웁니다.

닥터 N 뇌 속에 있는 에너지의 밀도나 결핍이 얼마나 중요합니까?

영 마음 어느 곳에 지나치게 밀도가 응집되어 있는 곳이 있다면, 그것은 무엇인가 막힌 것이 있다는 것을 의미합니다. 그렇게 막혀 있으면 세포 사이의 적절한 활동이 방해를 받게 됩니다. 가능하다면 나는 나의 에너지로 막힌 부분을 교정해주고 싶습니다. 아시다시피 그런 일은 아기의 뇌가 형성 중일 때 해야 되는 일이지요.

닥터 N 태아의 뇌의 발달을 당신이 조종할 수 있다는 말입니까?

영 (웃는다.) 물론이지요! 당신은 영혼들이 기차를 타고 가는 승객 정도로만 알았습니까? 아무 일도 하지 않고 그저 실려가기만 하는? 나는 그 막힌 부분을 아주 부드럽게 자극해줍니다.

닥터 N (일부러 좀 둔한 태도로) 당신과 태아는 애초에 지성이 아주 부족한 줄로 알았는데요.

영 (웃는다.) 하기야 그렇지요. 태어나기까지는 말입니다.

닥터 N 앞에 설명한 그 모든 일들로 뇌파의 기능을 발전시킬 수 있다고 생각합니까?

영 그것이 바로 우리가 기대하는 것입니다. 종합적으로 말하자면, 영혼의 진동 수준과 능력, 아이의 뇌파의 자연스러운 리듬, 즉 그 전기 흐름과 어울리게 하는 것이지요. (원기 왕성하게) 내가 깃든 육체는 생각을 전달하는 속도를 빠르게 만들어준 나를 고맙게 생각할 것입니다. (잠깐 멈추었다 다시 말한다.) 어쩌면 그렇게 생각하는 것은 나의 바람인지도 모르지요.

닥터 N 영혼의 자극과 지속되는 진화 속에서, 앞으로 뇌의 미래가 어떻게 되리라고 생각합니까?

영 정신적 텔레파시가 가능해지겠지요.

나는 어린 영혼들이 태아 속에 깃들 때 케이스 66보다 더 무뎠던 경우를 보기도 했다. 하지만 그러한 방법은 경험이 부족한 영혼이 지나친 열성에서 오는 어리석음으로 아이를 흔들어놓는 것보다는 나을 것이다. 보통 영혼들은 새로 깃들게 된 육체를 알기 위해 엄격히 조사를 하기도 한다. 하지만 그들은 그런 탐색에 대해 "아이에게 기쁨을 주기 위한 간지럼 태우기"라고 표현한다. 본질적으로 그런 기간은 모성의 육체나 영혼과 합류해야 하는 중요한 때이기도 하다. 모성도 그 기회를 통해 정신적으로 서로를 알아가는 절차 속으로 휘말려 들어가고 있기 때문이다. 태아 속에 영혼이 깃드는 자리는 뇌뿐만이 아니다. 영혼의 에너지는 아기의 몸 전체에서 빛을 뿜게 되는 것이다.

케이스 66은 의사였다. 다음에 설명되는 것은 의학과 관계없는 경력을 지닌 영혼의 사례다. 새로운 인생이 시작될 때 두 존재가 하나로 결합되는 과정을 설명한 것이다. 영혼들은 태아 속으로 들어갈 때 언제 어떻게 들어가겠다고 선택을 하기도 한다. 다음은 어느 신중한 앞서가는 영혼이 택했던 방법으로 그런 과정을 알게 해준 사례다.

케이스 67

닥터 N 보통 태아의 마음으로 깃들게 될 때 어떠한 방법으로 하게
됩니까?

영 처음에 그것은 약혼하는 것같이 생각되지요. 나는 지금 깃든
몸에 임신 8개월 때 들어왔습니다. 나는 좀 늦게 들어가는 쪽을
좋아합니다. 태아의 뇌가 좀 더 커지면 합칠 때 좀 더 많은 일
을 할 수 있으니까요.

닥터 N 늦게 깃들게 되면 다른 불편한 점이 없습니까? 그렇게 되면
개성이 좀 더 뚜렷해진 뇌와 대결하게 되잖아요.

영 내 친구들은 더러 그렇게 생각하기도 합니다만, 나는 그렇지
않습니다. 나는 서로를 좀 더 잘 알아볼 수 있을 때 아이를 만
나 이야기할 수 있기를 바랍니다.

닥터 N (좀 멍한 태도로) 태아와 말을 한단 말입니까? 정말 그렇게 합
니까?

영 (웃는다.) 물론이지요. 우리는 태아와 의사소통을 합니다.

닥터 N 천천히 이야기해주십시오. 누가 어떤 말을 먼저 하게 됩니
까?

영 태아가 당신은 누구냐고 묻습니다. 그럼 나는 "너하고 놀고 어
울리려고 온 친구"라고 대답합니다.

닥터 N (일부러 감정을 건드리면서) 그건 거짓이 아닙니까? 당신은 놀러간 게 아니잖아요. 당신은 그의 마음을 사로잡기 위해 간 것이 아닙니까?

영 제발 진정하십시오. 당신이 누구에게서 어떤 이야기를 들었는지 모르지만, 그 태아의 마음과 내 영혼은 함께 있기 위해 마련된 것이었지요. 당신은 내가 지구를 침략하러 온 이방인이라고 생각하는 것입니까? 나는 내가 오기를 기다리고 있었던 것 같은 그 태아의 환영을 받으며 함께 어울리게 된 것입니다.

닥터 N 다른 영혼들 중에는 그와 다른 경험을 한 경우도 있는 것 같았는데요.

영 보세요. 나도 좀 어색하고 서툰 영혼들을 압니다. 그들은 일을 잘해내려는 지나친 열성 때문에 마치 도자기 파는 가게로 돌진하는 황소처럼 태아 속으로 들어가지요. 앞으로 내미는 에너지가 너무 많으면 저항을 초래하게 됩니다.

닥터 N 현재의 인생으로 올 때, 태아는 당신이 들어오는 데 대해 전혀 저항이 없었습니까?

영 없었지요. 그들은 그때까지만 해도 걱정을 할 만큼 아는 것이 없습니다. 나는 뇌를 어루만지는 것으로 시작하지요. 나는 곧바로 따뜻한 사랑과 우정을 투사할 수 있습니다. 대부분의 태아들은 자신의 일부로서 나를 받아들입니다. 하지만 드물게 저항하기도 하지요. 현재 내가 깃든 육체처럼 말입니다.

닥터 N 아, 그렇습니까? 그 태아는 무엇이 달라서 그런 겁니까?

영 그건 큰 문제가 아니었습니다. 다만 태아가 '이제 당신이 여기로 왔으니 나는 누구일까요?' 하고 생각했기 때문이지요.

닥터 N 내 생각엔 그것은 작은 문제가 아닌 것 같은데요. 본질적으로 그 아이가 자기의 정체성이 그렇게 들어온 당신에게 달려 있다고 생각한 것이 아니겠습니까?

영 (참을성 있게) 그 태아는 스스로 묻기 시작했지요. "나는 누구지?" 하고 말입니다. 어떤 태아는 그런 점을 유달리 밝히기도 하지요. 또 반항을 하는 태아들도 있고요. 그들에게 영혼은 굴 속에 들어 있는 진주처럼 조용히 시작하려는 자신들을 짜증 나게 만드는 존재일 수도 있지요.

닥터 N 그래서 당신은 그 아이가 정체성을 억지로 포기한다고 느끼지는 않을 거라고 생각하는군요.

영 아닙니다. 우리는 아이에게 정체성의 깊이를 부여하기 위해 영혼으로 깃들게 됩니다. 아이들의 정체성은 우리와 함께 있음으로써 더 명확해지는 것입니다. 우리가 깃들지 않으면 그들은 덜 여문 과실같이 되고 말 것입니다.

닥터 N 하지만 그 아이는 그러한 것을 태어나기 전부터 알고 있습니까?

영 태아는 다만 내가 모든 것을 함께하기 위해 친구가 되려고 한다는 것을 알지요. 우리는 간단한 일부터 함께하게 됩니다. 모태 속에 있을 때 불편한 자세 같은 것에 대해 이야기하곤 하지요. 한번은 탯줄이 아이의 목을 감고 있는 경우가 있었는데, 나는 아이를 가만히 있도록 달랬습니다. 그러지 않았다면 그 탯줄이 더 목을 졸라매어 상태가 더 나빠졌을지도 모르지요.

닥터 N 그때 태아를 어떻게 도왔는지 말해주십시오.

영 나는 아이의 출산을 위해 준비합니다. 그 경험은 태아에게 충격을 주는 것이니까요. 상상해보십시오. 따뜻하고 편하고 안전했던 어머니의 자궁에서 강제로 쫓겨나듯이 나와 병원의 밝은 불빛과… 잡음들을 듣게 되고… 또 공기를 들이마시며 숨을 쉬어야 하고… 사람들 손을 타야 합니다. 그때 아이는 나의 도움을 고맙게 생각하지요. 그때 내가 해야 할 가장 중요한 일은, 뇌를 이완시켜 두려움을 달래고 모든 것이 잘되리라는 것을 알리는 것이지요.

닥터 N 영혼이 도움을 베풀러 가기 전에 태아는 어떠했는지 알고 싶군요.

영 그때 태아의 뇌는 너무 원시적이어서 출생의 힘든 경험을 이해할 수 없었습니다. 일이 어떻게 진행되고 있는지 몰랐지요. (웃으며) 물론 나는 그때 함께 있지 않았으니까 말입니다.

닥터 N 걱정을 하는 어머니도 달래주는 방법이 있습니까?

영 거기에는 숙달된 능력이 필요하지요. 내가 존재하는 대부분의 기간 동안 나는 어머니가 놀라거나 슬프거나 화를 내게 되어도 아무런 도움이나 영향을 줄 수 없었습니다. 영혼은 에너지의 진동을 어머니나 아이의 자연스러운 리듬에 맞출 수 있는 능력을 길러야 합니다. 어머니를 편안하게 하기 위해서는 셋 이상의 파장 레벨을 화합시켜야 합니다. 당신의 파장도 그 속에 포함되지요. 나는 때때로 태아로 하여금 어머니의 배를 차게 하지요. 우리들이 잘 있다는 것을 알리기 위해서 말입니다.

닥터 N 그렇다면 아이가 태어날 때 아이와 합병하는 어려운 일은 끝나는 것인가요?

영 솔직히 말하자면 나의 경우 그때 합병이 끝난 것은 아닙니다. 나는 여섯 살이 될 때까지 이차적으로 말을 겁니다. 완전한 융합은 서둘지 않는 것이 좋지요. 당분간 우리는 2인 1조로 게임을 하기도 합니다.

닥터 N 아이들이 마치 가상의 친구라도 있는 것처럼 혼자서 이야기하는 것을 보았습니다. 그럴 때 그들은 영혼과 이야기하는 것인가요?

영 (웃는다.) 그렇습니다. 하기야 우리의 안내자들도 우리가 어릴 때는 같이 놀기를 좋아합니다. 그리고 노인들이 혼자서 말을 하고 있는 것을 본 적이 있습니까? 그들은 다른 끝에서 자기들 나름대로의 이별을 준비하고 있는 것이지요.

닥터 N 지구로 와서 윤생을 거듭하게 되는 것을 보통 어떻게 생각합니까?

영 선물로 생각하지요. 지구는 정말 여러 가지 다양한 양상을 갖춘 천체입니다. 물론 이곳엔 골칫거리도 많지요. 하지만 즐거운 것도 있습니다. 또 그 무엇보다 너무나 아름다운 곳이기도 하지요. 인간의 육체는 그 구성과 형태에 있어 감탄을 금할 수 없는 것입니다. 나는 새로운 육체에 깃들게 될 때마다 놀라움을 금치 못합니다. 수많은 다른 방법으로 내가 그들 속에서 내 자신의 뜻을 나타낼 수 있는 것, 특히 가장 중요한 방법인 사랑으로 표현할 수 있는 것에 감탄을 합니다.

10
우리들의 영혼이 가는 길

인간들이 영원한 왕국에 사는 존재로 부활하게 된다는 관념은 고대부터 인류 역사로 전해오는 것이기도 하다. 태초부터 인간들은 인생과 사후의 생이 온전한 일체로서 전능한 힘에 의해 다루어져왔다는 것을 믿어왔다. 그런 정서는 내가 석기시대까지 퇴행시킨 많은 피술자들의 영혼의 기억 속에도 존재하고 있었다. 그 이후로 오랫동안 우리는 영혼의 세계를 추상적인 장소가 아닌 또 다른 의식의 상태라고 생각했다. 사후의 생은 다만 우리 인생의 확장이라는 생각을 하기도 했다. 하지만 나는 세계가 철학자 스피노자가 아름답게 표현했던 개념으로 되돌아오고 있다고 믿는다.

"모든 우주는 우리도 한 부분을 이루는 단일한 존재다. 신은 밖에서 지배하는 존재가 아니라 이미 존재하는 그 모든 것이다."

아틀란티스나 샹그릴라 같은 전설은 인간들이 한때 누렸다가 잃어버린 유토피아를 다시 찾으려는 영원한 바람에 기원을 두고 있다고 생각한다. 내가 다루었던 모든 피술자들은 초의식 상태에 이르면 모두 유토피아적인 고향의 기억을 지니고 있었다. 애초에 유토피아는 관념을 나타내는 것이었지 사회를 말하는 것이 아니었다. 피술자들의 영혼은 영계를 관념의 공동체로 본다.

그런 견해로 볼 때 영계는 생각을 스스로 정화하는 곳이기도 하다. 내가 보아온 사례들에 의하면 지구로 환생하는 영혼들은 아직도 완벽하지 않은 단계에 속하는 영혼들이기도 하다. 그럼에도 불구하고 우리의 존재는 영계에서 유토피아적인 상태에 있는 것으로 생각할 수 있다. 그곳에는 영혼들의 우주적인 조화가 있기 때문이다. 정의와 정직, 유머와 사랑이 사후 우리 삶의 토대다.

이 책에 쓰여진 모든 정보를 읽은 후 우리가 꿈꾸던 이상향이 우리 속에 있지만 망각에 의해 의식적인 기억에서 지워져버린 것이 잔인해 보일 수밖에 없다는 것을 알게 될 것이다. 그렇게 지워진 것들은 최면이나 명상, 기도나 채널링(channeling), 요가, 상상이나 꿈, 또는 육체의 힘이 다하게 되었을 때 도달하는 정신적 상태에서 되살아나기도 한다. 또 그럴 때는 스스로 무엇을 가능하게 하는 힘을 느끼기도 한다. 약 2,400년 전 플라톤은 환생에 관해 쓴 글에서, 영혼은 망각의 강인 레테를 건너야 하는데 그 강물이 천상의 기억을 잊게 한다 했다.

영혼 역사의 신성한 진실은 오늘날 다시 찾아볼 수 있게 되었다. 우리가 의식적인 마음을 앞질러 망각의 강물에 젖지 않은 무의식에 도달하는 방법을 알게 되었기 때문이다. 더 높은 우리의 자아는 시공을 초월한 곳에서 우리에게 속삭이고, 지난날의 승리나 죄를 선택하여 기억한다. 우리의 안내자들도 영계와 현생에서 우리에게 최상의 것을 알려주려고 노력한다. 새로 태어나는 아이들에게는 훤히 트인 미래를 향한 새로운 출발의 기회가 주어진다. 스승들은 우리의 영혼에게 업을 다스리는 기회를 주되, 전생에 겪었던 유혹이나 함정에 빠지지 않도록 도와주려 한다. 우리가 자아를 찾는 길로 들어설 때, 그들은 망각의 선택에 있어 관대하다. 이 길은 우리가 예지에 이르는 최상의 도정이기도 하다.

왜 우리의 영적 삶에 대한 망각 폐쇄가 느슨해져서 영계를 연구할 수 있게 되었는가 하는 의문이 자주 떠오른다. 21세기에 접어들면서, 젊은 퇴행치료사들은 우리 세대가 할 수 있었던 것보다 훨씬 진척된 연구로 영계에 대한 것을 더 많이 알아낼 수 있기를 바라기 때문에 나는 이 문제에 관해 상당히 많이 생각한다. 나는 우리가 영혼의 세계에 관한 것을 좀 더 많이 발견하게 된 이유가 20세기를 지나온 자연스런 결과라고 생각한다.

최면술의 혁신적인 발전이 있었다는 점도 고려하여야 할 것이다. 하지만 지난 30년 동안 우리의 망각이 느슨해진 데에는 더 강력한 이유가 있다. 인간 사회에 있어 그렇게 많은 종류의 약들이 퍼지게 된 것은 전에는 볼 수 없던 현상이었다. 그처럼 마음을 변하게 하는 화학물질들이 정신의 눈을 가리는 안개로 뒤덮인 몸속에 영혼들을 가두어버렸다. 영혼의 본질은 화학물질에 중독된 마음에서 자신의 뜻을 발휘할 수 없다. 영계에 있는 계획자들은 이러한 인간 사회의 현상을 보고 더 이상 견딜 수 없었을 것이다. 또 다른 이유도 있다. 20세기가 저물어가는 이때, 인간들은 지나치게 높은 인구 밀도와 오염된 환경 속에서 미친 듯이 날뛰면서 맹렬하게 살고 있다. 지난 100년 동안 지구에서 일어난 모든 종류의 대량 파괴는 어느 시대에도 보지 못했던 현상이었다.

하지만 그런 평가에도 불구하고 나는 미래에 대해 비관하지 않는다. 어떤 지역에 사는 사람들의 생활은 다른 곳보다 퇴폐적일 수도 있을 것이다. 그러나 우리는 지난 100년 동안 문화적으로나 정치적으로 또 경제적인 면에 있어서도 커다란 진보를 이루었다. 많은 면에서 세계는 1950년대보다 훨씬 안전한 곳이 되었다. 국제적으로도 모든 국가가 좀더 사회적 양심을 표하게 되었다. 그리고 20세기가 시작될 무렵까지도 성행했던 군주주의나 독재주의의 긴 역사 속에서 찾아보기 어려웠던, 평화를 위한 노력을 볼 수 있게 되었다. 21세기에 들어와 우리가 직면한 문제는 물질에 지배되는 인구 초과의 사회에서 일어나는 정체성 상실과 인간의 존엄성 파괴일 것이다. 세계화, 도시의 확장과 팽창은 외로움과 분열을 초래하는 것이다. 사람들은 생존하는 것 이외에는 아무것도 믿을 수 없게 될 것이다.

나는 우리가 영원한 존재라는 것을 알게 되는 영적인 문이 열렸다고 믿는다. 그러한 사실을 부정하는 것은 생산적이지 않다. 내가 경험한 영혼의 세계에서는, 지구에서 무엇인가 잘못되는 것이 있으면 변화를 가했다. 인간들에게 기억을 상실하게 하는 것은 특정한 카르마적인 일들에 대해 어떻게 반응할 것인지 미리 준비하는 것을 방지하려는 것이었다. 하지만 이제 그런 기억상실로 얻을 수 있는 이점은, 화학물질에 의한 무관심의 진공 상태에서 사는 사람들의 문제들을 다스려야 하는 것에 비하면 그 중요성이 적어진 것 같기도 하다. 이 세상에는 너무나 많은 사람들이 목적이나 살 의미를 갖지 못해 현실에서 도피하려 하고 있다. 약과 술은 말할 것도 없거니와, 인구가 과열되고 기계문명이 고도로 발전한 세계에서 사람들은 영혼의 공허함을 느끼게 된다. 사람들이 육체의 이기적 감각에 의해 지배되기 때문이다. 그런 사람들은 진짜 자아와의 연결이 전혀 없거나 거의 없다.

우리 개개인은 어느 누구와도 같지 않은 독특한 존재이기 때문에, 내적 평화를 원하는 사람들은 자신의 영성을 찾게 될 것이다. 우리가 다른 사람의 경험만을 믿고 의지하게 된다면 도중에 우리 자신의 개성을 잃고 말 것이다. 조직의 교리에 의한 것이 아닌 자아 발견이나 개인의 철학은, 그것을 성취하는 데에 많은 노력이 필요하지만 그 보상 또한 크다. 그런 성취로 향한 길은 많지만 그 모든 것은 자신을 향한 믿음에서 시작된다. 카뮈는 이렇게 말했다.

"합리적이고 비합리적인 것은 같은 이해에 이르게 된다. 걸어온 길은 문제가 되지 않으며 도착하려는 의지만으로 충분하다."

우리가 지상의 미로를 헤매는 반면에, 사후에 대한 환상은 우리 속에 성소로 머물게 된다. 우리의 영원한 고향을 알아내는 것이 어려운 이유는 산만한 인생 때문이기도 하다. 아무것도 묻지 않고 일어나야 할 일이 일어나게 된다고 생각하면서 인생을 있는 그대로 받아들이는 것은 나쁘지 않다. 하지만 더 많이 알기를 바라는 사람들은 단순히 인생을 받아들이는 것에 만족하지 않는다. 인생을 여행하는 나그네들에게 살아 있다는 것이 어떤 의미를 갖는지 알아보기 위해, 인생의 신비는 주의를 환기시키려 소리치기도 한다.

　우리 자신의 영생의 길을 찾으려면 "어떠한 행동 강령을 믿고 있는 가?" 하고 자문해보는 것도 좋다. 어떤 신학자들은 종교를 믿지 않는 사람들이 더 높은 권위자에 의해 쓰여진 성경이 지시하는 도덕이나 윤리적 책임감에서 해방되려 한다고 말한다. 하지만 우리가 죽게 되면 종교 단체에 평가를 받게 되는 것이 아니라, 우리의 행동과 가치관에 의해 평가되는 것이다. 내가 잘 알게 된 영혼의 나라에서는, 우리가 우리 자신을 위해서 했던 일보다도 남을 위해 한 일들로 평가된다.

　만약 전통적인 종교적 행사가 마음에 들고 정신적 충족을 준다면, 성경에 대한 믿음으로 고무되고 함께 예배하는 공동체를 원하게 될 것이다. 또 비슷한 생각을 가진 사람들과 함께 규정된 영적 개념을 따르는 데 만족감을 느끼게 될 것이다. 그렇게 하는 것이 사람들의 영적 성장에 도움이 되고 위안을 줄 수도 있지만, 그것이 모든 사람들에게 적합한 방법은 아닐 것이다.

　만약 마음속의 평화가 없다면 어떤 영적인 결합도 무의미할 것이다. 사람들이 천상에서 귀 기울이는 존재가 없기 때문에 영적인 안내도 받지 못하고 고립되어 있다고 생각함으로써 자신을 내적인 힘과 분리시킨다면, 삶에서도 해체가 일어나게 될 것이다. 나는 그토록 찾았어도 오랜 세월 영적인 것에 대한 확고한 기반이 없었기 때문에 영속적인 믿음을 가진 사람들을 존경해왔다. 무신론자들과 회의주의자들은 논리적으로 당연한 증거나 입증된 증거가 없다는 이유 때문에 종교적이거나 영적인 지식들을 받아들일 수 없다고 말한다. 무신론자들은 단순히 믿음을 가진다는 사실을 확인된 지식으로 받아들일 수 없는 것이다. 나도 그들과 같은 부류에 속했으므로 같은 생각을 하고 있었다. 사후에 대한 나의 믿음은 최면에 든 피술자들의 영혼과 함께 일함으로써 천천히 형성되었다. 연구를 통해 어떤 발견을 하게 될 때까지, 그런 시술은 내가 믿었던 직업적인 훈련에 불과했다. 그럼에도 불구하고 내 자신의 영적 깨달음은 오랜 세월에 걸친 명상과 연구에 대한 성찰에 기인한 것이었다.

영적인 자각은 개인적인 탐구 작업이다. 그렇지 않으면 의미가 없다. 우리는 당면한 현실의 영향을 많이 받는다. 그리고 그런 현실과 너무 떨어져 있는 것은 보지 않고 부딪치는 것부터 하나씩 접하게 된다. 잘못된 방향으로 가게 될 때도 우리는 거기에서 우리를 가르치도록 마련된 많은 길을 향한 통찰력을 얻는다. 우리의 육체적인 환경과 영혼이 화합을 이룰 수 있도록, 우리에게는 자유의지를 발휘할 선택의 자유가 주어졌다. 왜 우리가 여기로 와야 했는지 그 이유를 알아내는 데에 자유의지를 발휘할 선택의 자유가 주어진 것이다. 인생의 길에서 우리는 불행을 불러온 모든 불운을 남의 탓으로 돌리지 말고 모든 결정을 스스로 책임져야 할 것이다.

이미 말한 것과 같이, 우리의 의무를 다하기 위해서는 언제든지 가능할 때마다 다른 사람들도 도와야 한다. 다른 사람들을 도움으로써 우리 자신을 돕게 되는 것이다.

자기 도취에 빠져 자기밖에 모르면 다른 사람을 볼 수 없다. 하지만 자신의 집에서 집주인이 없어진다는 것은 인간으로서도 구실을 다하지 못하게 된다. 우리의 육체는 우연히 주어진 것이 아니다. 그것은 영혼의 스승들이 우리를 위해 선택한 것이다. 또 우리는 선택의 여지가 있었던 다른 육체들을 미리 본 뒤에 지금 갖게 된 육체를 선택할 것에 동의했다. 그와 같이 우리는 상황의 희생자가 아니다. 인생에 있어서 활발한 참가자가 되고 방관자가 되지 말라고 그 몸을 부여받은 것이다. 우리는 그런 인생의 성스러운 계약을 했다는 것을 잊지 말아야 한다. 그리고 우리가 지구에서 맡은 역할이 우리 자신보다 훌륭한 것임을 알아야 할 것이다.

우리들 영혼의 에너지는 현재의 발전 상황에서는 알 수 없는 더 높은 실력자에 의해 만들어졌다. 그러므로 우리는 한 인간으로서 우리 자신이 어떤 인간인지 규명하는 데 초점을 맞추어야 하고, 우리 속에 있는 신성의 조각을 찾아내어야 한다. 개개인의 통찰력을 제한하는 유일한 장애는 자아 기만이다. 다른 사람들의 영적인 길이 당신과 아무런 관련이 없다 해도, 당신에게 필요한 것을 위해 설계된 것이 없다는 것을 의미하는 것은 아니다. 우리의 존재 이유, 우리가 누구인가 하는 것이 인생에 있어 참다운 진리인 것이다. 어떤 사람이 어떤 곳에서 진리가 명시되는 것을 느꼈다 하더라도, 그곳이 다른 사람을 위해 똑같이 그 같은 일을 하는 곳은 아닌 것이다.

기본적으로 우리는 영혼과 함께 있지만, 혼자 있는 것이 외롭다고 생각하는 사람들은 그들 자신을 아직도 찾지 못한 것이다. 스스로 영혼을 찾게 되는 것은 자아 소유와 관련된다. 개별적인 본질을 포착하는 것은 사랑에 빠지는 것과도 같다. 그것은 당신 속에서 잠자고 있던 것이 당신 생애의 어느 지점에서 자극에 의해 깨어나는 것과 같다. 영혼은 처음 당신 곁을 가볍게 장난을 치며 날아다닌 것 같을 것이다. 멀리서만 볼 수 있는 기쁨을 보여주면서 더 멀리 나아가도록 유혹할 것이다. 자아 발견에 있어 처음으로 느끼게 되는 이끌림은 무의식의 마음이 놀이같은 접촉으로 의식의 마음에 깃드는 것으로 시작된다. 우리의 내적 자아를 확실히 거머쥐려는 열망이 강해질수록 우리는 더욱 친밀한 관계를 이루게 된다. 우리의 영혼을 안다는 것은 진아(眞我)와의 성실한 결혼을 의미하기도 한다. 자아 발견의 놀라운 면은 당신이 당신 내부의 목소리를 들으면 당장에 그것을 알아차린다는 것이다. 내 경험을 통해 나는 이 세상에 있는 모든 사람들이 개인적 영혼의 안내자를 갖고 있다는 것을 알게 되었다. 그런 영혼의 안내자들은 우리에게 수용력이 있으면 우리 내면의 마음을 향해 말을 하게 된다. 어떤 안내자는 좀 더 쉽게 연락을 취할 수 있지만, 그렇지 않은 안내자들도 있다. 그러나 우리 개개인은 우리의 안내자들을 불러서 그들이 하는 말을 들을 수 있는 능력을 지니고 있다.

인생에 있어서 우연히 일어나는 일이라고는 없다. 하지만 사람들은 무작위로 일어난다고 여기는 일들로 혼란을 겪는다. 그런 인생 철학들이 영혼의 질서에서 오는 생각에 반하여 작용하는 것이다. 우리는 자신의 삶을 통제할 수 없고 우리가 하는 일도 중요하지 않기 때문에 자신을 찾으려는 노력도 의미가 없다는 생각은, 그다음 일을 쉽게 해주기도 할 것이다. 사건들이 아무렇게나 일어난다고 생각하는 것은 어떤 사건에 대한 우리의 반응에 부정적인 영향을 미친다. 그리고 그러한 일들을 설명하려는 생각을 기피하게 만든다. 인생을 향한 숙명적인 견해로 '신의 뜻'이라거나 '내 업의 소치'라는 말들을 하는 것은 나태함과 목적을 잃어버린 상태를 초래하게 된다.

인생에서 의미 있는 일들은 작은 것이나 큰 것이나 모두 한꺼번에 온다. 자아 의식은 우리가 목적지라고 생각했던 것을 뛰어넘을 수 있다. 카르마는 배움을 촉진시키는 우리의 길에 있는 조건을 활성화시키는 것이다. 원천이 이 모든 필요한 것을 처리하고 있다는 생각은 과장이 아니다. 정신적 형식주의자들은 죽은 후에 창조주와 다시 통합되기를 기다린다. 반면에 본질주의자들은 매일 자신 안에 있는 창조주의 한 부분을 느낀다. 영적 통찰은 조용하고, 내성적이고, 민감한 순간, 즉 하나의 생각의 힘에 의해 명백해진 그런 때에 우리에게 오는 것이다.

인생은 약속의 이행을 위해 항상 변하는 것이다. 세계 속에 오늘 우리가 있는 곳은 내일이면 달라질지도 모른다. 우리는 인생에서 그렇게 다르게 예측되는 것들에 적응하는 법을 배워야 한다. 왜냐하면 그런 변화 역시 우리를 발전시키는 계획의 한 부분이기 때문이다. 그렇게 함으로써, 깊은 곳에 숨어 있는 영원한 영혼의 마음을 가리고 있는 일시적인 바깥 껍질에서 헤어나는 진실한 자아의 초월이 이루어질 것이다. 환멸과 실망의 감정에서 인간의 마음을 해방시키고 고양시키기 위해서, 우리는 의식을 넓히고 우리가 저지른 잘못을 용서해야 한다. 나는 우리가 자신을 향해 웃고, 살아가는 동안 저질렀던 바보 같은 일들을 웃어 날려버리는 것이 정신 건강에도 아주 좋은 거라고 생각한다. 인생은 갈등과 투쟁으로 가득 차 있다. 우리가 느끼는 아픔과 행복은 우리가 지구에 와 있는 이유이기도 하다. 하루하루는 모두 새로운 시작인 것이다.

여기에 마지막 사례가 있다. 이것은 영혼의 나라를 다시 떠나 새로운 환생을 하기 위해 지구로 가는 영혼이 한 말이다. 이 책을 끝내는 데 적절한 표현인 것 같아 여기에 적기로 한다.

지구로 오는 것은 집을 떠나 외국으로 가는 것 같습니다. 어떤 것은 좀 낯이 익지만, 많은 것이 익숙하질 때까지는 좀 이상합니다. 특히 용서할 수 없는 상황은 더욱 그런 것 같습니다. 우리의 진짜 고향은 완벽한 평화에 싸여 있는 곳입니다. 전적인 수용과 사랑이 있는 곳이지요. 고향을 떠나게 되면, 우리는 그렇게 아름답던 그 모든 것이 우리들 주위에 있으리라 생각할 수 없습니다. 지구에서 우리는 기쁨과 사랑을 추구하면서 참을 수 없는 것을 다스리는 것을 배워야 하고, 노여움과 슬픔도 다스려야 했습니다. 그러는 동안 온전함을 잊지 말아야 했습니다. 생존을 위해 선을 희생한다든지 주위에 있는 사람들에게 잘난 체하거나 비굴해지는 일이 없도록 해야 합니다. 불완전한 사회에 살게 되면 우리는 참된 의미의 완전무결함을 알게 됩니다. 우리가 영계로 떠나는 여행을 하게 될 때까지 우리는 용기와 겸손을 배우게 됩니다. 깨달음이 많아질수록 우리 삶의 질도 나아질 것입니다. 우리는 그렇게 시험당하는 것입니다. 그런 시험에 합격하는 것이 우리의 운명입니다.

역자 후기

첫 번째 책인 《영혼들의 여행》이 발간되자, 적지 않은 독자들에게서 연락이 왔다. 그들 대부분이 신비한 것을 알게 된 놀라움을 말하며 뉴턴 박사가 쓴 또 다른 책이 있는지, 그분이 쓴 것이 아니더라도 그 계통으로 깊이 연구한 책이 있으면 알려달라는 부탁을 하는 사람들이 많았다.

어렵게 생각하던 신비의 세계를 너무 쉽게 알게 되어 오히려 그 신빙성을 의심하는 사람도 없지 않았다. 평화로운 내용인 줄도 모르고 두려워 읽기 싫다는 안타까운 오해를 하는 사람도 있었다. 또 한 쪽도 읽어보지 않고 세간에 흔히 떠도는 미신으로 간주해버리는 사람도 없지 않았다. 나는 그런 사람들을 대하면 대답 대신 웃게 되곤 했다.

사실 나도 처음에는 좀 황당무계한 생각이 들기도 했다. 이렇게 간단한 방법으로 진리를 알 수 있는 것을, 인간들은 몇 천 년 동안 철학이나 과학의 분야에서 그렇게 어려운 연구를 추구해왔나 하는 의아함을 느끼기도 했다. 하지만 그런 생각에도 불구하고 내가 쉽게 이 책이 말하고자 했던 것을 이해하고 긍정하게 된 것은 내가 겪었던 신비 체험, 그 누구도 확실히 해명해줄 수 없었던 그것을 그 책이 확실히 설명해주었기 때문이었다. 그래서 영적인 경험이나 흥미가 없는 사람들이 이 책을 이해하기에는 주저와 저항이 있다는 것을 이해하게 되기도 했다.

신앙이란 무엇인가 하는 질문에 예수는, 그것은 인간이 신이 되는 생활에 이르기를 확인하는 일이며, 구원이란 신의 마음에 이르는 사다리인데 3단계를 거쳐서 가게 된다고 했다.

그 첫 단계는 신념이다. 그것은 인간이 그것이 진리일 것이라고 생각하는 것이다. 둘째는 신앙이다. 그것은 인간이 진리를 아는 것이다. 셋째는 완성, 즉 자기가 진리가 되는 것이라 했다.

그러나 서구의 어느 철학자가 기독교는 너무 큰 이상의 등불을 쳐들고 있기 때문에 많은 사람들이 그 믿음이 가르치는 것을 따라가기 힘들었다고 말했듯이, 나는 그런 예수의 말에 고개를 끄덕이게 되면서도 그 종교에 귀의할 수 없었다.

그러나 나이가 들면서 인생의 경험을 쌓게 되고 예수가 뜻했던 의도, 역사나 권력에 의해 오탁되지 않았던 그 원초의 맑은 뜻을 알게 되자, 앞에 말한 예수의 말들이 새로운 빛과 의미를 띠며 마음으로 다가왔다.

아마 이것이 진리일 것이라고 생각하는 것이 신념이라면 나는 아직도 그런 믿음을 가질 그 아무것도 알지 못하여 신념을 가질 수 없었고, 또 그 때문에 암중모색의 인생길을 살아온 것을 새삼 깨닫게 되었다. 그런데 이 책을 읽으면서 나는 처음으로 진리란 어렵고 까다롭고 도달할 수 없는 곳에 존재하는 것이 아니라 이렇게 아름답고 평화로운 것이라는 것을 느꼈다. 오랫동안 찾고 있던 신뢰할 수 있는 그 무엇을 발견한 마음이었다. 이 책을 번역하여 사람들에게 알리고 싶었던 동기도 그런 데 있었다.

두 번째 책인《영혼들의 운명》을 번역하면서, 나는 인간이 진리를 아는 것이 신앙이라면 나는 이미 신앙을 갖게 된 것이 아닌가 하는 생각을 하게 되었다. 너무도 멀고 높은 곳에 있어 도저히 알아볼 수도 도달할 수도 없을 것 같았던 진리가 너무 쉽게 소리 없이 눈앞으로 펼쳐지는 바람에 당혹한 웃음을 띠게 되면서도, 이제 지구로 수련을 하러 온 우리 인간들의 영혼은 그런 때를 맞이할 때가 되었다는 생각을 하게 되기도 한다.

어쨌든 나는 처음으로 믿음을 갖고 따르고 싶은 이 구명의 결과가 나의 완성에 이르는 길잡이가 되길 바란다. 기독교나 불교 또 수많은 다른 종교나 철학, 사상에 이끌리는 사람들이 제각기 다른 이유나 동기에서 그렇게 되듯, 나도 나를 설득시키고, 신뢰할 수 있는 그 무엇을 만나게 된 것 같다. 이전처럼 어둠 속을 헤매며 괴로움을 겪는 일이 없어지면서 내가 누구인가 알게 되고 주위에서 일어나는 그 모든 일들이 어찌하여 그렇게 전개되고 있는지를 스스로 깨우치게 되었고 갈 길을 알게 된 것은 이 책의 도움 때문이다. 또 죽음이 음울하거나 슬픈 종말이 아니라 우리가 그리던 이상향으로 되돌아가는 것이며, 그립고 설레는 귀향길이 기다리고 있음을 알게 되었기 때문일 것이다.

이 세상에 나타나는 모든 것은 곧 지나가는 것이다. 만일 지나가는 모든 것에서 눈에 보이지 않는 영원한 것을 발견할 수 있다면, 그때 진정한 우리 자신을 발견하게 된다는 말도 이 책을 통해 더 깊이 느끼게 된 것 같다. 만약 이 책이 진실이 아니라 할지라도 나는 후회하지 않을 것이다. 그렇게 아름답고 평화롭고 예지로운 것을 믿었던 그 신념을.

김도희

영혼들의 운명 2

초   판 1쇄 발행 2001년 2월 1일
개정1판 1쇄 발행 2011년 10월 4일
개정2판 1쇄 발행 2024년 1월 10일

지은이 | 마이클 뉴턴
옮긴이 | 김도희
펴낸이 | 한순 이희섭
펴낸곳 | (주)도서출판 나무생각
편집 | 양미애 백모란
디자인 | 박민선
마케팅 | 이재석
출판등록 | 1999년 8월 19일 제1999-000112호
주소 | 서울특별시 마포구 월드컵로 70-4(서교동) 1F
전화 | 02-334-3339, 3308, 3361
팩스 | 02-334-3318
이메일 | book@namubook.co.kr
홈페이지 | www.namubook.co.kr
블로그 | blog.naver.com/tree3339

ISBN 979-11-6218-274-1 03800